ZOIGLTOD

Fabian Borkner kam in Rosenheim zur Welt und verbrachte seine Kindheit in München. Die erste Klasse besuchte er jedoch bereits in Schwarzenfeld in der Oberpfalz. 2014 erhielt der Unterhaltungskünstler und freie Redakteur den BLM-Hörfunkpreis für die beste Comedy und Unterhaltung.
www.fabianborkner.de

Dieses Buch ist ein Roman. Handlungen und Personen sind frei erfunden. Ähnlichkeiten mit lebenden oder toten Personen sind nicht gewollt und rein zufällig.

FABIAN BORKNER

ZOIGLTOD

Oberpfalz Krimi

emons:

Bibliografische Information der Deutschen Nationalbibliothek
Die Deutsche Nationalbibliothek verzeichnet diese Publikation in der Deutschen Nationalbibliografie; detaillierte bibliografische Daten sind im Internet über http://dnb.d-nb.de abrufbar.

FSC
www.fsc.org
MIX
Papier | Fördert gute Waldnutzung
FSC® C083411

Umschlagmotiv: istockphoto.com/3quarks
Umschlaggestaltung: Nina Schäfer, nach einem Konzept von Leonardo Magrelli und Nina Schäfer
Umsetzung: Tobias Doetsch
Gestaltung Innenteil: DÜDE Satz und Grafik, Odenthal
Lektorat: Christiane Geldmacher, Textsyndikat Bremberg
Druck und Bindung: CPI – Clausen & Bosse, Leck
Printed in Germany 2022
ISBN 978-3-7408-1396-3
Oberpfalz Krimi
Originalausgabe

Dieser Roman wurde vermittelt durch die Verlagsagentur Lianne Kolf.

Dieser Roman ist meiner Mutter gewidmet,
die meine Tätigkeiten an den vielen Bühnen, Kameras
und Mikrofonen sowohl vor wie hinter den Kulissen
stets unterstützend begleitet hat.

1

Die Werkshalle war sonst bei Weitem nicht so hell und sauber wie an diesem Tag. Man erkannte sogar die Grundfarbe des Hallenbodens, ein mattes Olivgrün. Üblicherweise lag darüber ein dunkler, schmieriger Schleier, der aus feinem Metallstaub, Maschinenöl und Sandpartikeln bestand und der von der Arbeit herrührte, die in der Werkshalle verrichtet wurde. Diesem Mittwoch aber waren zwei Tage vorangegangen, an welchen die Mitarbeiter des Betriebes eben nicht nur ihre Maschinen bedienten, sondern vor allem mit einer Tätigkeit beschäftigt waren: dem Putzen.

»Schauts sofort, dass ihr die Gitterboxen da drüben noch wegräumts!«, schrie ein hochgewachsener, gertenschlanker Mann in schwarzem Rollkragenpullover. »Und dann ziehts euch saubere Arbeitskleidung an. Nicht diese alten Fetzen da, verstanden?«

Die Belegschaft zeigte sich von Markus Pichlers Ansage unbeeindruckt, und die Männer warfen ihm abschätzige Blicke zu. Dann taten sie aber das, was Pichler ihnen aufgetragen hatte.

Ein Mitarbeiter murmelte zu einem anderen: »Jetzt drehen sie alle durch, und das bloß, weil der Minister vorbeischaut.«

»Mir können die alle gestohlen bleiben, ob Minister oder sonst irgend so ein Krawattenträger«, antwortete der andere.

Wieder erschallte Pichlers Stimme. »Herrschaftszeiten, wo ist der Franz? Wenn man ihn braucht, ist er nicht da!«

»Wart nur, bis er kommt, der Franz«, zischte der eine Mitarbeiter leise. »Dann brauchst du dich hier gar nicht mehr so aufzumandln. Täte sich der Pichler hier aufführen, nur weil der Meister ein paar Minuten zu spät kommt!«

»Du weißt es doch, Hans«, pflichtete der andere ihm leise bei. »Wenn man einen kleinen Scheißdreck groß macht, stinkt er umso mehr …«

Im Büro des Firmeninhabers überprüfte dieser gerade den

Sitz seiner Frisur. Dies bereitete ihm jedoch zeit seines Lebens schon immer Sorgen, weil sich die sehr dünnen Haare eigentlich nur glatt seitwärts kämmen ließen. Sein Haar war schlicht nicht geeignet für schicke oder gar flippige Frisuren. So blieb es auch an diesem Mittwoch dabei, dass er sein mattblondes Haar mit einem Kamm zur Seite strich, was seinem Gesicht wie üblich eine ungewollte Breite verlieh. Er betrachtete sich im Spiegel und atmete tief durch.

»Bist du im Büro?«, hörte Axel Dirscherl die Stimme seiner Frau im Korridor vor seinem Arbeitszimmer. »Axel?«

»Ja, ich bin hier.«

Die Bürotür öffnete sich, und Simone Dirscherl trat herein. Sie stellte sich neben ihren Mann und sah ebenfalls in den Wandspiegel. »Deine Frisur passt schon. Schöner wirst du nicht mehr.«

Dirscherl betrachtete nun seinerseits seine Gattin und verzog die Lippen zu einem Schmollmund. »Meinst du wirklich, dass das ein passendes Outfit für heute ist?«

Simone Dirscherl hatte ihre Garderobe wie stets bewusst gewählt. »Auch wenn er Minister ist, wird er doch Augen im Kopf haben, oder?«

Axel Dirscherl ließ den Blick über die dunkelblonden langen Haare seiner Frau fallen. Sie hatte mit Haarwachs ein paar Strähnen eingezogen, sodass es einen kleinen Hauch von Ruch verströmte. Ihre schwarze Bluse saß stramm an ihrem Körper und ließ genügend Einblicke in das Dekolleté zu. Ihre knallrote Stoffweste stand in Kontrast zu dem tiefgrünen kurzen Rock, den sie über ihren Wildlederstiefeln mit den hohen Hacken trug.

»Ich meine, es ist ja nicht irgendein Grillfest, wo wir jetzt dann hingehen müssen.«

»Das weiß ich schon selber«, seufzte Simone.

Vor einigen Wochen war bekannt geworden, dass sich im Terminkalender des bayerischen Staatsministers der Finanzen und für Heimat ein freies Intervall von anderthalb Stunden finden ließ, in welchem er ohnehin Termine in seiner Heimat Oberpfalz wahrnahm. Axel Dirscherl, der als Inhaber eines

Metallbau- und Gießereibetriebes freilich stets in regem Austausch mit den örtlichen Politikern und den Abgeordneten des Bayerischen Landtages und des Bundestages stand, hatte sich diese Chance nicht entgehen lassen. Über Magda Ebenhoch, die örtliche Stimmkreisabgeordnete, hatte er mit dem Büro des Ministers kommuniziert, und nun waren es nur noch wenige Minuten, bis der groß gewachsene Mann, der Herr über die Finanzen im Freistaat war, in Windischeschenbach eintreffen würde.

Simone war sich durchaus bewusst, dass für die Zukunft des Betriebes zurzeit wichtige Weichen gestellt wurden. Der Besuch eines Staatsministers war in diesem Zusammenhang nun wirklich alles andere als eine Lappalie. Jedoch ging Simone Dirscherl dergleichen Dinge immer mit einer gewissen Sorglosigkeit an, die ihr Gatte des Häufigeren schon in breitem Nordoberpfälzisch »Wurschtigkeit« genannt hatte. Sie stand nun mal auf der bodenständigen Seite des Lebens und schickte einen genervten Blick gen Himmel, als sie ihren Mann sagen hörte: »Solltest du nicht lieber was anderes anziehen? Ich meine, irgendwas Festliches oder so?«

Simone Dirscherl ließ sich halb hockend auf seinem Schreibtisch nieder. »Mein lieber Brummbär, so bin ich nun mal gestrickt. Für mich *sind* das hier festliche Anziehsachen. So fühle ich mich wohl, und ich müsste mich schon sehr irren, wenn mein Anblick dem Herrn Minister zuwider wäre.«

Axel Dirscherl nickte stumm ein paarmal, als ob er sich innerlich selbst einreden müsste, dass das Ensemble seiner Frau schon irgendwie in Ordnung ginge.

»Du machst dir zu viele Sorgen, wo du keine haben müsstest«, sagte Simone beruhigend, während sie ihr Gesäß von der Tischplatte hob und auf Dirscherl zuging. »Du hast doch gut gearbeitet in den letzten Monaten, oder? Gut und sehr hart. Frag deine Belegschaft.«

Dirscherl sah ihr kurz in die Augen und senkte seinen Blick. »Du hast mit der Magda einen superheißen Draht in den Landtag, oder?« Abermals nickte Dirscherl in Richtung Fußboden.

Das Telefon im Büro klingelte zweimal. Dirscherls Kopf fuhr zu seinem Schreibtisch herum.

Simone aber beachtete das Telefonsignal nicht. Stattdessen legte sie die Finger an sein Kinn und hob seinen Kopf, sodass er ihr jetzt geradewegs in die Augen sah. »Und du weißt, dass du den großen Deal, den du geplant hast, auch schultern kannst!«

Dirscherl schwieg und atmete schwer. Das Klingeln verstummte.

»Ist das so, wie ich es sage?«, insistierte Simone.

Die Gesichtszüge ihres Mannes strafften sich und strahlten sofort Selbstsicherheit aus. »Ja, es ist so, wie du sagst.«

»Dann wird es auch klappen. Davon bin ich überzeugt«, flüsterte sie in sein Ohr.

Mit dem Rückhalt seiner Ehefrau im Gepäck presste Dirscherl die Lippen entschlossen aufeinander. Er wollte eben etwas sagen, als die Tür aufgerissen wurde.

Markus Pichler keuchte: »Das war die Referentin vom Minister! Die fahren gerade von der Autobahn runter, keine zehn Minuten mehr, dann sind sie da.«

»Gut, Markus«, sagte Axel Dirscherl. Als Pichler in der Tür stehen blieb, fragte der Chef: »Was ist denn noch?«

»Der Thiercke Franz ist immer noch nicht da.«

Instinktiv warf Dirscherl einen Blick auf die Wanduhr. Es war kurz vor zehn. Er runzelte die Stirn. Es sah Thiercke überhaupt nicht ähnlich, nicht überpünktlich vor Ort zu sein, noch dazu, wenn so ein außergewöhnliches Ereignis anberaumt war. »Gibt's doch nicht, Kruzifix!«, fluchte Dirscherl kaum hörbar. Lauter fügte er hinzu: »Das ist jetzt wurscht. Ihr habt ja so weit alles vorbereitet, oder?«

»Ja, freilich«, sagte Pichler pikiert.

»Gut, dann geht es jetzt, wie es geht. Komm«, sagte er zu Simone. »Wir gehen mit dem Markus gleich runter.« Mit einem letzten Strich durch seine dünnen Haare folgte Dirscherl seinem Mitarbeiter und seiner Frau auf die Gittertreppe, die das erhöht untergebrachte Chefbüro mit der Werkshalle verband. Als sie unten angelangt waren, sagte Dirscherl in professionellem Geschäftston: »Habt ihr die Türen vom Strahlhaus auch gereinigt?«

»Sicher«, hechelte Pichler, der seit den frühen Morgenstunden offensichtlich nur im leichten Laufschritt auf dem Werksgelände unterwegs gewesen war.

Simone Dirscherl brachte die verschiedenen Stoffschichten in Ordnung, die ihre Brüste hielten, und fragte beiläufig: »Was wollt ihr denn am Strahlhaus? Da ist doch momentan gar kein Werksstück drin, oder?«

»Doch«, entgegnete Pichler. »Haben wir uns extra aufgespart. War eine gute Idee, Chef. Das ist bestimmt ein Hingucker.«

Die rund fünfzig Meter lange Halle hindurch lief das Trio eilenden Schrittes zum geöffneten Tor an der Stirnseite. Unterwegs ermahnte Pichler alle Mitarbeiter, die noch an ihren Stationen sauber machten oder sonst noch herumstanden und abwarteten, ihnen zu folgen und sich in einem ordentlichen Halbkreis am Hallentor aufzustellen. Mit militärischer Effizienz checkte Axel Dirscherl jeden einzelnen seiner Untergebenen und bemängelte wie ein Kompaniechef halb geschlossene Reißverschlüsse und nicht zugeknöpfte Taschen. »Der Thiercke Franz?«, sagte er knapp zu Pichler.

»Immer noch nicht da«, hob dieser entschuldigend die Hände.

»Gut, dann macht's auch nichts. Dann ist er wahrscheinlich schon beim Dobmeier drüben.« Weiter suchte Dirscherls Blick gleich einem Adler die Szene ab, die sich dem Staatsminister in wenigen Minuten bieten würde. Er suchte seine Frau und fand sie in der Nähe des Strahlhauses. »Simone, komm halt du auch bitte her!«, sagte er mit mühsamer Beherrschung. »Ich hätte gerne, dass wir uns als Inhaberpaar hier in die Mitte stellen. Zwischen die anderen.«

Just als Simone ihrem Mann folgte, drang das Geräusch von mehreren schweren Automotoren zum Werksgelände herüber. Alle Augen blickten zur Einfahrt. Von dort kamen in unangemessen hoher Geschwindigkeit zwei Streifenwagen der Polizei herangeprescht und blieben V-förmig vor dem Halleneingang stehen. Je zwei Beamte stiegen aus den Wagen. Einer der Uniformierten sagte etwas in sein Handfunkgerät. Es dauerte nur zehn Sekunden, bis ein schwarzer Audi A8 mit Münchener Kennzeichen schwungvoll auf das Firmengelände einbog und in einiger Entfernung zum Hallentor stehen blieb. Ein dunkelgrauer 7er BMW folgte unmittelbar dahinter und belegte den Platz neben dem Audi.

Gespannt blickten alle aus der Halle auf das Freigelände. Dort entstieg dem Fond des Audi ein knapp zwei Meter großer Mann in weißem Hemd. Von Weitem sahen die Männer von »Dirscherl Metallbau und Gießerei« einen dunklen Haarkranz, der den ansonsten kahlen Hinterkopf rahmte, der in der kräftigen Frühjahrssonne hell zu ihnen herüberschien. Der Fahrer des Audi entstieg ebenfalls dem Fahrzeug und öffnete behände den Kofferraum, welchem er ein modernes schwarzes Trachtensakko entnahm. Er half seinem Boss hinein, und nachdem dieser die Knöpfe des Jankers geschlossen hatte, drehte er sich zum BMW. Hier stieg eine Frau Ende vierzig vom Fahrersitz aus und trat eilig zum Minister hinüber.

»Das waren jetzt keine fünf Minuten seit dem Anruf. Die müssen von der A 93 weg ganz schön gerast sein«, flüsterte Pichler seinem Chef zu. Der aber tat diesen Einwurf mit verärgerter Geste ab und trat seinen Besuchern entgegen. Zwei schwarz gekleidete junge Männer checkten mit raschen Blicken die Sicherheitslage ab und postierten sich links und rechts des Halleneingangs. Einer davon sprach mit seinem Handgelenk, wo offenbar das Mikrofon seines Funkgeräts angebracht war. Dann nickte er dem anderen zu und schließlich auch seinem Chef. Mit großen Schritten ging der Finanzminister in die Halle und nickte und lächelte in alle Richtungen. Vom Fernsehteam des örtlichen Senders OTV hielt die Moderatorin dem Kameramann den Rücken frei, als dieser mit dem Auge am Okular im Rückwärtsgang einen Halbkreis um den Ehrengast zog. Axel Dirscherl streckte die Hand aus und sagte laut: »Herr Staatsminister, es ist mir eine Ehre, Sie heute hier in unserem Betrieb begrüßen zu dürfen!«

»Ja«, entgegnete der große Mann und fuhr in kernigem Oberpfälzisch fort: »Da sieht man schon, dass sich bei euch was rührt! Das taugt mir!«

Ein voluminöser Mann hob seine Spiegelreflexkamera auf Augenhöhe und begann, den Ehrengast für seine Zeitung zu fotografieren. Die Frau aus dem BMW gab peinlich genau acht, dass sie zwar deutlich auf den Bildern sichtbar war, jedoch stets einen Schritt hinter dem im Rang über ihr stehenden Mann. Axel Dirscherl folgte den Anweisungen der Kameraleute und postierte sich zwischen der Landtagsabgeordneten und dem Finanzminister. Als die Bilder geschossen waren, wollte der Minister sich ein wenig in der Halle umsehen. Der Fotograf aber bat alle drei, noch in der Formation stehen zu bleiben.

»Brauchen Sie noch weitere Fotos?«, fragte der Minister erstaunt.

Dirscherl zischte: »Was brauchst denn noch, Karl?«

Der Angesprochene verstaute den Fotoapparat in seiner Umhängetasche und kramte in seiner Weste nach einem Smartphone. »Ich muss auch ein Video machen, für Dingsda … Wie heißt es gleich? Da im Internet?«

»Sie meinen Instagram«, half der Staatsminister dem Journalisten.

»Ja, das sollen wir jetzt alles alleine machen. Foto, Video … weil sie keine Leute mehr haben.«

»Dann mach das schnell, wir wollen weitergehen, Karl!«, herrschte Dirscherl ihn an.

Nachdem auch diese mediale Aufgabe erledigt war, führte Dirscherl den Minister und die Entourage ins Halleninnere. In verständlichen Worten erklärte Dirscherl verschiedene Arbeitsstationen und die Schritte, die dort für das jeweilige Metall- oder Gussprodukt erfolgten. Der Minister nickte häufig, obgleich er die wesentlichen Daten der Firma Dirscherl von seinem Büro natürlich schon lange vor dem Besuch erhalten hatte. Er wurde Zeuge, wie eine weiß glühende zähe Flüssigkeit von tausendfünfhundert Grad Temperatur in Gussformen floss und dabei funkensprühend alles verbrannte, was an restlichem Staub oder sonstigen Partikeln auf den Formen geblieben war. Interessiert betrachteten die Politiker die großen mit Sand gefüllten Kisten, in welche die heißen Gussstücke zum Abkühlen gelegt wurden. Die Metallarbeiter gaben bereitwillig Auskunft über ihre Arbeit. Nach einer knappen halben Stunde hatte die Gruppe ihre Runde in der Halle beendet und stand nun wieder unweit des Tores, durch welches die Politiker hereingekommen waren. Rechts neben dem Tor blieb Axel Dirscherl mit seinen Gästen schließlich vor einer großen weißen Wand stehen. Sie bildete mit dem Winkel der Hallenecke und einer weiteren Wand eine Art Häuschen innerhalb der Halle. Außen an der Wand war ein großer Türgriff sichtbar. Außerdem gab es zwei Bullaugen, durch die man in das Häuschen hineinblicken konnte.

Dirscherl platzierte sich neben eines der kleinen Fenster. »Dies hier ist unser Strahlhaus, Herr Staatsminister. Sie haben gerade vorhin gesehen, dass wir sehr große Gussteile für den Eisenbahn- und Schiffsbau herstellen.«

»Das sind schon riesige Trümmer, das war sehr beeindruckend«, sagte der Minister in salbungsvollem Ton.

»Und wissen Sie, was dies hier ist?« Damit reichte Dirscherl ihm ein etwa handygroßes Gussabfallteil. »Tasten Sie doch bitte mal mit dem Finger über die Oberfläche.«

Der Minister kam der Bitte nach. »Oha, ganz schön scharf!«, entfuhr es ihm, als er über die spitzen Zacken des Metalls fuhr.

Dirscherl erläuterte: »Sehen Sie, wenn die Gussformen aufeinandergepresst werden, dann quillt immer etwas von dem heißen Stahl an den Seiten heraus.«

»Wie der Kuchenteig, wenn man ein Osterlamm backt«, warf Magda Ebenhoch ein, und die Belegschaft schmunzelte pflichtbewusst über den Vergleich der Landtagsabgeordneten.

Dann übernahm wieder Dirscherl. »Diese Gussgrate müssen natürlich entfernt werden, damit die fertigen Werksteile reibungslos und präzise zueinanderpassen und verbaut werden können. Und genau das passiert hier drinnen.«

Damit deutete Dirscherl dem Minister an, durch das andere kleine Fenster in das Innere des Strahlhauses zu blicken. »Können Sie sich vorstellen, was das dort ist?«

Der Minister schirmte mit den Händen das Umgebungslicht ab, während er versuchte, das gusseiserne Ungetüm im Strahlhaus zu identifizieren. »Das schaut mir irgendwie nach einem großen Motorblock aus«, riet er schließlich.

»Da hat der Herr Staatsminister voll ins Schwarze getroffen. Dieser Block ist für ein großes Transportschiff gegossen worden, welches bald vom Stapel laufen wird. Und zwar in China.«

»Da liefern Sie bis nach China?«, spielte der Minister den Ungläubigen, obwohl er aus dem Dossier über Dirscherl natürlich wusste, dass es sich bei der Firma aus Windischeschenbach um einen Global Player handelte.

»Wenn so ein Motorblock ein Containerschiff antreiben soll, das zweihundertvierzigtausend Tonnen Tragfähigkeit hat, dann muss trotz der Größe präzise gearbeitet werden. Damit nun eben diese Grate verschwinden, wandern unsere Werksstücke in das Strahlhaus. Dort beschleunigen wir Hunderttausende von winzig kleinen Stahlkügelchen auf Überschallgeschwindigkeit und schießen sie auf das Werksteil.«

»So wie bei einem Sandstrahler, nur größer«, meldete sich Frau Ebenhoch wieder zu Wort.

Diesmal fiel das höfliche Schmunzeln spärlich aus.

»Dann darf ich zum großen Moment bitten«, sagte Dirscherl rasch.

Der Minister und die Stimmkreisabgeordnete traten an die beiden Bullaugen. Dirscherl deutete einem Mitarbeiter an, die Maschinerie in Gang zu setzen. Jener betätigte einige Knöpfe auf einer Schaltfläche neben dem Strahlhaus, und wenige Sekunden danach ertönte das Dröhnen der Windturbinen, die die kleinen Stahlkügelchen beschleunigten. Es folgte ein ohrenbetäubendes Prasseln, als die Kugeln kreuz und quer durch den abgeschotteten Raum schossen. Dirscherl sah stolz zu, wie die Politiker den Vorgang aufmerksam verfolgten. Der Minister drehte sich zu Dirscherl und sagte etwas zu ihm. Der Lärm aber war zu groß.

Dirscherl ging näher zum Minister, und dieser rief nun mit lauter Stimme: »Und was ist da so rot?«

Dirscherl blickte den Finanzminister verständnislos an.

»Was ist das Rote da drin im Strahlhaus?«, rief der andere erneut.

Dirscherl blickte durch die Scheibe, und tatsächlich leuchtete ein kräftiges Rot hindurch. Er sah zu Magda Ebenhoch. Sie stand wie verwurzelt und ohne jede Regung an dem Bullauge. Ihr Gesicht war käseweiß.

»Herr Dirscherl, ich glaube, da ist irgendwas nicht ganz …«, stammelte sie.

Der Firmeninhaber eilte zu Ebenhochs Fenster. Daran klebte im Inneren ein Schnitzel. Es sah aus, als hätte man es gerade frisch aus der Oberschale geschnitten. Der Fetzen Fleisch löste sich langsam und rutschte, einen blutigen Streifen hinterlassend, von der Scheibe zu Boden.

»Gehört das so?«, rief der Finanzminister und sah sich verstört nach seinen Security-Mitarbeitern um.

Diese erkannten, dass etwas Außergewöhnliches passiert sein musste, denn sie sprachen hektisch in ihre Mikros am Handgelenk. Einer lief in die Halle, der andere eilte zu den bereitstehenden Polizisten.

»Machts sofort aus!«, schrie nun Dirscherl in schrillem Ton. Das Dröhnen verstummte. Das Prasseln ebenso.

Der Leibwächter zog den Minister und auch die Landtagsabgeordnete zur Seite, als Axel Dirscherl die Tür zum Strahlhaus öffnete. Er wünschte sich, dass die vielen Medienvertreter wie zu so vielen anderen Termineinladungen heute nicht gekommen wären. So aber erhielten die Objektive sowohl des TV-Teams als auch der örtlichen Zeitung und deren Instagram-Accounts unverbauten Blick auf den riesigen Motorblock und die Innenwände des Strahlhauses, die allesamt rot gesprenkelt waren. Lediglich das Violett, das Dunkelbraun und das Grau der verschiedenen menschlichen Organe, die die Kugeln zerfetzt hatten, und einige weiße Splitter, die zuvor noch ein intaktes Knochengerüst dargestellt haben mussten, lenkten von der dunkelroten Soße ab, die sich auf den Boden zu den Abflussgittern ergoss.

2

In dem weißen Ford Transit startete Gerhard Leitner zum fünften Mal an diesem Vormittag den Motor, nur um wieder lediglich ein paar Meter weiterzukommen. »Mein lieber Freund, da haben wir uns wirklich einen saublöden Tag ausgesucht«, stieß er genervt aus.

Auf dem Beifahrersitz packte Agathe Viersen soeben ihre zweite Leberkässemmel aus und biss mit großem Appetit hinein. »Ach komm«, tat sie Leitners Beschwerde ab. »Es sind doch nur noch zwei Autos vor uns.«

Leitner brummte. Er war tatsächlich froh, dass die Mitarbeiter des Recyclinghofes in Dachelhofen nur noch zwei Fuhren abfertigen mussten, bevor er zusammen mit seiner Kollegin den Inhalt des Transportbusses in die entsprechenden Container werfen konnte. Missmutig blickte Leitner nach hinten in den Laderaum. »Ich hoffe, die nehmen das Zeug an. Nicht dass wir es hinterher wieder mit nach Hause nehmen müssen.«

»Dafür hätten wir eh keinen Platz mehr«, schmatzte Agathe vergnügt. Leitner schnaubte verächtlich. Es war eine große Schinderei gewesen, den alten Schrank aus Agathes Schlafzimmer den Korridor ihrer Wohnung in Schwandorf hindurch die Treppen hinunterzubugsieren. Und wie es häufig der Fall war, kam man vom Hundertsten ins Tausendste, und so hatte Agathe ihrem Mitbewohner befohlen, auch das alte Schuhkästchen, den Küchentisch und die zwei Kommoden aus dem Wohnzimmer zu entsorgen. Das alles musste natürlich in dem Transporter verstaut werden, wobei Leitner froh gewesen war, dass es sich nicht um neue Möbel handelte. So war es nicht schlimm, wenn beim Verladen irgendwelche Kratzer in die Holzflächen gerieten.

Wieder fuhr ein Auto mit Anhänger vom Hof, und Leitner und Agathe schlossen auf. Durch das heruntergekurbelte Fenster konnten sie eine laute, in breitem Berliner Dialekt tönende Stimme hören.

»Das Zeug nehm ich nicht. Tapete und Schutt, det jeht nich.«

Leitner sah, wie der Leiter des Recyclinghofes sich eine Zigarette ansteckte und dann zu einem etwas unbeholfen wirkenden Mann im Blaumann sagte: »Det müssen Sie trennen, so leid's mir tut.« Während der Angesprochene sich widerwillig daranmachte, aus dem Schutt, den er auf seinem Anhänger geladen hatte, die papiernen Tapetenfetzen herauszuklauben, hatte die Szene auch Agathes Aufmerksamkeit erregt.

»Das ist aber ein forscher Typ«, meinte sie und verfolgte gespannt die nächste Szene.

Der Berliner hatte einen anderen Mann aufs Korn genommen, der eben alte Zaunlatten in den Holzcontainer werfen wollte. »Det is Außenholz! Kein Innenholz! Hier nur Innenholz!«

Der andere wollte etwas erwidern, aber der Berliner war in Fahrt. »Bauste den Zaun ab und stellste ihn in die Garage, denn isses Innenholz, wa? Und wenn du dir 'ne Schraube durchs Knie machst und ein Klavier draufstellst, denn weißte, wie schwer Musik is, hm?«

Agathe kicherte, und Leitner meinte: »Wir haben gottlob wirklich nur Sperrmüll. Ich glaube, das dürfte er uns durchgehen lassen.«

»Denke ich auch«, meinte Agathe und nahm einen weiteren Bissen von ihrer Leberkässemmel. Leitner betrachtete seine Kollegin amüsiert. Vor wenigen Jahren hatte sie noch gar keinen Leberkäse gekannt. Agathe Viersen, die gebürtig aus Lübeck stammte, war vor einigen Jahren von ihrer Versicherungsgesellschaft in die Oberpfalz geschickt worden, um dort das Verschwinden einer teuren Maschine aufzuklären. Als Versicherungsdetektivin sollte sie herausfinden, ob ihre Gesellschaft für den Schaden aufzukommen hatte. Dabei lernte sie den damaligen Musikanten Gerhard Leitner kennen, und als beide durch Zufall bei der Wirkendorfer Kirwa auf eine stark verweste Leiche in einem Gülletank stießen, fanden sie sich unfreiwillig als Ermittlungsteam in einem Mordfall wieder. Der erfolgreichen Aufklärung verdankte Gerhard Leitner ein Angebot, ebenfalls für die Versicherung zu arbeiten, und so waren er und Agathe Viersen seit fünf Jahren ein Detektivduo, das für die Jacortia-Versicherungsgesellschaft alle zu klärenden Fälle in der Oberpfalz bearbeitete. Aus Kostengründen nahmen sie sich eine gemeinsame Wohnung in Schwandorf, denn dort wohnte man einigermaßen zentral und konnte rasch jeden Einsatzort in der Oberpfalz erreichen.

»Oh, klasse!«, mampfte Agathe vor sich hin, als sie sich das letzte Stück der Semmel einverleibte. Es gehörte zu ihren Lieblingssnacks: zwei Semmeln mit grobem, warmem Leberkäse und dazu eine ordentliche Portion Händlmaier Hausmachersenf.

Leitner dachte an all die schmackhaften, deftigen Speisen, die Agathe seit ihrer Zeit in der Oberpfalz kennen und schätzen gelernt hatte. Er hätte das anfangs zwar nicht für möglich gehalten, aber das Nordlicht hatte sich stehenden Fußes in Schlachtschüsseln, Schopperler, Leberkäs und Weißwürscht verliebt. Trotzdem hielt Agathe ihre Figur, welche angenehme Proportionen aufwies. In Leitners Augen waren alle Rundungen da, wo sie sein sollten, und auch so ausgeprägt, wie sie sein sollten – mit leichtem Überhang in der Brustpartie. Leitner selbst langte bei gutem Essen und geistigen Getränken selbst gerne zu, was als ehemaliger Musikant und Leiter einer Blaskapelle auch nicht weiter verwunderlich war. Wenngleich sich bei ihm als Enddreißiger natürlich nun mancher Schweinebraten deutlicher bemerkbar machte, als es Anfang zwanzig der Fall gewesen war, so war Leitner mit seinen schulterlangen schwarzen Haaren dennoch eine stattliche Erscheinung.

Nun winkte der Berliner den Ford Transit heran. »Wat habt ihr denn im Gepäck?«, fragte er knapp.

»Nur alte Möbel, nix Besonderes«, sagte Leitner und stieg aus.

Als der die Hecktüren geöffnet hatte, maß der Leiter des Recyclinghofes kurz den Inhalt auf der Ladefläche ab.

»Det wirfste alles hier rin!«, sagte er in militärischem Befehlston.

Agathe kletterte in den Transporter, Leitner postierte sich

davor. Sie schob mit einigen Mühen die schwere Wohnzimmerkommode ins Freie, wo Leitner sie keuchend in Empfang nahm. Just als Agathe sich an dem Möbel vorbeizwängte und aus dem Ford kletterte, um das andere Ende der Kommode zu ergreifen, klingelte ihr Telefon. Sie griff in die Tasche und sah auf das Display.

»Das ist jetzt nicht dein Ernst, oder?«, rief Leitner verärgert, als er immer noch das eine Ende der Kommode auf seinen Oberschenkel gestützt festhielt, während das andere auf der Kante der Ladefläche ruhte.

»Nein, das ist nicht der Ernst. Das ist unsere Chefin«, sagte Agathe schnippisch und drückte auf den grünen Hörer ihres Smartphones. »Hallo, Frau Wendell? Hier Agathe Viersen …«

»Diese dusselige Kuh schafft es doch immer wieder!«, fluchte Leitner. Jetzt waren er und Agathe sich mit ihrer Chefin Chris Wendell schon von Haus aus nicht wohlgesinnt, da musste sie nun auch noch anrufen, während er hier dieses schwere Teil tragen musste!

Der Berliner kam zu ihm und sagte: »Wat is denn det nu? Ruft se schon um Hilfe?«

»Das ist unsere Chefin, da muss sie leider rangehen«, nahm Leitner seine Kollegin in Schutz.

Zu seiner Überraschung sagte der Recyclinghofchef: »Denn helf ick dir rasch. Det wär ja sowieso nischt jeworden, so 'ne hübsche junge Dame det schwere Zeug hier schleppen lassen!«

Der geübte Berliner wusste, wo man anzupacken hatte, und hob das auf der Laderampe stehende Ende mühelos an. Zusammen mit Leitner wuchtete er das Teil zu dem Container und kippte es in die Höhe, damit das Möbelstück über die Kante geriet. Dabei öffnete sich eine Schublade, die Leitner fast die Nase einschlug. Der Schub war nicht leer wie alle anderen in der Kommode. Eine Vielzahl von Briefen fing an, um Leitners Gesicht zu flattern, und plötzlich hörte er direkt vor seinem Gesicht ein unangenehmes Klirren. Gleich darauf spürte er eine kalte Flüssigkeit sein Gesicht hinablaufen. Er bekam etwas davon in den Mund und spuckte angewidert aus. Es schmeckte chemisch.

»Na, nu komm! Rin mit det Ding!«, orderte der Recyclinghofchef.

Leitner gab seinem Ende der Kommode einen kräftigen Ruck, dann fiel sie krachend in den Metallcontainer.

Der Berliner sah Leitner an. »Na, jetz siehste aus wie Hannibal Lecter nach seiner letzten Mahlzeit mit Leber und Favabohnen!«

Leitner musste abermals ausspucken, um den widerwärtigen, fremden Geschmack aus seinem Mund zu entfernen.

»Und die Scherben und deine Korrespondenz, die entsorgste aber noch, nich wahr, Hannibal?«

Damit ließ der Berliner Leitner stehen, und der konnte jetzt erst an sich hinabsehen. Sein grauer alter Pullover, den er für derlei Arbeiten anzog, und auch seine ausgebleichte Arbeitsjeans waren voller rotbrauner Farbe. Er wischte sich über die Lippen und sah zu seinem Erschrecken, dass auch sein Handrücken im Nu in dunklem Rotbraun glitzerte. Hannibal Lecter nach der Mahlzeit … »Komiker!«, entfuhr es Leitner leise, der nicht wollte, dass der Mann, der ihm geholfen hatte, sich nun beleidigt fühlen würde. Er betrachtete die am Boden liegenden Papiere, über die sich ebenfalls das braune Zeug ergoss. Glasscherben lagen dazwischen verteilt, und drei Splitter waren durch ein aufgeklebtes Etikett miteinander verbunden. Es war Tinte gewesen. Braune Tinte für einen Füllfederhalter. Zorn stieg in Leitner hoch, und er drehte sich langsam zu Agathe, die ihr Telefonat beendet hatte.

Sie hielt inne, als sie Leitner erblickte. Ihre Lippen blieben geschlossen, aber Leitner konnte deutlich hören, wie sich Luft durch Agathes Nasenlöcher presste. Ihr Körper erbebte vor unterdrücktem Lachen, und Leitner musste an sich halten, um ihr nicht auf der Stelle wie einem unartigen Kind den Hintern zu versohlen.

Agathe rang um Fassung, als sie schließlich mit mühsam beherrschter Stimme sagte: »Was … wie siehst du denn aus?« Wieder drang ein Glucksen aus ihrer Kehle.

Leitner erwiderte nichts. Stumm ging er, gleich einem Westernhelden, der auf der leer gefegten Hauptstraße zum finalen Revolverduell antrat, auf Agathe zu.

Sie sah die Wut in seinen Augen und konnte dennoch nicht ernst bleiben. »Das … das passt doch ganz gut zu … ich meine, dein grauer Pulli und das Kastanienbraun …«

Der Westernheld schritt weiter.

Agathe hob die Hände. »Hey, komm! Es waren doch alte Anziehsachen …«

Nur noch wenige Meter, dann würde der Westernheld ziehen und schießen.

Doch in diesem Augenblick kam der Berliner des Weges. »Wat war denn det eigentlich? Tinte? Vons Fräulein hier?«

»Ja, ich habe leider vergessen, meinen Schub auszuräumen. Das sind meine Briefe, ich räume sie sofort weg.«

Dann wandte sich der Berliner zu Leitner und sagte: »Na, an deinem Gesicht kannste mal sehen, wat die junge Dame für 'ne jepflegte Handschrift hat! So, und nu macht euch mal vom Acker. Da kommen schon die Nächsten.«

Leitner blieb nichts weiter übrig, als zusammen mit Agathe schnellstmöglich den Papierwust aufzuheben und den Platz auf dem Recyclinghof wieder freizugeben. Es war Agathe, die den Ford steuerte. Leitner hatte sich von Agathe Feuchtigkeitstücher geben lassen und bemühte sich mit mäßigem Erfolg, die Tinte aus seinem Gesicht zu wischen. Nach einer Weile sagte er, den Blick auf den heruntergeklappten Beifahrerspiegel an der Sonnenblende gerichtet: »Ich habe extra noch gesagt, räum dein Glump aus der Kommode raus. Ich habe meine Sachen alle schon gestern rausgetan.«

»Und ich habe es eben erst heute früh erledigt.«

»Ja, das sehe ich«, gab Leitner murrend zurück. »Hast du noch so ein Feuchttuch?«

»In meiner Tasche. Du kannst die ganze Packung haben.«

»Die werde ich auch brauchen!«

Leitner rieb und scheuerte weiter, bis das letzte Tuch aufgebraucht war. Dann blickte er durchs Seitenfenster. Er sah, dass Agathe den Transporter bei Schwandorf-Klardorf auf die

Autobahn in Richtung Regensburg lenkte, und sagte: »He, du bist verkehrt gefahren. Der Dominik wohnt doch in der anderen Richtung. Nach Norden. Außerdem, warum nimmst du überhaupt die Autobahn?«

Agathe ließ den Diesel im dritten Gang beschleunigen, dann schaltete sie in den vierten. »Wir sind schon richtig, fürchte ich.«

»Einen Schmarrn sind wir. Wir müssen dem Dominik seinen Laster wieder zurückbringen. Der braucht ihn jetzt. Hat er mir extra gesagt.«

»Das ändert nichts, wir müssen nach Regensburg.«

Jetzt erst besann sich Leitner des Telefonats, das Agathe vorhin geführt hatte. Er ordnete einige Sekunden lang seine Gedanken, und dann trat ein Schreckensbild vor sein geistiges Auge. »Halt! Stopp! Du willst jetzt nicht wirklich mit mir zur Jacortia fahren?«

Agathe schloss den Überholvorgang eines Lkw ab und zog zurück auf die rechte Fahrspur. Sie antwortete nicht.

»Du willst doch nicht ernsthaft, dass ich mich jetzt, angeschmiert wie ein Indianerhäuptling, da vor unseren Sonnenschein von Chefin setze, oder?«

Agathes Schweigen sagte ihm, nein, es brüllte förmlich, dass genau dies ihre Absicht war.

Leitner sank in seinem Sitz zusammen. »Um Gottes willen, tu mir das nicht an. Nicht vor dieser Schreckschraube.«

»Es geht leider nicht anders, Gerhard. Die Ansage von der Wendell vorhin am Handy hat mich selber so geföhnt, dass es mir fast durchs Telefon meine Haare weggeblasen hätte.«

Leitner blieb der Mund offen. Er fühlte, dass er die Situation nicht zu seinen Gunsten würde drehen können. »Aber was um alles in der Welt kann denn so wichtig sein, dass wir nicht einmal duschen dürfen und die Autos tauschen?«

»Es geht um einen Todesfall in einer Gießerei in Windischeschenbach, die bei uns versichert ist.«

Leitner hob verächtlich die Schultern. »Ja mei, Todesfall … wenn da einer tot ist, dann läuft er doch nicht weg, oder?«

»Das nicht. Aber es hieß, da hängt irgendein Minister mit

drin. Ich habe es auch nicht genau verstanden, aber auf jeden Fall eilt's.«

Leitner schmollte. Agathe betrachtete ihn aus den Augenwinkeln und meinte schließlich verschmitzt: »Es hat doch auch was Gutes, dass du heute so … so außergewöhnlich aussiehst.«

»Und was wäre das?«

»Na, bei deinem Anblick, glaube ich, vergisst die Wendell wohl ihr übliches schnippisches Gehabe.«

»Warum?«

»Weil sie sich wahrscheinlich davor schon totgelacht hat …«

In Regensburg nahm Agathe die Ausfahrt West und fuhr zum Bürogebäude der Jacortia. Als sie und Leitner das Gebäude betraten, nahm der Mann an der Rezeption einen Telefonhörer in die Hand und sagte: »Das Facility Management, bitte.« Sie kamen gerade an seinen Tisch, als sie den Mitarbeiter ins Telefon sagen hörten: »Was heißt, Sie haben keine Maler bestellt? Gerade sind sie mit ihrem weißen Firmenwagen vorgefahren. Die Maler stehen doch hier, vor mir!«

Leitner war überhaupt nicht zu Scherzen aufgelegt und sagte: »Lassen Sie den Krampf und melden Sie uns lieber im Vorzimmer von der Frau Wendell an.«

Der Mitarbeiter ließ den Telefonhörer kurz sinken und stammelte dann hinein: »Herr Weniger? Hat sich erledigt.« Er legte auf: »Herr Leitner, ich habe Sie jetzt nicht gleich erkannt, das tut mir leid. Aber in diesem … Outfit …«

Agathe wollte sich bei ihrer Chefin über einen Todesfall informieren und nicht ihrem Kollegen dabei zusehen, wie dieser einen weiteren verursachen würde. Deshalb sprang sie ein: »Ja, sein Outfit ist heute etwas seltsam, denn der Pulli passt ihm eigentlich gar nicht mehr. Und jetzt: Vorzimmer Wendell. *Pronto!*«

Nachdem der verdutzte Rezeptionist den Besuch der beiden Detektive telefonisch angekündigt hatte, fuhren Agathe und Leitner im Aufzug nach oben, passierten die ungläubigen Blicke der Chefsekretärin und nahmen schließlich gegenüber von Chris Wendell Platz. Diese betrachtete Leitners farbenfrohen

Anblick, und auch Agathes Arbeitsoutfit beäugte sie mit offenkundigem Missfallen.

»Sagen Sie mir bitte eines …« begann die Wendell zögerlich. »Will ich wissen, warum Sie in diesem Aufzug hier bei mir erscheinen?«

»Nein!«, entfuhr es Leitner abrupt. »Das wollen Sie nicht wissen.«

»Wir haben unsere Wohnung ausgeräumt, und Sie haben am Telefon ja gesagt, dass wir unverzüglich hierherkommen sollen, nicht wahr?«

Die Chefin musste sich zwingen, ihren Blick vom tintenverschmierten Leitner zu lösen. Dann sagte sie in kühlem Geschäftston: »Stimmt. Nun gut. Frau Viersen, Herr Leitner, wir haben es diesmal mit einem sehr speziellen Fall zu tun. Es betrifft einen Metallbaubetrieb in Windischeschenbach, der bei uns versichert ist. Axel Dirscherl heißt der Inhaber.«

Agathe beugte sich zu ihrem Kollegen. »Windisch… wie bitte?«, flüsterte sie.

»Windischeschenbach. Das liegt nördlich, hinter Weiden.«

»Bitte verschieben Sie Ihre Geografiestunde auf später. Jetzt geht es ums Geschäft.«

Agathe lehnte sich angespannt im Stuhl zurück und biss sich auf die Lippe. Das sollte ihr helfen, die Abneigung gegen ihre Chefin im Zaum zu halten.

Chris Wendell fuhr fort: »Bei Axel Dirscherl herrschte heute Hochbetrieb, weil er den bayerischen Finanzminister zu Besuch hatte. Fragen Sie mich nicht nach den technischen Einzelheiten, aber irgendwie ist dort ein Unfall passiert, bei dem ein Mensch in so einer Strahlkammer bis ins Kleinste zerfetzt worden ist.«

»Ist er tot?«, fragte Leitner unbedarft.

»Es ist wohl kaum wahrscheinlich, dass er am Leben ist, wenn seine Lunge an der Decke klebt und seine Gedärme auf dem Fußboden liegen!«, blaffte die Wendell zurück. »Wir müssen also schnellstmöglich herausfinden, was dort passiert ist.«

»Sie meinen, wir sollen herausfinden, unter welchen Umständen dieser jetzt Verstorbene in diese Strahlkammer gelangt ist?«, fragte Agathe.

»Sie haben es erfasst. Ein Todesfall ist für eine Versicherungsgesellschaft wie die unsere immer eine besondere Belastung. Es kommen jetzt die Ansprüche der Hinterbliebenen auf den Tisch, die Ausfallkosten für den Betrieb, Kosten für Rechtsanwälte und Gutachter und dergleichen. Deswegen wäre es gut, wenn man dem Betrieb Fahrlässigkeit oder sonstige Versäumnisse in puncto Sicherheitspflicht nachweisen könnte.«

»Weil die Jacortia dann nicht bezahlen müsste«, murmelte Leitner.

»Goldrichtig. Ich beauftrage Sie hiermit, die Umstände dieses zugegebenermaßen äußerst ekelhaften Todesfalls zu klären und mir unverzüglich Bericht zu erstatten, sobald Sie erste Erkenntnisse haben.«

Ohne dass weitere Worte gewechselt wurden, wussten die beiden Detektive, dass die Besprechung vorüber war. Sie warfen sich einen vielsagenden Blick zu und erhoben sich aus den Stühlen.

Als Agathe die Tür öffnete, sagte Chris Wendell: »Ach, übrigens, Herr Leitner?«

»Was gibt es noch?«

»Ich gehe zwar davon aus, dass der Finanzminister schon wieder auf dem Weg nach München in sein Ministerium ist. Aber trotzdem empfehle ich Ihnen dringend eine Dusche, bevor Sie Ihre Ermittlungen starten.«

Agathe musste ein Kichern unterdrücken.

Leitner antwortete: »Ich weiß, ich weiß. Ich werde mir die Flecken aus dem Gesicht wegmachen.«

»Die Flecken sind nur ein Teil des Problems. Werden Sie bitte auch den Gestank Ihrer … Arbeitskleidung wieder los, bevor Sie zu unserer Mandantschaft gehen.«

3

Auf der Fahrt zurück nach Schwandorf ließen die Versicherungsdetektive ihre Gedanken eine Zeit lang ohne Worte kreisen.

Auf Höhe Teublitz sagte Leitner schließlich: »Das wird haarig. Wir können ja schlecht dahinmarschieren und sagen: ›He, war der Typ da einfach dämlich, oder habt ihr den absichtlich vor dem Minister zerfetzt?‹ Das kommt wahrscheinlich nicht so gut.«

»Nein, mit Sicherheit nicht. Ich denke auch schon nach, wie wir das am besten anstellen. Ich denke, wir müssen es von zwei Seiten her versuchen.«

»Was meinst du damit genau?«

Agathe zog sich den streng sitzenden Anschnallgurt etwas von der Brust, was aber nur kurzfristig Lockerung versprach. »Es wäre ideal, wenn ich den offiziellen Teil übernehme. Ich meine damit, dass ich als Vertreterin der Versicherung in Erscheinung trete und so alles Dienstliche abarbeiten kann.«

»Klingt vernünftig. Und ich?«

»Ich weiß nicht, wie wir das bewerkstelligen könnten, aber du müsstest irgendwie von innen heraus ermitteln. Sozusagen nah an den Menschen und an der Familie. Dann hätten wir zwei Seiten der Medaille und könnten uns ein stimmiges Gesamtbild machen.«

Leitner dachte kurz nach, dann sagte er: »Von innen heraus … da fällt mir eigentlich nur eine Möglichkeit ein. Ja, aber so könnte es gehen!«

Leitner führte seinen Gedanken nicht weiter aus. Stattdessen fuhr Agathe zum Hof von Dominik Kammerl. Sie übergaben Leitners ehemaligem Musikkollegen wieder seinen Transporter und stiegen um auf den weißen BMW X5, den sie dort geparkt hatten. Als sie wenig später zu Hause in ihrer gemeinsamen Wohnung in der Klosterstraße in Schwandorf angekommen waren, marschierte Leitner schnurstracks in die Dusche und reinigte sein Gesicht mit allen ihm zur Verfügung stehenden Shampoos, Duschgels und Rasierwassern, sodass die braune Tinte tatsächlich weitgehend verschwunden war. Er hatte nur ein Badetuch um die Hüften gebunden, als er zu Agathe in die Küche ging. Sie betrachtete seinen wohlgeformten Körper mit den Tribaltattoos, die sich von der Schulter bis zu seinen Hüften hinabzogen, mit großem Gefallen. Sie und Leitner hatten eine nicht eindeutig beschreibbare Beziehung zueinander. Es war in der Vergangenheit schon öfter dazu gekommen, dass sie zusammen der Versuchung nachgaben und sich gefühlvolle Nächte in einem Bett bereiteten. Allerdings wäre keiner von beiden am nächsten Tag auf die Idee gekommen, den anderen als festen Lebenspartner zu bezeichnen. Dafür vergnügten sich sowohl Agathe als auch Leitner zu gerne mit den sich im Leben ergebenden anderen Möglichkeiten. Dennoch hegten beide eine definitive Zuneigung füreinander, und es waren Momente wie dieser, in denen Leitner eben nur spärlich bekleidet vor ihr stand und sich mit einem kleinen Handtuch das nasse, schwarze, schulterlange Haar trocknete und Agathe sich zwingen musste, ihre Gedanken von seinem Körper loszureißen und an die Arbeit zu denken.

»Sieht ja schon wieder prächtig aus, kaum noch was zu erkennen«, meinte sie aufmunternd.

»Frage nicht, ich hätte mir beinah die Haut weggeschrubbt, so fest saß das Zeug.«

»Ist eben gute Tinte, dokumentenecht«, lächelte Agathe, um gute Stimmung bemüht. »Was hattest du denn vorhin gemeint? Hast du eine Idee, wie wir dich in den Betrieb bringen können?«

»Allerdings. Ich rufe den Jürgen Wullinger an.«

»Und wer soll das sein?«

»Das ist ein Bekannter von mir, der in Fronberg draußen das Eisenwerk leitet. Diese Betriebe kennen sich alle untereinander, darum werde ich ihn bitten, dass er mich an die Firma Dirscherl in Windischeschenbach vermittelt.«

»Wie, einfach so?«, fragte Agathe skeptisch.

»Ich denke, dass die auch immer wieder billige Hilfsarbeiter brauchen können. Der Wullinger soll dem Dirscherl erklären, dass ich ein Bekannter bin, der wieder in die Oberpfalz zurückkehrt, nachdem seine Pläne in der Großstadt nicht aufgegangen sind. Meinetwegen soll er sagen, ich würde finanziell ziemlich am Abgrund stehen und wäre dankbar für jeden Ferienjob, der sich mir bietet. Das kann der bestimmt deichseln.«

Agathes Skepsis schwand, als sie sich den Vorschlag ausmalte. »Das hätte was für sich …«, murmelte sie schließlich und fuhr dann fort: »Dann wärst du tief im Herzen der ganzen Chose. Und du kämst sehr schnell in Kontakt mit allen Mitarbeitern, weil die dich ja erst anlernen müssen.«

»So sehe ich das auch«, stimmte Leitner zu und griff nach seinem Smartphone. Jürgen Wullinger hörte sich Leitners Geschichte an und versprach, sich mit Axel Dirscherl in Verbindung zu setzen.

Nach Leitners Telefonat sagte Agathe: »Bis du Antwort von dem Eisenwerksmenschen erhältst, fahre ich da schon mal rauf und stelle die ersten Fragen.«

So machte sich Agathe auf den Weg und fuhr von der Klosterstraße zur Naabuferstraße und bog dort rechts ab in Richtung der A 93.

Nach einer knappen Stunde Fahrt in Richtung Norden vorbei an Schwarzenfeld, Nabburg, Wernberg-Köblitz und Weiden hatte Agathe die Ausfahrt Windischeschenbach erreicht. Ohne es zu wissen, nahm sie denselben Weg wie einige Stunden zuvor der Staatsminister. Auf dem Gästebereich des Parkplatzes stellte sie ihren BMW X5 ab und betrachtete einige Minuten lang das riesige Hallengebäude von außen. Immense stählerne Bauteile warteten an den Außenwänden auf den Abtransport. Sie schürzte angesichts ihres wuchtigen Volumens respektvoll die Lippen. Das Firmenschild über dem Haupteingang rechts hatte ein modernes, klar gezeichnetes Logo. Nirgends auf dem Parkplatz oder auf den Außenflächen wuchs Unkraut zwischen den Pflastersteinen hervor. Kein Löwenzahn oder ähnliches Grün am Zaun, das sich auf so vielen Fabrikhöfen fand.

Agathe näherte sich dem immer noch offen stehenden Haupttor und sah die Spurensicherung der Kriminalpolizei bei ihrer Arbeit. Etwas abseits des Strahlhauses standen zwei Männer und eine Frau und unterhielten sich engagiert. Agathe vermutete, dass der mit den dünnen hellen Haaren Axel Dirscherl sein musste. Er führte hauptsächlich das Wort, ein großer schlanker Mann stand daneben und nickte gelegentlich zustimmend. Die Frau hatte kurze blonde Haare und ein burschikoses Gesicht. Hier erkannte Agathe mit in ihrem ehemaligen Beruf als Polizeibeamtin gewachsener Intuition eine Kriminalkommissarin. Agathe hielt sich im Hintergrund und sah dem Treiben eine Zeit lang zu. Während er sprach, blickte der vermutliche Firmeninhaber mehrmals zu Agathe herüber. Als er dies zum dritten Mal tat, winkte er jemandem im Inneren der Halle, den Agathe allerdings von ihrer Position aus nicht erkennen konnte.

Eine Minute später kam eine Frau mit roter Strickjacke und kurzem Rock auf Agathe zu. »Grüß Gott, ich bin Simone Dirscherl.«

Agathe nannte ihren Namen und erklärte, für die Jacortia-Versicherung zu arbeiten.

»Das ist gut, dass Sie gleich vorbeischauen. Mein Mann hat, gleich nachdem wir die Kripo verständigt hatten, bei Ihnen in Regensburg angerufen. Das muss natürlich möglichst schnell über die Bühne gehen.«

Agathe taxierte die Frau und entschied sich, ihr Outfit nicht zu mögen. Obwohl die Kleidungsstücke selbst offensichtlich hochwertig waren und einiges gekostet haben mussten, erschien das Ensemble Agathe ein wenig billig. Oder, wie sie sich selbst wohl ausgedrückt hätte, sogar ein bisschen nuttig.

Agathe verlagerte ihr Gewicht vom rechten auf den linken Fuß. »Es wäre hilfreich, wenn Sie mir genau erklären könnten, was heute Morgen hier passiert ist.«

Ihr Blick schweifte zum Strahlhaus, wo überall noch deutlich verschiedene Rot- und Brauntöne an den geöffneten Innenwänden erkennbar waren. Simone Dirscherl berichtete in aller Kürze die Geschehnisse des Morgens, und Agathe musste die

Augen von den sterblichen Überresten des toten Menschen nehmen, als die Unternehmergattin an der Stelle angekommen war, in der die Stahlkugeln ihr tödliches Werk verrichtet hatten.

»Das ist ja wirklich grauenhaft«, kommentierte Agathe betreten.

»Sie können sich denken, was das für unsere Firma bedeutet. Noch dazu, da es direkt vor den Augen unseres Finanzministers passiert ist«, schloss Simone Dirscherl.

»Da gehört nicht viel dazu, sich das auszumalen. Weiß man denn, um wen es sich handelt, der sich dort im Strahlhaus aufgehalten hat?«

»Leider nicht«, seufzte Simone Dirscherl.

»Wir tippen auf den Thiercke Franz«, sagte in diesem Augenblick der große schlanke Mann. Er hatte sich von den anderen beiden losgelöst und zu den Damen begeben.

»Der Franz?«, entfuhr es Simone Dirscherl. »Wie kommt ihr denn darauf?«

Agathe besah sich den Mann in seinem dunklen Pulli und seiner schwarzen Hose. Sein Kopf war nicht kahl, aber mit der Maschine rasiert. Mit seinem Stoppelbart sah es so aus, als wäre der gesamte Kopf von einer drei Millimeter dicken stacheligen Schicht überzogen.

»Es kann eigentlich nur der Franz sein«, sagte der Mann und steckte sich eine Zigarette an.

»Wie kommen Sie darauf, dass es Franz Thiercke war?«, fragte Agathe und prägte sich den Namen ein, indem sie ihn einmal laut aussprach.

Der Mann beäugte Agathe im wahrsten Sinne des Wortes von oben herab, blies Rauch in ihre Richtung und blickte dann zu seiner Chefin. Da diese jedoch schwieg und ebenfalls auf seine Antwort wartete, sagte er schließlich gedehnt: »Der ist schon in der Früh nicht zum Dienst erschienen, und du weißt, Simone, dass der Franz bei so was wie dem Ministerbesuch ein Tausendprozentiger ist.«

Agathe hatte seine Skepsis ihr gegenüber bemerkt und entschloss sich, ihn noch mal ein wenig zu reizen. »Ist das der einzige Hinweis? Dass Franz Thiercke heute nicht zur Arbeit gekommen ist?«

»Wer sind denn Sie überhaupt? Sind Sie von der Polizei?«

»Mein Name ist Agathe Viersen, und ich arbeite für die Jacortia-Versicherung.« Weil der Mann sie nur durchdringend anstarrte, ging Agathe in die Offensive. »Und Sie sind?«

Wieder blickte er zu Simone Dirscherl, und diese sagte: »Das ist schon in Ordnung, Markus. Wir müssen hier zusammenarbeiten, damit wir dieses Chaos irgendwie hinter uns bringen.«

Agathe, gestärkt durch Simones Rückhalt, wiederholte ihre Frage: »Und Sie sind?«

»Pichler, Markus.«

Die Versicherungsdetektivin musste sich zusammennehmen, um nicht zu lächeln: diese typische Oberpfälzer Eigenart, sich zuerst mit dem Nachnamen vorzustellen.

»Markus ist unser Einrichter. Eine der wichtigsten Stützen für meinen Mann«, erklärte Simone.

Pichler war offensichtlich kein Mann der vielen Worte, und es entging Agathe auch nicht, dass er sich in diesem Ermittlungsgespräch nicht wohlfühlte. Er steckte sich die Zigarette in den Mund und zog tief daran. »Von der Hose und seinem Hemd her könnte es auch der Franz gewesen sein«, murmelte er schließlich.

»Das wäre ja schauderhaft«, flüsterte Simone Dirscherl. Auf Agathes Nachfrage führte sie aus: »Franz Thiercke ist unser Meister. Über ihn ist jeder Vorgang in unserem Betrieb gelaufen. Er und mein Mann sind seit Jahren ein unzertrennliches Team. Sie haben blind miteinander arbeiten können.«

Agathe betrachtete Markus Pichler. Sie hätte es nicht schwören können, aber bei dem Lob aus dem Munde der Chefin über Thiercke meinte Agathe, ein leises Schnauben von Pichler gehört zu haben.

»Sehen Sie das auch so, Herr Pichler?«, fragte sie unvermittelt.

Der Angesprochene gab sich jedoch keine Blöße und sagte neutral: »Der Franz kann schon was. Oder hat was gekonnt.« Er merkte, dass Agathes Augen auf ihm ruhten, und griff schließlich an das Telefon, das an seinem Gürtelclip hing. »Ich rufe die Spedition noch mal an. Die Lieferung für den Motorblock nach Chabarowsk muss ja trotzdem raus.« Damit hielt er sich das Telefon ans Ohr und entfernte sich von den Frauen.

Auf Agathes fragenden Blick erwiderte Simone Dirscherl: »Das ist ein Eisenbahnstützpunkt in Russland.«

»So weit liefern Sie?«

»Freilich, und noch viel weiter. Große Lokomotiven und Kreuzfahrtschiffe für sechstausend Leute werden halt nun mal nicht in Weiden gebaut.«

Agathe sah ins Halleninnere. Dort trat gerade ein junger Soldat in Ausgehuniform vom Büro an die Plattform an der Treppe zur Halle.

»Der Lieutenant Colonel kann nun mit Ihnen reden, Frau Kommissar!«, rief er lautstark hinunter. Das »r« bei »reden« rollte er amerikanisch, und Agathe sah nun auch, dass es sich um keine deutsche Uniform handelte, sondern offenbar um eine solche der US-Army.

»*That's okay*, Sergeant. Ich komme *down* zu Sie«, sagte darauf ein dunkelhäutiger Mann, der die gleiche Hautfarbe hatte wie der junge Soldat und hinter diesem aus Dirscherls Büro gekommen war.

Als beide Männer die Treppe hinabgingen, fiel Agathe auf, dass bei dem älteren Amerikaner wesentlich mehr farbige Balken an seiner Brust angebracht waren, ebenso wie die breiteren Schulterklappen mit wuchtigen vergoldeten Ornamenten darauf. Es musste sich um einen höheren Offizier handeln, der seinen Adjutanten dabeihatte.

»Wer ist das?«, fragte Agathe Simone.

»Das ist Lieutenant Colonel Douglas Mercer aus Grafenwöhr.«

»Aus Grafenwöhr?« Verwunderung lag in Agathes Stimme.

»Ja, das liegt ja nicht weit von uns entfernt. Vielleicht dreißig Kilometer.«

Die Versicherungsdetektivin sah nachdenklich zu den Soldaten, die sich soeben zu Axel Dirscherl und der Kommissarin gesellten. Sie überlegte. Es war wohl ihr Kollege Gerhard Leitner gewesen, der diesen Ort schon einmal erwähnt hatte. Je länger sie darüber nachdachte, desto mehr fiel es ihr wieder ein. Richtig! Gerhard hatte mal erwähnt, dass er für amerikanische Truppen mit seiner damaligen Blaskapelle musiziert hatte. Und wo das war … dieser Ort konnte durchaus Grafenwöhr geheißen haben.

Simone Dirscherl wurde gewahr, dass Agathe als augenscheinlich nicht gebürtige Oberpfälzerin es verwunderlich fand, in einem kleinen Ort wie Windischeschenbach zwei Vertreter des amerikanischen Militärs anzutreffen. Daher klärte sie Agathe auf: »In Grafenwöhr gibt es schon seit über hundert Jahren einen Truppenübungsplatz. Nach dem Zweiten Weltkrieg haben amerikanische Truppen ihn übernommen und sind seitdem dort stationiert.«

»Und wieso kommen die zu Ihnen in die Firma?«

»Die Amerikaner arbeiten immer schon mit den einheimischen Bewohnern und Firmen zusammen. Deutsche als Bürokräfte, als Hausmeister, Kfz-Mechaniker und so weiter.«

»Kapiere«, sagte Agathe schließlich. »Die Amerikaner und Ihr Betrieb hier haben also ebenfalls geschäftliche Beziehungen?«

»Ganz genau. Vieles, was im Metallbau und im Gießereiverfahren bei der US-Army anfällt, haben sie an uns weitergegeben.«

Eine Weile sah Agathe den beeindruckend gekleideten Soldaten mit ihren weißen Hosen und dunklen Jacketts zu, als sie die Kommissarin vernahm. Sie stellte die Fragen auf Deutsch, der Adjutant übersetzte sie auf Englisch. In breitem amerikanischen Slang antwortete der Lieutenant Colonel, und dann war es wieder an dem jungen Soldaten, die Antwort auf Deutsch wiederzugeben.

»Dann waren die beiden Offiziere dort ebenfalls zu Gast beim Besuch des Staatsministers?«, fragte Agathe.

»Doug Mercer ist Offizier. Der andere ist ein Sergeant Major.

Eine Art Unteroffizier. Carter mit Nachnamen, den Vornamen habe ich leider nicht mehr im Kopf. Die Kriminalkommissarin wollte natürlich auch Mercer als Zeugen befragen, aber dafür hat er jetzt fast zwei Stunden mit seinem Stützpunkt telefoniert. Ich nehme an, dass Brigadier General Wanford keinen internationalen Zwischenfall zwischen Deutschland und Amerika in den Medien gebrauchen kann, gerade nicht jetzt, in diesen bewegten Zeiten.«

Erstaunt über Simone Dirscherls genaue Kenntnis der amerikanischen Dienstgrade zog Agathe die Augenbrauen nach oben und betrachtete stumm das Quartett im Inneren der Halle. Ihr Bauch sagte ihr, dass es wohl keine gute Idee wäre, den Lieutenant Colonel zu stören, geschweige denn zu befragen. Sie überlegte, was ihr Axel Dirscherl würde erzählen können, das sie nicht schon von Simone erfahren hätte. Also blieb nur noch die Kommissarin. Agathe musste an Kriminalhauptkommissar Deckert von der Amberger Kripo denken. Zusammen mit ihm hatten Agathe und Gerhard Leitner schon einige Morde aufklären können, sei es die halb verweste Leiche in einem Güllefass auf der Wirkendorfer Kirwa, die rätselhafte Mordserie auf den Amberger Bergfesten oder zuletzt der Fall mit dem verscharrten Teufel in der Schwandorfer Hauptstraße. Es war für ihre Ermittlungen ein Glücksfall, dass Deckert gelernt hatte, den beiden Versicherungsdetektiven zu vertrauen. So konnten sie wichtige Informationen erfahren und sich manchmal auch den Polizeiapparat zunutze machen. Agathe checkte die Kommissarin vor Ort noch einmal für sich ab und kam zu dem Schluss, dass sich dieses Glück hier wohl nicht wiederholen würde.

»Wollen Sie einen Kaffee haben?«, fragte Simone Dirscherl.

»Das wär bannig klasse«, gab Agathe zurück und verfiel einen kurzen Moment lang in ihren norddeutschen Dialekt. Sie beschloss, wenigstens den Versuch zu starten, sich mit der Kommissarin gut zu stellen und auch die Chance auf eine Befragung von Axel Dirscherl zu nutzen.

Es dauerte fast eine halbe Stunde, bis Dirscherl sein Gespräch mit den Amerikanern und der Kripobeamtin beendet hatte.

Agathe hatte sich an der Brotzeitecke der Werkshalle auf einer Bank niedergelassen und trank ihren Kaffee. Als die Soldaten sich anschickten, die Halle zu verlassen, eilte Agathe zu ihnen. Doch es ergab sich nicht einmal der Hauch einer Möglichkeit, mit ihnen ins Gespräch zu kommen. Mit militärisch schnellem Schritt gingen sie zu einem dunkelblauen Ford Expedition, stiegen ein und fuhren mit dunkel gluckerndem Motor vom Hof.

Agathe sah dem schweren SUV nach.

»Was hätten Sie jetzt noch von mir gebraucht?«, vernahm sie die Stimme des Firmeninhabers hinter sich.

»Mein Name ist Agathe Viersen, Herr Dirscherl.«

»Das weiß ich schon, das hat mir meine Frau gesagt. Wie kann ich Ihnen helfen?«, fragte der Angesprochene, und Agathe konnte sehen, unter welcher Anspannung, aber auch einsetzender Erschöpfung er stand.

»Ich muss Sie bitten, mir aus Ihrer Sicht kurz zu schildern, was da heute Morgen geschehen ist.«

»Zum hundertsten Mal heute«, stieß Dirscherl aus.

Dann atmete er tief durch und begann. Wesentlich unterschied sich sein Bericht nicht von dem seiner Frau. Als er geendet hatte, vibrierte Agathes Smartphone. Sie nutzte einen kurzen Moment, um verstohlen auf das Display zu linsen.

»Bin drin«, lautete der Text einer WhatsApp-Nachricht ihres Kollegen Leitner.

Das war für Agathe das Zeichen, sich zurückzuziehen. Sie kündigte an, sich in den nächsten Tagen wieder zu melden, und ging nun ihrerseits zu ihrem Auto.

Beim Passieren des Hallentores wurde sie gerade noch Zeugin, wie Markus Pichler von der Treppe zum Büro zum Ehepaar Dirscherl rief: »He, Axel! Wir haben ab morgen eine neue Hilfskraft. Die Fronberger haben gerade angerufen, da kommt morgen so ein abgebrannter Musiker vorbei, der unbedingt schnell ein paar Kröten auf die Hand braucht!«

Als sie die Tür ihres BMW öffnete, feixte Agathe. Gerhard und seine berühmten Beziehungen …

4

Der alte Koffer gab ein gemütliches Knautschen von sich, als Gerhard Leitner ihn von seinem Schlafzimmerschrank herunterhob. Agathe betrachtete das altertümlich anmutende lederne Reiseutensil neugierig. »Der ist mir da oben auf dem Schrank eigentlich noch nie aufgefallen.«

»Du hast in meinem Schlafzimmer ja auch nichts zu suchen, oder?«, gab Leitner mit Augenzwinkern zurück.

Wie so häufig in den letzten Jahren war Agathe nicht in der Lage, seinen Tonfall eindeutig zuzuordnen. Sie waren sich im Augenblick einig, nur Kollegen sein zu wollen. Dennoch musste Agathe kämpfen, um die in ihr aufsteigende Erregung unter Kontrolle zu halten. Woran es genau lag, wusste Agathe nicht. Aber Leitner vor seinem Bett zu sehen, wie er sich nur mit einer Hose bekleidet nach dem Koffer streckte, und dann die Art, wie er ihr nun zuzwinkerte … nein, fair war das nicht von ihm. Agathe gab sich einen Ruck und sog tief Luft in die Lungen. Jetzt war nicht die Zeit für solche Gedanken!

»Das Teil hat aber schon ein paar Kilometer auf dem Buckel, oder?«, fragte sie und deutete auf den Koffer.

Leitner wiederum bemerkte, dass sich ihr Tonfall zu einem verklärten As-Dur verändert hatte. Wahrscheinlich wollte sie es gar nicht absichtlich, aber das absolute Gehör des Musikers, der Tonarten und Klänge ohne technische Hilfsmittel bestimmen konnte, trog ihn nicht. Er konnte sich vorstellen, dass sie ihrer Stimme einen etwas geschäftlicheren und professionelleren Klang geben wollte, vielleicht etwas in Ces-Dur. Aber diese letzte Terz gab Agathes Stimme derzeit nicht her. Der warme Klang des As-Dur, den auch Chopin gekonnt in seinen Klavierstücken eingesetzt hatte, ließ Leitner ein kleines Bitzeln im Raum verspüren. Diesem Bitzeln hatten Agathe und Gerhard Leitner schon diverse Male nachgegeben, aber auch Leitner verwarf alle Gedankenspielchen, die diese Stimmung im Raum ermöglicht hätten. Stattdessen erläuterte er: »Den Koffer habe ich noch von meinem Großvater. Echtes Schweinsleder. Also, nicht der Großvater, sondern der Koffer.«

Agathe musste ob dieses billigen Wortwitzchens trotzdem hellauf kichern, was ihr sehr willkommen war, um die Spannung im Raum aufzulösen.

»Wie hast du das jetzt eigentlich genau geschafft? Dass du morgen schon in Dirscherls Firma anfangen kannst, meine ich.«

Während Leitner Unterwäsche und einige alte Pullover und T-Shirts packte, erzählte er: »Ich habe, wie ich es vorhin sagte, mit dem Chef ›von Fronberg Guss‹ telefoniert, und der Jürgen hat mir den Gefallen getan, mich zu vermitteln.«

»Da musst du dann die nächsten Tage hindurch aber früh aufstehen, wenn du täglich morgens pünktlich oben sein willst.«

»Das wird Gott sei Dank nicht so schlimm«, lächelte Leitner. »Da der Dirscherl wirklich dringend Leute sucht und der Wullinger Jürgen ihm erklärt hat, dass ich quasi pleite sei, hat er oben in Neuhaus im örtlichen Hotel Waldnaabtal für die nächsten zwei Wochen eine Unterkunft für mich organisiert. Der kennt wohl die Betreiberfamilie gut und hat mit denen schon öfter solche Deals gemacht.«

»Neuhaus? Ich dachte, Windischeschenbach?«

Leitner schlüpfte in ein graues T-Shirt und meinte dann schmunzelnd: »Neuhaus gehört zu Windischeschenbach. Dort oben ist die Hochburg des Zoigls!«

Über Agathes Gesichtszüge legte sich eine leichte Genervtheit. »Die Hochburg von was für ’nem Zeug?«

»Zoigl. Das ist eine ganz besondere Bierart.«

»Aha. Und du bist da oben einquartiert? In dieser Bierhochburg von diesem Zeugs?«

»Zoigl.«

»Wie auch immer. Na, dann dürfen die in der Brauerei gleich Bescheid sagen, dass sie ein paar Fässer mehr für dich ankarren dürfen.«

Wieder schmunzelte Leitner: »Das ist unnötig. Es gibt nämlich keine Brauerei.«

»Wo kriegen sie das Zeug dann her, wenn es keine Brauerei gibt?«

»Die ganze Stadt da oben ist die Brauerei …«

Als Agathe, nun noch mehr genervt, die Arme verschränkte, lenkte Leitner ein. »Dort gibt es ein Kommunbrauhaus. Aber was es damit auf sich hat, werde ich dir ein anderes Mal erzählen.«

»Das wäre mir auch sehr recht«, stieß Agathe aus und nahm die Arme wieder runter. »Ich bin mir nämlich immer noch nicht ganz im Klaren darüber, wie ich als Nächstes vorgehen werde.«

»Na, wir sollten halt erst mal abwarten, was ich rausbekommen kann, wenn ich in den Betrieb eingeschleust bin«, schlug Leitner vor. Agathe aber presste unzufrieden die Lippen zusammen. »Ja, das ist ein wichtiger Baustein. Aber ich fürchte, ich selber werde über die offizielle Schiene auch nicht viel erfahren.«

»Wie meinst du das?«

»Sieh mal: Wir hatten bislang häufig das Glück, dass Hauptkommissar Deckert mit denselben Fällen betraut war wie wir. Dadurch, dass er uns sehr wohlgesinnt war, konnten wir vieles quasi nebenbei herausfinden, und zwar von offizieller Seite.«

»Ja und?«

»Ich habe dir doch von der Kommissarin da oben erzählt. Ich will nicht unken, aber mein Bauchgefühl sagt mir, dass wir mit der wahrscheinlich nicht warm werden.«

Leitner zog eine Schnute, als Agathe fortfuhr: »Von der Firmenleitung selber weiß ich bereits alles Relevante, und ich kann mir nicht vorstellen, dass täglich neue Besuche von mir großartig Neues ans Tageslicht befördern würden.«

»Dann überlasse das doch mir. Es wird zwar vielleicht ein bisschen dauern, aber wenn man Einblick ins Betriebsinnere hat, müsste es doch mit dem Teufel zugehen, wenn das nichts brächte.«

»Hör bloß auf mit dem Teufel, das hatten wir erst«, winkte Agathe ab und musste an ihren letzten Fall denken, wo man in der Schwandorfer Hauptverkehrsader auf eine vergrabene

Leiche im Teufelskostüm gestoßen war. »Nein, ich muss mir da noch eine andere Strategie überlegen.«

»Gut, mach das«, meinte Leitner beiläufig und drückte mit einem Arm sein ganzes Gewicht auf den Koffer, damit er mit der anderen Hand die Lederriemen in die Schlaufen des Koffers fädeln konnte.

Einige Minuten später betätigte Leitner den Brühknopf des Kaffeevollautomaten in ihrer Küche, wo sich die beiden Detektive neben dem Wohnzimmer am häufigsten aufhielten. Der Blick aus dem Küchenfenster auf den Platz, wo sich die Postgarten-, die Schwaiger-, Bahnhof- und Klosterstraße trafen, war beim Kaffeetrinken zum festen Ritual für beide geworden. Mit einem Milchkaffee bewaffnet, nahm Leitner am Fenster Platz und beobachtete das rege Treiben der Taxiwagen auf dem Weg zum Dialysezentrum, der Fußgänger bei ihren Einkäufen, der Patienten auf dem Wege zu ihrem Arzt und der Lieferwagen der Geschäfte.

Es dauerte nicht lange, bis auch Agathe in die Küche trat und es Leitner gleichtat. Als sie von ihrem noch heißen Kaffee schlürfte, sagte Leitner: »Ich habe mich im Internet ein bisschen über die Firma Dirscherl informiert. Also nicht nur, was die so herstellen, sondern auch ein paar Zeitungsberichte und Beiträge des örtlichen Fernsehsenders.«

»Irgendwas Interessantes dabei?«

»So wie es aussieht, handelt es sich um einen Familienbetrieb in dritter Generation. Die Dirscherls haben ein Kind. Eine Tochter namens Melanie. Aber recht viel mehr war nicht in Erfahrung zu bringen.«

Agathe jonglierte das eben Gehörte in ihren Gedanken. »Wie alt ist die Tochter?«

»Irgendwas um die zwanzig, so sah sie zumindest auf den Zeitungsfotos aus.«

Agathe stellte die Tasse auf den Küchentisch und ging ins Wohnzimmer, um sich den Laptop zu holen. Auf jenem fing sie an zu tippen und sich nun ihrerseits zusätzliche Informationen anzusehen. Als Leitner seinen Kaffee ausgetrunken hatte und die leere Tasse auf die Arbeitsfläche der Küche stellte, sagte Agathe, ohne ihn anzusehen: »In die Geschirrspülmaschine, Kerl!«

Leitner hielt kurz inne, leistete dann aber Agathes Aufforderung Folge.

Er wollte soeben zur Tür hinausgehen, als Agathe ein knappes »Ha!« entfuhr.

»Was gefunden?«, fragte er.

»Könnte sein. Das wäre eine Möglichkeit.«

»Was genau meinst du?«

Agathe drehte den Tischcomputer zu ihm herum, und Leitner erschrak fast ein wenig. Er wusste nicht, womit er auf dem Bildschirm gerechnet hatte, aber es waren sicher nicht Nahaufnahmen von lackierten Fingernägeln, Fläschchen und Töpfchen mit Kosmetik, Lockenwicklern und Föhnfrisuren. Die Seite war mit hellem Pink als Hintergrund unterlegt. »Wasserfeste Wimperntuschen im Härtetest« war eine der Überschriften, die Leitner aufschnappen konnte.

»Was guckst du dir da an? Sind das persönliche Fortbildungsmaßnahmen, oder was?«

»Keineswegs, du Honk!« Agathe scrollte die Seite ganz nach unten. »Das könnte eine Möglichkeit für mich sein, aktiv zu werden.«

Leitner verstand überhaupt nichts. »Du willst einen Kosmetikblog starten, während ich ermittle?«

Agathe verdrehte die Augen. »Nein, Mann! Aber wenn du deine Augen mal kurz aufmachen würdest, dann könntest du Genie vielleicht erkennen, worum es hier geht!«

Leitner kniff die Augen zusammen und blickte auf das Ende der Internetseite. Seine Kollegin klickte auf die Überschrift »Impressum«, und schon wechselte die Ansicht zur üblichen Anzeige des Verantwortlichen für diese Internetpräsenz.

»Ach so …«, murmelte Leitner schließlich. »Jetzt dämmert es mir. Der Blog wird von Melanie Dirscherl betrieben.«

»So ist es, du Held.«

»Aber was bringt uns das?«

»Ganz einfach. Während du dich ums Metall kümmerst und dabei in der Firma ermittelst, werde ich mich mal über den Beautyblog an die Tochter heranmachen. So kriege ich vielleicht noch einen zweiten Zugang zu Informationen.«

»Das könnte funktionieren«, sagte Leitner.

»Denke ich auch. Von Frau zu Frau redet sich manches leichter.«

»Dann schau doch mal, ob du mit dieser Melanie einen Termin ausmachen kannst.« Er kicherte.

»Was denn?«

»Ich stelle mir das nur gerade vor, wie du dann mit diesen Schnörkeln auf den Fingernägeln wiederkommst …«

Agathe lehnte sich demonstrativ in ihrem Stuhl zurück und sah ihren Kollegen frech an. »Du meinst, das stünde mir nicht?«

Leitner musterte sie mit durchdringendem Blick. »Nein, das stünde dir wirklich nicht. Das wäre an dir zu verspielt. Du bist keine sechzehn mehr.«

Wortlos nahm Agathe ihren Kopf zur anderen Seite und wartete darauf, ob Leitners nächster Satz die mögliche im Raum stehende Beleidigung über ihr fortgeschrittenes Alter weiter ausbauen würde.

Stattdessen sagte Leitner, ohne Anzeichen von Schuld oder Spott in seiner Stimme: »Du bist ein gestandenes Weibsbild. Da braucht man keine Verschnörkelungen, sonst macht man das ganze Kunstwerk kaputt.« Damit ging er aus der Küche. Agathe sah ihm länger nach, als sie es eigentlich wollte. Agathe merkte, dass sie schon wieder viel zu flach atmete. Dieser Mann und seine verdammte sonore Stimme!

Konnte der nicht mal mit diesem Blödsinn aufhören?

5

Der immense Krach war der erste bleibende Eindruck für Gerhard Leitner, als er am Donnerstagmorgen um Punkt sechs Uhr dreißig hinter Markus Pichler hertrottete und sich seine neue »Arbeitsstätte« besah. Was diese Geräuschkulisse im Einzelnen eigentlich verursachte, erschloss sich Leitner nicht. Er wusste nur, dass es sein feines Gehör beleidigte. Nur mit Mühe gelang es ihm, sich innerlich gegen die Lärmbelästigung zu wehren, und er war froh, als er mit Pichler ins Büro trat, um den notwendigen Papierkram zu erledigen. Nach etwa einer halben Stunde stand Leitner komplett ausgerüstet mit Stahlkappenschuhen, Schutzbrille und Gehörschutzstöpseln vor seiner ersten Aufgabe, die ihm Pichler zuteilte. In diesem Teil der Werkshalle sah er vor sich etwa zwanzig stählerne Stangen, die im rechten Winkel auf ebenso langen Holzlatten lagerten.

»Das sind Doppel-T-Träger«, rief Pichler seinem neuen Mitarbeiter zu. »Da kommen im Laufe des Tages noch mehr.«

»Was tue ich damit?«

»Der Denis lackiert die. Und du drehst sie ihm um, damit er an alle Seiten hinkommt.«

Leitner maß mit den Augen die Stahlstangen ab. Er schätzte das Gewicht einer einzigen auf mindestens zweihundert Kilo. Mit den Händen war das auf die Länge der Träger wohl kaum zu erreichen. Pichler nahm eine Stahlstange von der Wand, an deren Ende ein schnabelförmiger Doppelhaken montiert war. Er fuhr mit dem Schnabel in die Kontur des vordersten Trägers und drehte ihn der Länge nach per Hebelkraft um neunzig Grad auf die Seite. Leitner zog mit Respekt vor der Geschicktheit die Augenbrauen nach oben.

»Jetzt du«, sagte Pichler.

Leitner nahm die Stange und versuchte, es Pichler gleichzutun. Als er den Träger jedoch halb gedreht hatte, rutschte dieser der Länge nach von den Holzlatten herunter und kam nach ohrenbetäubendem Scheppern eine Sekunde später auf dem Boden der Halle zur Ruhe.

»Das sollte nicht passieren!«, quittierte Pichler diese Fehlleistung schroff.

»Ist dem Träger was passiert?«, fragte Leitner vorsichtig.

»Dem nicht. Der ist aus Stahl. Aber unseren Hallenboden brauchst du nicht gleich am ersten Tag aufzuarbeiten!«

Mit diesen Worten trat Pichler zu einem Bedienkasten, der an einem dicken Kabel von der Decke hing. Er drückte einige Knöpfe, und Leitner trat instinktiv einige Schritte zurück, als sich ein Kranhaken mit einer Kette daran von oben herabsenkte. Mehrmals musste Pichler die Kette neu an beide Enden des Trägers manövrieren und so den Stahlträger wieder auf seinen vorgesehenen Platz hieven. Dieser Vorgang dauerte mehrere Minuten. »Für so was haben wir nicht unbegrenzt Zeit. Pass also bitte besser auf beim nächsten Mal!« Dann reichte Pichler ihm noch eine Atemschutzmaske, die über zwei Filter verfügte.

»Was soll ich denn damit?«, fragte Leitner.

»Hier wird lackiert«, erwiderte Pichler lapidar und ließ Leitner an den Stahlträgern stehen, die von oben wie ein riesiger Gullydeckel aussahen. Kurz darauf kam ein Mitarbeiter – das musste Denis sein – und griff zu einer Sprühpistole, wie Leitner sie vom Autowaschen her kannte.

Denis war ein untersetzter kleiner Mann ohne Haare auf seinem runden Kopf. Er deutete mit der Hand an, dass Leitner seine Atemschutzmaske aufsetzen sollte. So begann Denis, ohne ein Wort mit ihm zu wechseln, eine übel nach Lack riechende Flüssigkeit auf die Träger zu sprühen. Leitner drehte sie nach jedem Durchgang auf den wortlosen Befehl von Denis hin um eine Seite weiter, und keiner der Stahlträger entglitt ihm dabei. Nach etwas über zwei Stunden, in denen Leitner gegen Übelkeit und Schwindel ankämpfte, hängte Denis die Sprühpistole wieder an ihren Platz.

Leitner nahm die Maske ab. »Was ist jetzt?«

Mit rollendem R, das sich für Leitners Ohren nach Russland anhörte, erwiderte Denis lapidar: »Brotzeit!«

Da das Wetter ausgesprochen schön war, nahmen die Mitarbeiter von Axel Dirscherl ihre Stärkung an einem großen Tisch im Freien vor der Halle ein. Während einige der Männer über die Fußballergebnisse und die Schwierigkeit sprachen, sich die Spiele bei all den verschiedenen Pay-TV-Anbietern anzusehen, aßen die meisten stumm ihre Brote und Semmeln. Neben Leitner saß Denis und blätterte in der BILD.

»Und, steht was Gescheites drin?«, fragte Leitner unverfänglich.

Kauend schüttelte Denis den Kopf. »Hier wir sind. Das ist Beitrag über uns.« Nach dem »hier«, das eher klang wie »chier«, war sich Leitner über Denis' russische Herkunft sicher.

»Über uns?«

Denis tippte mit seinem Wurstbrot auf die Stelle in der Zeitung. »Das hier. Gestern bei uns in die Strahlhaus.«

Leitner warf einen Blick auf die bunten Seiten, die ihm Denis hinhielt. Es war kein sehr großer Artikel und stand auch nicht auf Seite 1, aber Leitner las: »Mann von Stahlkugeln zerfetzt – Minister war Zeuge«. Als er den Artikel genau durchsah, schien es ihm nicht weiter verwunderlich, dass das nach Sensationen gierende Blatt sich auf diesen äußerst ungewöhnlichen Todesfall gestürzt hatte.

»Das ist hier passiert? Gestern erst?«, gab Leitner den Unwissenden.

»Rechte Hand von Chef. Franz Thiercke.«

»Unglaublich«, murmelte Leitner. »Hast du auch gesehen, wie das passiert ist?«

Denis antwortete mit einem Nicken. »Große Sauerei. Ganze Körper von Franz zerlegt. Alles vollgespritzt.«

Leitner verzog angewidert die Mundwinkel und war überrascht, wie teilnahms- und emotionslos manche Menschen über derlei Vorgänge reden konnten. »Wie ist denn der da reingekommen in das Strahlhaus? Der muss sich doch bemerkbar gemacht haben, wenn er da eingesperrt wird.«

Auf Leitners Frage hin hoben sich die Köpfe einiger Mitarbeiter, die es offenbar nicht schätzten, dass jemand, der eben erst angefangen hatte, hier zu arbeiten, gleich das Wort führte und unangenehme Fragen stellte.

Markus Pichler bemerkte dies und sagte: »Wir wissen das nicht genau. Er muss wohl im Inneren des Schiffsmotorblocks gewesen sein, als es passierte. Offenbar war er da nicht mehr bei Bewusstsein, sonst hätte er sich freilich gemeldet. Aber warum, das wissen wir nicht.«

»Ist solche Brummer, das Motor«, sagte Denis und deutete mit ausgestreckten Armen die Dimension des Werkstücks an.

»Und das alles vor den Augen des Ministers?«, spielte Leitner die Rolle des Uneingeweihten weiter, der – auf diesen Effekt hoffte er zumindest – aus Verblüffung so viele Fragen stellte.

»Ja. Der war zu einem Besuch hier. Aber jetzt genug mit dieser Fragestunde.«

Die Mitarbeiter hatten ihre Augen weiterhin auf Leitner gerichtet, ob der Neue wohl dem Befehl zum Schlussstrich Pichlers Folge leisten würde. Leitner wollte sein Blatt nicht überreizen und verzichtete auf weitere Fragen.

Denis lehnte sich zu Leitner. »Magst du Bier?«

»Schon.«

»Dann du kommst heute nach Feierabend mit zum Zoigl. Da wir können reden, ohne dass Pichler schimpft.«

»Klingt gut.«

Als die Männer nach der Brotzeit zu ihrer Arbeit zurückkehrten, wischte sich Leitner die Brösel seiner Leberkässemmel vom Pulli und stand ebenfalls auf. Ein junger Mann von Anfang zwanzig steckte in diesem Moment seinen Kopf um die Ecke und ging dann auf Pichler zu, der neben Leitner als Einziger noch im Freien war und seine Zigarette zu Ende rauchte.

»Servus, Markus. Ist der Axel nicht da?«, sagte der quirlige Kerl, dessen leuchtende Augen viel Energie ausstrahlten.

»Servus, Emmerich. Der muss jeden Augenblick kommen. Ich glaube, der ist zu seinem Anwalt gefahren. Aber die Simone ist im Büro. Du kannst gerne auf ihn warten.«

Leitner verfolgte das Gespräch stumm und ging hinter den

beiden anderen Männern wieder in die Halle. Simone Dirscherl kreuzte zufällig ihren Weg.

»Ach, Emmerich. Grüß dich«, sagte sie freundlich. »Du willst bestimmt mit dem Axel sprechen? Komm mit ins Büro, der ist gleich wieder da.«

»Ist gut. Auf eine Tasse Kaffee lade ich mich gerne bei dir ein«, grinste der junge Mann frech.

Als Denis die Chefin erblickte, sagte er: »Geht klar mit Urlaub, Chefin? Hab ich noch keinen Zettel gekriegt.«

»Ich schau gleich nach, Denis«, versprach Simone Dirscherl und ging mit dem jungen Mann, dessen Vorname Emmerich für Leitner ziemlich antiquiert für sein Alter klang, die Treppe zum Büro nach oben. Leitner konnte nicht mehr viel von deren weiterem Gespräch verstehen. Er hörte den Mann nur noch sagen: »Das muss ja eine Aufregung gestern gewesen sein bei euch …«

Mit einer guten Portion Missmut streifte sich Leitner wieder den Atemschutz über und dachte an die Aussicht, für den Rest des Arbeitstages seine Stahlträger umdrehen zu müssen.

Nichtsdestoweniger nahm er die triste Tätigkeit wieder auf. Während der Lackiervorgang seinen monotonen Lauf nahm, beobachtete Leitner die übrigen Arbeitsstellen, die er von seinem Platz aus sehen konnte. Hier ergab sich für die Bearbeitung des Versicherungsfalles, dessentwegen Leitner zum Hilfsarbeiter geworden war, augenscheinlich aber kein Erkenntnisgewinn. Frustriert setzte Leitner seinen Metallschnabel beim nächsten Träger an. Nach wenigen Minuten sah er, wie Emmerich vergnügt über die Treppe hinabstieg und pfeifend die Halle Dirscherl verließ. Leitner sah aus einem ungünstigen Winkel zum geöffneten Hallentor, sodass er nur einen kleinen Ausschnitt vom Platz davor erspähen konnte. Er wollte sich soeben wieder seiner Aufgabe widmen, als ein großer Wagen am Hallentor vorbeifuhr. Das Fabrikat war auf den ersten Blick kein allzu häufig auf den Oberpfälzer Straßen zu findendes, sodass Leitner neugierig den Blick nach draußen gerichtet ließ. Das musste ein amerikanisches Modell sein; schließlich hatte Agathe ihm ja vom gestrigen Tag von einer Zusammenkunft mit Vertretern der US-Army berichtet. Tatsächlich kam in diesem Moment ein uniformierter Soldat zur Halle herein. Er war aber nicht, wie es am Vortag bei Agathe der Fall gewesen war, in Ausgehuniform gekleidet, sondern in einen schlichten Tarnfleckanzug mit einem schwarzen Barett auf dem Kopf.

»Kollege!«, rief Denis mit sanfter Ermahnung. »Drehst du Träger um, ja? Bist du zum Arbeiten hier, nicht zum Glotzen!«

Leitner sah Denis schuldbewusst an. »Entschuldige bitte. Ich habe nur nicht mit einem Soldaten hier drinnen gerechnet.«

Denis ging einen Schritt zu Leitners Seite und betrachtete nun ebenfalls den Soldaten. »Ist wie früher in gute alte Zeit. Hier hast du Russki«, Denis tippte sich mit dem Finger auf die Brust, »und da du hast Amerikanitz. Ist wie Kaltes Krieg.«

Leitner musste lächeln.

Denis deutete wieder auf die Stahlträger. »Und jetzt du kümmerst dich wieder um eisernes Vorhang!«

Beide Männer lachten nun laut, und keiner von ihnen hatte gesehen, dass Simone zu ihnen herübergekommen war.

»Denis, das mit dem Urlaub haut so nicht hin«, sagte sie schroff. »Das müssen wir anders regeln.«

Enttäuscht sah Denis sie an. »Aber hab ich schon früh angemeldet! Geht auch um Frau und ihre Arbeit.«

»Ich kann es nicht ändern. Dieser Termin geht auf jeden Fall nicht!«, beendete Simone das Gespräch abrupt und wandte sich dem Amerikaner zu. »Ach, Gary. Schön, dich wiederzusehen.«

»*Always a pleasure.* Immer ein Vergnugen«, antwortete der Soldat mit fester Stimme und dem üblichen »u« statt dem »ü«. Leitner konnte an seinem gesamten Bewegungsablauf sehen, dass der Mann mehr als durchtrainiert war. Unglücklicherweise kannte er die Insignien der amerikanischen Streitkräfte nicht gut genug, um den Rang des Soldaten zu bestimmen. »Ist Axel oben?«, fragte er in einwandfreiem, aber stark amerikanisch klingendem Deutsch.

»Noch nicht, er ist beim Anwalt«, sagte Simone und führte auch den Soldaten zur Treppe zum Büro.

Leitner hörte ihn noch sagen: »Nach dem Zwischenfall braucht er wahrscheinlich den Rat von einem Rechtsverdreher …«

Dann waren die Chefin und ihr Gast außer Hörweite. Leitner musste schmunzeln, weil er die umgangssprachliche Redewendung des Rechtsverdrehers aus dem Munde eines Amerikaners nicht vermutet hätte.

Er sah zu Denis, der dem Duo mit einer Mischung aus Enttäuschung und Wut hinterdreinsah. »Du hast den Urlaub wohl schon länger geplant?«, fragte er seinen Kollegen mitfühlend.

Der hatte sich schnell wieder unter Kontrolle und lachte so herzlich wie kurz vor Simones Ansage. »Wartest du ab. Letzte Wort hat Axel. Vielleicht Frau muss mal wieder …« Denis machte eine obszöne Geste mit den Händen. »Dann sie wird entspannter.«

Mit dieser Analyse ging Denis wieder an seine Sprühpistole, und Leitner sah ein letztes Mal zum Büro hinauf, bevor auch er seine Arbeit wieder aufnahm.

6

Zur selben Zeit an diesem Donnerstagmorgen fuhr Agathe Viersen von der A 93 bei Weiden-Nord ab und steuerte in Richtung des Gewerbegebietes zwischen dem Sauerbach und der Waldnaab. Vor einem quaderförmigen, zweistöckigen Gebäude blieb sie stehen und sah empor. Das Haus war, wie alle anderen hier auch, unter rein funktionalen Aspekten konzipiert worden, sodass es keine Verschönerungen und Verzierungen gab. An den gräulich weißen Wänden hingen verschiedene Banner, die für die innen ansässigen Geschäfte warben. Eines davon war von pinkfarbenem Hintergrund. Darauf war in einem geschwungenen Schriftzug »Melly's Beauty Store« zu lesen. Agathe ging die ebenfalls nur auf Funktionalität ausgerichtete Metallgittertreppe an der rechten Außenmauer nach oben und öffnete eine weiße Kunststofftür.

Noch eine Stunde zuvor hatte sie sich die Internetpräsenz von Melanie Dirscherls Beautyblog genau angesehen und auch ihre Bilder auf Instagram recherchiert. Das gab ihr ein ziemlich genaues Bild davon, worauf Melanie Dirscherl bei der Schönheitsberatung Wert legte. Wie bei so vielen Themen in der heutigen Zeit tauchte immer wieder das Wort »Nachhaltigkeit« auf. Laut der Blogseite spielte das für Melanie sowohl bei der Auswahl ihrer Produkte eine große Rolle als auch bei den Behandlungsmethoden selbst. Agathe hatte sich dafür entschieden, einfach unter der im Impressum angegebenen Telefonnummer anzurufen. Prompt fand sie sich in einem Gespräch mit Melanie Dirscherl wieder und gab vor, sich besonders für das Thema Fruchtsäurepeeling zu interessieren. Das war nach den aktuellen Posts offenbar Melanies derzeitiges Leib-und-Magen-Thema. Agathe hatte es direkt versucht und gefragt, ob sie sich bei einem kleinen vormittäglichen Getränk in Melanies Geschäft tiefergehend darüber unterhalten könnten, und deren Terminkalender hatte dagegen keine Einwände. Agathe war gespannt, wie Melanie auf sie wirken würde. Freilich gab es zahlreiche Fotos von ihr im Netz. Agathe wusste aber, dass gerade in jener Branche vor jedem Druck auf den Auslöseknopf der Kamera sehr viel Vorbereitung und Hervorhebung der abzulichtenden Person stand. Das ging vom Make-up über das Betonen oder Verschleiern von bestimmten Konturen bis hin zur Beleuchtung und Nachbearbeitung bei der Foto-Software auf dem Computer. Auf den Bildern im Internet wirkte Melanie Dirscherl auf Agathe fast wie eine Puppe aus Plastik. Der Teint immer makellos von heller, aber nicht blasser Haut, markante Wangenknochen, eine kerzengerade Nase, die oben in zwei symmetrische Augenbrauenflügel mündete und unten zu einem schmalen Mund führte. Ihre blonden Haare fielen glatt, aber mit sehr viel Fülle bis über die Schulterblätter hinunter. Die großen braunen Augen bildeten einen starken Kontrast zu ihrem hellen Gesicht. So weit Agathes Informationen aus der digitalen Welt. Nun wollte sie sehen, was die reale zu bieten hatte.

Der Store war eingerichtet wie eine Lounge. Auch hier dominierten verschiedene Rosatöne die Wände. Dezente, stilvoll verwendete Beleuchtung fand sich an den Wänden und hob die angebrachten Fotos von verschiedenen Models wirkungsvoll hervor. An der Rezeption lief moderne Popmusik aus einem Internetradio, und es roch nach einer Mischung aus Zitronengras und Vanille.

Es dauerte keine Minute, bis aus einer Tür hinter dem Tresen Melanie Dirscherl hervortrat. Agathe blickte die junge Frau von oben bis unten an und war erstaunt. Obgleich sich Melanie exakt so zeigte, wie sie sich im Internet präsentierte – sie hatte sich obendrein sogar noch die Haare in helles Rosa färben lassen –, wirkte sie als Gesamterscheinung keineswegs künstlich oder wie aus Kunststoff. Das Gesicht strahlte eine gewinnende Freundlichkeit aus, als sie sagte: »Frau Viersen? Wir haben eben telefoniert?«

»Ja, das waren wir beide. Freut mich wirklich, dass es so spontan geklappt hat.«

»Überhaupt kein Problem. Ich bin die Melly, ich sag einfach Agathe, okay? Komm mit, wir setzen uns erst mal hin und machen uns bekannt.«

Damit führte Melanie Dirscherl Agathe einen Korridor entlang und in einen Raum, den Stative mit Kameras, andere mit Scheinwerfern, zahlreiche Kabel auf dem Boden und Metallgestelle mit verschiedenfarbigen Hintergrundwänden als das Fotostudio von Melanie Dirscherl auswiesen. »Möchtest du eine kleine Sangria?«

Agathe nahm auf einem schneeweißen Polstersofa Platz, auf das Melanie sie bugsiert hatte. Sie war eine Sekunde lang unentschlossen, bis Melanie sagte: »Keine Angst, wir trinken sie nicht aus Kübeln, und sie ist auch nicht allzu stark. Aber sie passt gut zu einem so schönen sonnigen Frühlingstag.«

»In Ordnung«, stimmte Agathe zu. Dann sah sie, wie sich Melanie an einer kleinen Bar daranmachte, Limetten in Scheiben und Pfirsiche in kleine Schnitze zu schneiden. Die gab sie mit Thymianzweigen in zwei breite Weinkelche. Als sie aus dem kleinen Kühlschrank eine kalte Flasche Sekt holte, fragte Agathe: »Du hast hier eine tolle Location. Bist du jetzt eigentlich mehr Fotografin? Oder mehr Beraterin?«

Der Korken knallte, und Melanie sagte: »Das kannst du heute nicht mehr trennen. Du musst von allem ein bisschen was sein. Hier mache ich tatsächlich in der Hauptsache Fotos. Aber nur von mir selber. Wenn ich Gäste empfange, Models zum Shooting zum Beispiel, dann hole ich mir schon Hilfe von einem gelernten Fotografen. Ich mache dann mehr die Betreuung hinter den Kulissen.«

»Klingt spannend.«

»Ist es auch«, sagte Melanie und reichte Agathe den Drink. »Ich habe viel mit jungen Leuten zu tun«, ergänzte Melanie und nahm ebenfalls auf dem Sofa Platz. Agathe nippte an der ausgezeichnet schmeckenden Sangria und überlegte, wie jung die eben genannten jungen Leute sein mochten. Sie schätzte Melanie auf nicht viel älter als fünfundzwanzig. Die Versicherungsdetektivin wollte noch ein bisschen abwarten, bevor sie das Gespräch auf das eigentliche Thema lenkte, deswegen war sie hier. So stieß sie das Thema des Fruchtsäurepeelings an. Sie lauschte höflich, als Melanie ihr erklärte, dass im Gegensatz zu mechanischen Peelings, wo in den Cremes kleinste Zuckerkristalle oder Plastikteilchen die Hautoberfläche abschabten, die Fruchtsäure tiefer ins Gewebe eindringe, so die abgestorbenen Hautzellen abtrage und gleichzeitig im entstehenden Freiraum für mehr Volumen sorge.

Dann fragte Agathe: »Das ist ja faszinierend. Echt gutes Fachwissen. Hast du das von Grund auf gelernt? Ich meine, war deine Familie auch schon in der Branche?«

Melanie nahm einen Schluck der Sangria und schüttelte dann den Kopf. »Mein Vater kommt aus einer ganz anderen Ecke. Der ist Metallbauer von Beruf.«

»Ach ja? Und deine Mutter?«

»Die lebt leider nicht mehr. Sie ist vor fünf Jahren verstorben.«

»Das tut mir leid«, sagte Agathe pflichtbewusst.

»Ist schon in Ordnung. Aber du siehst, ich habe mir das alles selbst erarbeitet. So wie mein Vater mit seinem Geschäft.«

»Respekt. Und das in so unterschiedlichen Branchen. Das heißt, dein Vater hat einen eigenen Betrieb? Hier in Weiden?«

»Nein, in Windischeschenbach. Da kommt meine Familie her.«

Agathe witterte ihre Chance. »Ein Metallbaubetrieb in Windischeschenbach? Das ist ja witzig. In der BILD habe ich erst heute Morgen von einer solchen Firma in ebendiesem Ort gelesen.«

Sie beobachtete Melanie genau. Diese wand sich ein wenig und stellte ihre Sangria auf das Beistelltischchen neben dem weißen Sofa. »Das war leider der Betrieb meines Vaters«, seufzte sie schließlich.

»Oh nein!«, rief Agathe in gespielter Bestürzung. »Das gibt's doch nicht. Das muss ja furchtbar für euch gewesen sein! Was genau ist denn da geschehen?«

Agathes Rechnung ging auf. Die weibliche Empathie – wenn

sie auch nur zum Schein dargebracht war – rief bei Melanie die Bereitschaft zum Tratschen hervor. Sie erzählte Agathe, wie sich gestern der tragische Vorfall ereignet hatte, bei welchem Franz Thiercke den Tod fand. Agathe hielt sich währenddessen oft die Hand an den Mund und stellte großes Mitgefühl zur Schau.

»Schrecklich«, sagte sie schließlich. Sie stellte eine Weile lang keine Fragen, um Melanie Zeit zu geben, die für sie bestimmt nicht einfache Erzählung sacken zu lassen.

»Möchtest du noch ein Glas?«, fragte Melanie.

»Aber gern.«

Die Kosmetikberaterin erhob sich und setzte bei weiteren Pfirsichen und Limetten ihr Messer an.

Schließlich fuhr Agathe doch mit ihrer Ermittlung fort. »Dieser Franz ... wie hieß er doch noch gleich?«

»Thiercke.«

»Genau. Dieser Thiercke, war das ein enger Mitarbeiter von euch?«

»Das kann man so sagen. Er war die rechte Hand meines Vaters.«

»Ach du liebe Zeit. Da fehlt natürlich dann schon eine gehörige Stütze im Unternehmen, wenn der engste Mitarbeiter nicht mehr da ist.«

Melanie goss die Gläser voll und nahm sie wieder mit zur Couch. »Und das, wo mein Dad sowieso in der Schwebe war, was Franz betrifft.«

»In der Schwebe?«

»Der Franz wollte vor einiger Zeit wechseln. Zumindest hat er das seit einiger Zeit immer wieder mal von sich gegeben.«

Agathe hakte nach: »Und weswegen wollte er wechseln? War er nicht mehr zufrieden mit seiner Position?«

»Genau weiß ich es nicht, Agathe. Ich bin nicht in das Alltagsgeschäft eingebunden. Aber ich glaube, da ging es um größere Projekte und wer sie leiten und betreuen soll.«

Agathe hing eine Sekunde lang ihren Gedanken nach, bevor Melanie sagte: »Aber nun gibt es kein Zurück mehr. Franz ist tot.«

»Ich verstehe noch nicht ganz, wie das genau passieren konnte, wenn sich Franz Thiercke so gut in eurer Firma auskannte. Der kann doch nicht zufällig in diesem Strahlhaus gesessen haben.«

Melanie winkte ab. »Ich kann es mir auch nicht erklären. Vielleicht hat er sich irgendwo den Kopf gestoßen und ist bewusstlos geworden. Aber … wärst du mir böse, wenn wir dieses Thema jetzt beenden würden? Lass uns über Kosmetik reden, okay?«

Agathe folgte dieser Aufforderung und unterhielt sich im Anschluss noch eine gute Stunde mit Melanie über Peelingmethoden. Zu guter Letzt erstand sie zwei Cremes, die nach Melanies Angaben Wunder wirken konnten. Dann verabschiedete sie sich und wartete auf Gerhard Leitners Anruf nach Feierabend, für den sie tags zuvor bereits vereinbart hatten, sich über ihren jeweiligen Erkenntnisstand auszutauschen.

7

Der Lack aus der Sprühpistole hatte sich in jede Ritze von Leitners Kleidung eingenistet. Als er am Feierabend in der Umkleide der Firma Dirscherl saß und sich eben die Socken auszog, stellte er an seinem nun komplett nackten Körper fest, dass seine Arbeitskleidung dem Lack nicht viel entgegenzusetzen gehabt hatte. Angefangen bei seiner Brust, den Bauch hinab bis zu seinen Lenden und schlussendlich auch bis zu seinen Zehen klebte die nach Lösungsmittel riechende Flüssigkeit an ihm. Zusammen mit den anderen Mitarbeitern wartete er darauf, dass die drei Duschkabinen wieder frei wurden, um sich zu reinigen. So unterhielten sich fünfzehn nackte Männer darüber, wo es die besten Leberkäsezubereitungen gab, dass die heimische Fußballmannschaft am letzten Wochenende kläglich versagt hatte und dass der Betrieb Dirscherl wohl eine schwierige Zeit vor sich haben würde. Leitner saß auf einer der Holzbänke, als sich die Tür öffnete und die Chefin Simone Dirscherl die Männerdusche betrat.

»Hört einmal schnell her!«, rief sie in die Runde. »Ich habe mit dem Schafferhof gesprochen. Wir haben gestern alle einen ziemlichen Schock gehabt wegen der blöden Geschichte mit dem Franz. Darum gibt's heute eine Brotzeit und Freibier beim Fütterer. Wer will – nach dem Duschen oben in Neuhaus!«

Nun war Gerhard Leitner kein prüder Mensch, aber die Tatsache, in einem neuen Betrieb plötzlich splitterfasernackt vor einer attraktiven Frau zu sitzen, traf ihn dann doch unvorbereitet. Da seine Kollegen aber offenbar kein Problem damit hatten, schloss er daraus, dass es sich hierbei um keinen ungewöhnlichen Vorgang handelte. Er sah Simone Dirscherl nach, nicht ohne ihre Figur genau zu betrachten. Leitner wandte sich an Denis, der eben aus der Dusche trat und seinen immensen Bierbauch mit einem Handtuch trocknete, das im Vergleich zu seinem Bauch wie das einer Spielzeugpuppe wirkte.

»Wo gehen wir jetzt hin? Zum Schaffer oder zum Fütterer?«

»Das ist das Gleiche. Fütterer ist Wirt von Schafferhof. Ist super Zoiglstuben, hat Chefin gut gemacht!«

Leitner musste in sich hineinkichern. Der Schafferhof war ihm als ehemaligem Musikanten nicht unbekannt. Er wusste, dass es dort neben dem großen Wirtshaus, dem schönen Biergarten und dem überdachten Schuppen einen großen Kulturstadel gab, der sich über drei Stockwerke erstreckte. Dort hatten er und seine damaligen Kirwamusikanten schon einige Male für verschiedene Firmen und Betriebe musiziert, wenn diese ihre Weihnachtsfeier oder ihren Betriebsausflug abgehalten hatten. Er freute sich einerseits über die Aussicht auf eine gute Brotzeit und ein frisches Zoiglbier. Zum anderen wusste er, dass es sich bei einem solchen Abend immer gut miteinander sprechen ließ. Er lehnte sich mit dem nackten Oberkörper an die gelb geflieste Wand. Während er überlegte, wann er dort beim Schafferhof zum letzten Mal musiziert hatte, hörte er vor der Tür des Duschraums zwei weibliche Stimmen. Bei der einen sagte sein absolutes Gehör ihm sofort, dass es sich um Simone Dirscherl handelte. Die andere Stimme klang jünger.

»Was meinst du damit? Sag es mir bitte ohne Umschweife, okay? Ich habe deine ständigen Sticheleien nämlich langsam gründlich satt!«, sagte Simone, nur mühsam beherrscht.

»Was verstehst du daran nicht? Du müsstest mir doch auf den Zentimeter genau sagen können, ob der für dich in Ordnung ist!«

»Wer und wofür in Ordnung?«

»Du schaust zweimal im Jahr den nackten Kerlen in unserer Dusche zu. Und das nur, wenn ein Neuer zu uns kommt.«

»Du stiehlst mir die Zeit, Melanie. Was willst du von mir?«

»Ich will wissen, ob dir der Neue von den Ausmaßen her passt. Du gehst doch aus keinem anderen Grund in die Umkleide, außer um genau das zu checken!«

Leitner fuhr zusammen.

»So! Der Nächste bitte!«, schrie ein Mitarbeiter, der gerade aus einer der Duschen stieg.

»Du da, der Neue, wie heißt du gleich noch?«, bellte ein anderer.

»Gerhard«, sagte Leitner und verfluchte insgeheim seine Kollegen.

Wieder hallte die Stimme durch den Duschraum. »Ja geh, du bist dran. Die Dusche ist frei!«

»Nein, das ist schon okay. Geht der Nächste mal vor.«

»Auch recht. Mike! Hör jetzt auf mit deinem Konzert und schau, dass du dich duschst!«

Der angesprochene Mike, der, seit er unbekleidet war, vor Leitner und den anderen eine Art Tanz aufführte, zu welchem er selbst auf irritierende Weise sang, hielt inne und ging in die Dusche.

»Du musst den Bacher Mike entschuldigen«, sagte der Frischgeduschte. »Der spinnt einfach ein bisschen. Er führt sich immer so auf, sobald er nackt ist. Macht er wahrscheinlich daheim genauso.«

Leitner quittierte diese Information mit einem kurzen Nicken. Nachdem halbwegs Ruhe in den Duschraum zurückgekehrt war, spitzte Leitner wieder die Ohren. Tatsächlich ging auf dem Korridor der Streit weiter.

»Was dann? Willst du mir drohen?«, schrie Melanie. »Was willst du unternehmen, hm? Ich bin seine Tochter.«

»Ganz recht! Du bist die Tochter eines angesehenen Geschäftsmannes! Dann führ dich gefälligst auch so auf und nicht wie diese künstliche pubertierende rosa Plastikpuppe, für die du dich im Internet ausgibst!«

Die Stimmen entfernten sich, und Leitner war nun tatsächlich als Nächster an der Reihe, der sich duschen durfte.

Eine halbe Stunde später in seinem Zimmer beim Hotel Waldnaabtal hatte sich Leitner brauchbare Wirtshausklamotten angezogen, bestehend aus einer bequemen Jeans, einem weißen T-Shirt und einer leichten grauen Sommerjacke. Nun stand er am Fenster, blickte auf den gegenüberliegenden Turm der St.-Agatha-Kirche und telefonierte. Ebenfalls mit Agathe.

Sie tauschten sich über ihre Erkenntnisse des Tages aus, und

Agathe sagte: »Das ist ja man echt spannend«, wobei sich ihr norddeutscher Akzent bemerkbar machte. »Da hat also das Töchterchen einen ordentlichen Zorn auf ihre Stiefmama.«

»Das war nicht mehr nur Zorn, das war gehässig, was sie da von sich gegeben hat«, führte Leitner aus. »Das hat richtig gegiftelt.«

»Es wäre interessant, zu erfahren, ob Melanie mit ihren Vorwürfen recht hat.«

»Was meinst du?«

Agathe meinte süffisant: »Na, ob sie wirklich nur aus dem Grund in die Dusche gekommen ist, um dich, den Neuen, oder besser: um deine … Alleinstellungsmerkmale zu begutachten.«

Leitner erwiderte mit sanfter Stimme: »Du meinst, das alleine wäre nicht schon Grund genug? Ich bin schwer ins Mark getroffen.«

»Hör schon auf mit diesem Unsinn, Kerl!«

Leitner kicherte. »Ich weiß schon, was du meinst. Wenn ich jetzt dann mit den Jungs beim Zoigl sitze, dann werde ich mal sanft vorfühlen, ob der Chefin des Hauses nicht vielleicht doch ein zweifelhafter Ruf als männermordender Vamp anhaftet.«

»Das wäre endlich mal was Schlaues«, raunte Agathe. »Vielleicht bekommst du auch noch ein paar Informationen darüber, ob das, was Melanie mir über den Toten gesagt hat, stimmt.«

»Du meinst, ob er wirklich den Betrieb wechseln wollte, und wenn ja, dann wohin und warum?«

»Nagel auf den Kopf getroffen.«

»Gut«, kam Leitner zum Ende des Telefonats, »ich werde mich heute Abend noch melden, sobald ich mehr in Erfahrung gebracht habe.«

8

Es erfreute Gerhard Leitner immer wieder, wenn er in einem schönen Wirtshaus saß und die Bedienung beobachten konnte, wie sie gerade ein Tablett voll mit frischem Bier servierte. In diesem Fall war die Bedienung aber sogar der Wirt selbst. Bereits beim Eintreten in den Schafferhof hatte Leitner viele ihm seit Langem bekannte Gesichter auf diversen Plakaten gesehen. Es waren Kabarettisten, Musiker und Humoristen, die für ihre Auftritte im Schafferhof warben. Mit manchen hatte Leitner zu seiner Zeit als Chef der Wirkendorfer Kirwamusikanten und hauptberuflicher Musiker sogar schon zusammen auf der Bühne gestanden.

Die Belegschaft von Dirscherls Firma hatte es sich im Raum direkt neben der Schenke gemütlich gemacht. Von früheren Besuchen wusste Leitner, dass es sich um den ursprünglichen Schweinestall handelte, als der Schafferhof noch landwirtschaftlich genutzt wurde. Der Lautstärkepegel der Gespräche war ähnlich hoch wie zuvor in der Dusche, und nun hatte der Wirt Reinhard Fütterer ebenjenes Tablett mit acht frischen Halben Zoiglbier hereingebracht. Lautes, wohlmeinendes Raunen begleitete ihn, als er das Tablett an einem freien Tisch abstellte und die Gläser an die durstigen Männer verteilte.

»So, jetzt tuts ein bisserl langsam, es kriegt jeder ein Bier«, sagte Fütterer in der für ihn so typisch ruhigen und unaufgeregten Art.

»Hast für mich noch keins dabei?«, schrie ein Mann, der ganz hinten in der Ecke des Raumes saß. Ein anderer – Leitner wusste seit seinem Getanze in der Dusche, dass er Mike Bacher hieß – hatte den eben erst gereichten Krug mit einem Zug über die Hälfte leer getrunken und rief: »Mir bringst du gleich noch eins!«

»Es gibt den ganzen Abend Zoigl, und stell dir vor: Sogar für morgen habe ich noch etwas aufgehoben! Du musst dich nicht ersäufen«, entgegnete Fütterer gelassen.

Leitner hatte Glück und erhielt auch ein Bier vom ersten Tablett. Er hätte mit dem Trinken auch gewartet, bis alle etwas hatten. Da dies dem Rest der Gemeinde aber offenbar gleichgültig war, setzte auch Leitner sein Glas an und nahm einen tiefen Zug des rotbraunen, herben Bieres, das für diese Region so typisch war.

»Ist wie Medizin«, sagte Denis Karda, der auf dem Platz neben Leitner ebenfalls den ersten Schluck getrunken hatte.

»Da habt ihr einen bunten Haufen beieinander«, begann Leitner ein Gespräch und deutete auf die Belegschaft Dirscherls.

»Sind alle nette Männer. Arbeiten viel und trinken wenig.«

Leitner musste über diese ironische Anmerkung von Denis lachen, insbesondere weil die Bestellung von Mike Bacher nach einem schnellen zweiten Bier kein Einzelfall blieb.

»Und wir sind heute hier, weil ihr gestern diesen Unfall hattet?«

»Heute ist Donnerstag. Da hat Schafferhof sonst zu.«

»Du wolltest mit mir doch trotzdem auch so auf ein Bier gehen.«

»Schafferhof ist ja nicht einzige Zoiglstube. Kriegst du bei Hotel drüben oder unten in Windisch bei Gasthof immer Bier. Sonst Zoiglstuben haben immer am Wochenende und Montag offen.«

»Wieso sind wir dann heute hier?«

Denis leerte sein erstes Bier zur Gänze. »Hat Chefin gedreht. Ist gute Freundemacherin. Kennt viele Menschen.«

Leitner ließ seinen Blick über die Mannschaft schweifen. Dabei fiel ihm auf, dass nun am Kopfende des anderen Tisches, hinter Leitners Rücken, ein junger Mann saß, der ihm am Vormittag schon bei der Brotzeit aufgefallen war. Das war der mit dem altertümlichen Namen Emmerich. »Wer ist denn das?«, fragte Leitner Denis. »Der war doch in der Früh auch schon bei uns in der Firma. Der arbeitet aber nicht bei uns, oder?«

»Du bist gelandet in ganz schwarze Nest«, sagte Denis.

»Schwarzes Nest? Meinst du von der Politik her?«

Denis winkte ab. »Alles Verbrecher. Nein, ich meine schwarze Männer. Du freust dich, wenn du schwarze Männer siehst. Bringen Glück.«

»Du meinst Kaminkehrer?«, fragte Leitner nach einigem Überlegen.

»Kleines Kerl da drüben ist Kaminkehrer«, sagte Denis und freute sich über sein zweites Bier, das eben an den Tisch gebracht wurde. »Und das ist auch Kaminkehrer«, fügte er hinzu und deutete auf den Wirt.

»Das hast du also mit ›schwarzes Nest‹ gemeint«, schloss Leitner den gedanklichen Kreis. »Aber was hat dieser junge Schlotfeger da mit unserer Firma zu tun?«

»Ist Freund von Chef und Chefin. Macht auch seine ganze Arbeit bei uns. Brandschutz, Kaminkehren, Energieberatung. Geht ganzen Tag ein und aus bei uns, ist wie Taubenschlag.«

Leitner sah zu Emmerich und fühlte sich irgendwie an einen quirligen Kobold erinnert. »Emmerich ... das ist ein ganz alter Name. Ungewöhnlich für so einen jungen Mann.«

Gleichgültig zuckte Denis mit den Schultern. »Heißt du Gerhard, heißt du Markus, heißt du Mike – ich heiße Denis, weil er schön is.«

Wieder musste Leitner wegen des hintersinnigen Humors seines neuen Arbeitskollegen kichern. »Wie heißt der Emmerich noch?«

»Goldinger. Gold wie seine Haare.«

Sogleich stellte Fütterer auf jeden der beiden voll besetzten Tische riesige Brotzeitplatten. Darauf fanden sich schräg abgeschnittene Stücke Leberwurst, deftige Pfefferbeißer, fein nach Buchenholz riechendes Geräuchertes, Essiggurken und verschiedene Käsesorten. Es schienen Leitner übergroße Portionen zu sein. Als sich die Mannschaft jedoch darüber hermachte, schwand der große Berg an Schmankerln sehr rasch sichtlich dahin. Auch Leitner bediente sich, und Denis reichte ihm einen Brotkorb. Darin befand sich eine Breze, die man zu einem sechszackigen Stern geformt und gebacken hatte.

»Musst du probieren, Brezen sind die besten.«

»Warum ist die so komisch geformt?«, fragte Leitner, den die Form der Breze an den jüdischen Davidstern erinnerte.

Denis schmatzte nur und zuckte abermals die Schultern.

Markus Pichler, der schräg rechts von Leitner saß, erklärte: »Ich weiß, wonach es für dich aussieht.«

»Wie der Davidstern.«

»Richtig. Hat damit aber überhaupt nichts zu tun. Es ist seit jeher das Zunftzeichen der Brauer und Mälzer.«

»Ach? Ein Zunftzeichen?«, meinte Leitner erstaunt.

»Ja, so wie die anderen Handwerker halt auch. Die Zimmerer haben Säge, Zirkel, Breitbeil und Axt, die ineinander verschlungen sind. Die Dachdecker haben den Zirkel, den Schieferhammer und den Ziegeldeckhammer. Und so gibt's das für alle anderen auch. Für die Metzger, die Bäcker, die Steinmetze, die Goldschmiede, Glaser und Sattler.«

»Interessant«, sagte Leitner. »Was hat dann dieser sechszackige Stern zu bedeuten?«

»Das musst du am besten den Reinhard fragen, wenn er die nächste Runde Bier bringt.«

Bei der nächsten Gelegenheit stellte Leitner diese Frage und lauschte Fütterers kleiner Geschichtskunde. Er erfuhr, dass der Brauerstern erstmals im Jahr 1425 auf einem Dokument abgebildet war, das einen Bierbrauer bei seiner Arbeit zeigte. Man hatte damals nur sehr beschränkt Wissen über chemische und biologische Vorgänge, weshalb man ein Dreieck mit den für das Bierbrauen notwendigen Elementen Feuer, Wasser und Luft besetzte. Ein zweites Dreieck stand für die damals bekannten Zutaten Hopfen, Malz und Wasser.

»Diese beiden Dreiecke ergeben ineinandergeschoben quasi dieses Hexagramm, das die Bierbrauer als Zunftzeichen haben.«

»So ist das. Außerdem nennt man den Stern auch noch den Bierzeiger oder bei uns eben Bierzoigl. Wenn eine Zoiglstube gerade ihr Bier fertig hat und ausschenkt, dann kommt der Zoigl raus an die Haustür, und man weiß, wo es gerade Bier gibt.«

Leitner wusste von seinen früheren Besuchen, dass es statt vieler kleiner Brauereien in Neuhaus eine Gemeinschaftsbrauerei gab, das sogenannte Kommunbrauhaus. Dies stand reihum jedem Zoiglwirt zur Verfügung, um sein eigenes Bier herzustellen und nach erfolgter Vergärung dann auch auszuschenken. Das erklärte, warum Zoigl immer ein sehr junges und lebendiges Bier war, das durchaus im Geschmack und in der Farbe von Woche zu Woche variieren konnte.

Nachdem Fütterer abermals für Nachschub sorgen musste, erhob er sich und ging zur Schenke.

Leitner fragte Markus Pichler: »Was haben denn die Metallbauer für ein Zunftzeichen?«

»Da gibt es verschiedene. Ich bin noch gelernter Schlosser. Das sind die zwei gekreuzten Schlüssel mit einem Zahnrad drunter. Die Gießer wiederum haben einen Gussofen über dem Feuer und darüber eine Zange und zwei gekreuzte Gießlöffel.«

»Was für einer Zunft gehörte dann Franz Thiercke an?«, versuchte Leitner es auf dem direkten Weg.

Als Pichler betreten zu Boden blickte, rief Mike Bacher aus dem Hintergrund: »Der Franz war Mechaniker! Und ein guter, das sag dir ich!«

»Soso, ein Mechaniker also. Und der ist dann schließlich bei euch als Metallbauer gelandet. Einfach so?«

»Der Franz hat was auf dem Kasten gehabt!«, plärrte Mike Bacher und kämpfte sich an seinen Banknachbarn vorbei näher in Richtung Leitner. Dabei balancierte er sein halb volles Bierglas, und Leitner hatte das Gefühl, dass Bacher das schnelle Trinken schon ein bisschen zu Kopf gestiegen war. »Auf den Franz lass ich nichts kommen. Der hat sich überall ausgekannt.«

Leitner trank aus Solidarität ebenfalls einen großen Schluck und ermunterte dann seinen Kollegen: »Du meinst, er wusste sich zu helfen?«

»Aber überall!« Bacher begleitete seine Beurteilung Thierckes mit einer hektischen Fuchtelbewegung seines erhobenen Zeigefingers. »Der Franz war da in Ordnung.« Er deutete auf seine Brust. »Der hat mit den Menschen umgehen können, und in der Arbeit gab es keinen Handgriff, den wo der nicht beherrscht hat.«

Markus Pichler verfolgte den Lobgesang auf den verstorbenen Kollegen mit einigem Unbehagen. Schließlich sagte er: »Es stimmt schon. Franz war sehr geschickt. Und er hat Axel Dirscherl sehr geholfen, gerade in der ersten Zeit, nachdem der alte Dirscherl so plötzlich gestorben war und der Axel die Verantwortung übernommen hatte. Aber er war manchmal auch schwierig.«

»Inwiefern?«, fragte Leitner.

»Er hat manchmal schon arg gedacht, dass er der Chef ist und nicht Axel.«

»So ein Schmarrn!«, intervenierte Bacher. »Der Franz *war* der Chef, wenn der Axel nicht da war.«

Pichler hob die Schultern. »Dann weiß ich nicht, warum er um den Dobmeier so herumscharwenzelt ist.«

»Der Franz wäre nie zum Dobmeier gegangen, das kannst du vergessen!«

Pichler wiegelte ab. »Es ist ja letztlich auch egal. Jetzt spielt es sowieso keine Rolle mehr.« Damit erhob sich Pichler und setzte sich an den anderen Tisch hinüber.

Leitner sah ihm nach, dann zu Bacher. Der sandte Pichler noch einen finsteren Blick hinterher, sagte aber nichts mehr und fuhr mit seiner Druckbetankung fort. Ein Blick zu Denis sagte Leitner, dass der im Augenblick auch nicht über das Thema sprechen wollte. Also verhielt auch Leitner sich zunächst ruhig und hing seinen Gedanken nach. Es dauerte jedoch nicht lange, da setzte sich Emmerich Goldinger zu Leitner.

»Servus! Wir kennen uns noch nicht. Ich bin der Emmerich.«

»Der Gerhard. Grüß dich.«

»Du bist neu beim Dirscherl?«

»Ja, ich brauchte dringend ein paar Kröten, und da hat mir ein Freund einen Aushilfsjob hier vermitteln können. Das hilft mir sehr.«

»Ja, da leben wir in einem reichen Land, und trotzdem langt manchmal das Geld hinten und vorne nicht«, sagte der junge Mann und lächelte vergnügt. »Wo stammst du her?«

»Aus Schwandorf. Und du?«

»Ein Neuhauser Gewächs. Weißt du, wo unser Kommunbrauhaus ist?«

Leitner bejahte.

»Zwei Häuser daneben, da stamme ich raus.«

»Du bist aber kein Metaller?«, fragte Leitner, obwohl er die Antwort schon kannte.

»Nein. Ich bin Kaminkehrer.«

»Das ist ein Schlotfeger wie ich auch«, sagte der Wirt, als er den Tisch passierte und rasch zwei Halbe vor Leitner und Goldinger abstellte. »Der bringt genauso Glück wie wir alle.«

»Dann habt ihr hier ja ein wirklich glückliches Plätzchen«, fasste Leitner zusammen.

Denis sinnierte vor sich hin: »Hat dem Thiercke aber nix viel gebracht …«

Die Stimmung an Leitners Tisch marschierte Richtung Keller. Mit einem Mal wurde allen Anwesenden die Tatsache bewusst, dass Franz Thiercke nie wieder mit ihnen beim Zoigltrinken sitzen würde.

»Ich verstehe immer noch nicht«, begann Goldinger als Jüngster, die Gespräche wieder ein bisschen anzuregen, »wie es passieren konnte, dass der Franz beim Start des Strahlvorgangs im Inneren der Anlage war.«

»Den hat wer da reingesetzt!«, rief Bacher dazwischen. »Anders kann es gar nicht gewesen sein. Den wollte jemand aus dem Weg haben. Drum hat ihn da jemand mit Absicht reingesetzt!«

Alle Augen der Anwesenden richteten sich nun auf Bacher. Jeder hatte sich natürlich seit dem Vorfall x-mal gefragt, wie sich das alles überhaupt zutragen konnte. Sicher hatte auch der eine oder andere schon über Fremdverschulden nachgedacht. Aber absichtliches Handeln – also letztlich Mord – hatte offensichtlich noch nie jemand so deutlich angesprochen.

»Was willst du damit sagen?«, fragte ein anderer Mitarbeiter.

»Das würde mich auch interessieren«, sagte Pichler forsch.

»Was wollts denn alle? Das hat sich doch eh jeder von euch schon vorher gedacht. Wie soll es denn sonst passiert sein?

Glaubts ihr, der Franz ist so blöd gewesen und hat sich freiwillig in den Kugelhagel reingesetzt? Vergessts das!«

Eisiges Schweigen herrschte im Raum, bis der Wirt es wieder brach. »Das werden wir heute Abend nicht rausfinden, wie das genau passiert ist. Das macht schon unsere Polizei. Aber ihr seids doch heute nicht zum Trübsalblasen hier. Jetzt trinkts einmal einen kräftigen Schluck auf den Franz. Ich hol inzwischen eine Runde Zoiglbrand!« Damit verließ der hagere Fütterer den Raum, und die Männer fingen zwar gedämpfter, aber dennoch wieder an, miteinander zu reden.

Leitner, dessen Gehör es ihm ermöglichte, mehreren Konversationen gleichzeitig zu folgen, hörte, wie man am Nachbartisch wieder über Fußball sprach.

An seinem Tisch murmelte Bacher als Einziger noch vor sich hin: »Den hat wer umgebracht, anders geht das gar nicht …«

Denis Karda sagte: »Gib jetzt Ruhe und trinke Bier. Dann vergeht der Blödsinn.«

Leitner sah zu Goldinger. »Mord? Ja, das wäre doch wirklich nicht sehr wahrscheinlich, oder?«

»Ich kann dazu gar nichts sagen, weil ich nicht dabei war. Es kommt mir aber auch sehr weit hergeholt vor. Mord ist doch mehr was fürs Fernsehen, denke ich.«

»Die Gegend hier scheint mir sehr friedlich zu sein. Das Waldnaabtal und die schöne Wirtshauskultur … da passt so ein Mord nicht recht ins Bild.«

»Sag das nicht«, mahnte Fütterer und setzte sich mit dem halben Hintern auf die Bank zu Emmerich Goldinger. »Es hat schon auch gewaltsame Todesfälle bei uns gegeben. In Wurz drunten zum Beispiel.«

»Wurz?«, fragte Leitner.

»Das ist ein kleiner Ort, ein paar Kilometer südlich. Genau zwischen uns und Neustadt. Kennst du unseren Feuerwehrkommandanten? Aus dem Fernsehen?«

»Die Altneihauser Feuerwehrkapell'n? Den Norbert Neugirg? Freilich kenne ich den.«

»Der ist zum Beispiel in Wurz geboren.«

»Was hat der denn mit Mord zu tun?«

»Mit Mord gar nichts«, sagte Fütterer und verlagerte sein Gewicht nun ganz auf die Bank. »Aber in ebenjenem Wurz, da hat sich einmal ein Landwirt erschossen. Vor den Augen seiner Angebeteten.«

Die Köpfe der Umsitzenden reckten sich näher zum Wirt, sodass sie ihn besser verstehen konnten. Fütterer streckte für einen Augenblick den Rücken durch, holte tief Luft und blies sie wieder aus.

»Das war der Bäuml Josef. Der hat sich unsterblich verliebt gehabt in die Wirtin vom Gasthaus Mois, die Katharina Filepp. Der Ehemann von ihr hat im Gefängnis gesessen, und da hat er wohl gedacht, dass er ihr zwischenmenschlich ein wenig weiterhelfen könnte.«

Denis Karda schmunzelte leicht und sagte: »Sie aber ihn nicht gelassen?«

»Sie war immerhin verheiratet und Mutter von drei Kindern. Ihr müssts immer bedenken, das war in den sechziger Jahren. Da ist man mit Ehebruch nicht so locker umgegangen, wie das heute überall der Fall ist.«

Leitner fragte nach: »Also es wurde nichts mit den beiden, weil die gute Katharina standhaft geblieben ist?«

»Genau«, sagte Fütterer. »Der Bäuml hatte schon öfter damit gedroht, dass er sich umbringen würde, wenn sie ihn nicht endlich erhören würde, und eines Nachts ist er dann mit einem Gewehr vor ihrem Fenster aufgetaucht. Sie hat ihm von oben zugerufen, dass sie eh schon in großen Schwierigkeiten stecken würde, weil die Leute natürlich schon über die beiden geredet haben. Es war für sie eigentlich fast unmöglich, ihn nachts um zwei Uhr ins Haus zu lassen.«

»Aber sie hat ihn reingelassen?«, wollte Leitner wissen.

»Zuletzt dann eben schon, weil sie dachte, sie könnte ihm drinnen das Gewehr wegnehmen. Aber als sie die Tür aufgemacht hat, ist der Bäuml sofort nach oben in ihr Schlafzimmer, hat sich aufs Bett gesetzt und sich auf das am Boden abgestellte Gewehr gelehnt. Wieder wollte er, dass sie endlich nachgibt, und als sie das wieder verneint hat und mit der Polizei gedroht hat, hat der Bäuml seine Stirn auf die Gewehrmündung gepresst und den Abzug gedrückt.«

»Aufgesetztes Schuss? Das gibt Sauerei. Wie bei uns in Strahlhaus«, philosophierte Denis in der ihm eigenen unaufgeregten Weise und trank von seinem Zoigl.

Der Wirt pflichtete dem Metallarbeiter bei. »Das war auch so. Ein aufgesetzter Kopfschuss, das kannst du dir ja vorstellen. Noch größer war die Sauerei aber, weil die Frau Filepp den Toten dann von ihrem Schlafzimmer aus die Treppe hinuntergeschleift und vor die Haustür gelegt hat. Wahrscheinlich wollte sie im Schock nicht, dass man die Leiche in ihrem Schlafzimmer findet. Aber eine meterlange Blutspur war natürlich auch nicht zu übersehen.«

»Ist der Frau dann etwas passiert?«, erkundigte sich Leitner.

»Nein, man hat ihr geglaubt, dass es Selbstmord war. Aber da siehst du es mal, bei uns ranken sich schon auch blutige Geschichten um unsere Gegend.« Damit stand Fütterer auf, um sich wieder um die Gäste zu kümmern.

Nach einer Weile, in der Leitner nachdachte, sagte Denis zu ihm: »Was denkst du, Kollege?«

Leitner sah ihn schief an. »Na ja, Selbstmord können wir bei Franz Thiercke wohl ausschließen. Ich meine, wer setzt sich denn absichtlich in so ein Strahldingsbums und lässt sich von diesen Kügelchen da zersieben? Das kann eigentlich nur ein Unfall gewesen sein.«

»Das war kein Unfall! Glaubts mir es halt!«, schrie wiederum Mike Bacher.

Seine Arbeitskollegen, die Bachers Ausraster wohl kannten, drehten sich gelangweilt von ihm weg und unterhielten sich untereinander.

Leitner blickte zu Emmerich Goldinger und meinte: »Sehr seltsam. Aber eine andere Frage hätte ich noch. Vielleicht kannst du mir das erklären: Ich habe heute diesen Amerikaner im Betrieb gesehen. Was steckt denn da dahinter?«

Goldinger lehnte sich nach vorne auf die Tischplatte. »Das

ist ganz einfach. Das ist Lieutenant Colonel Douglas Mercer. Der ist in Grafenwöhr stationiert. Kennst du Grafenwöhr?«

»Natürlich«, sagte Leitner. »Das ist doch einer der größten amerikanischen Stützpunkte ihrer Armee in ganz Deutschland.«

»So ist es. Und der Doug ist so etwas wie ein Verbindungsoffizier für die Zivilbevölkerung.«

»Der Doug? Du kennst ihn persönlich?«

»Ich bin ihm oft genug beim Axel im Betrieb begegnet.«

»Worin genau besteht denn die Verbindung zwischen der Army und Axel Dirscherl?«

Vorsichtig wiegelte Emmerich Goldinger ab. »Details weiß ich nicht, da musst du den Axel selber fragen. Aber die US-Army arbeitet in sehr vielen Bereichen mit den Einheimischen zusammen. Das geht von der Instandhaltung des Fuhrparks über Bauaufträge bis hin zur Bürokraft.«

»Verstehe. Dann nehme ich an, dass Axel Dirscherl den Amis etwas liefert.«

»Ich glaube, es geht um Hallentore. Sogar ziemlich viele davon. Das ist natürlich eine sehr lukrative Geschichte, denn die US-Boys zahlen immer gut. Aber wie gesagt: Genaueres müsstest du den Axel selber fragen.«

»Du kennst dich gut aus, Emmerich.«

»Ich bin auch ab und zu oben in Grafenwöhr. Im Flashback geht's immer ziemlich ab.«

Leitner musste eine Sekunde überlegen. »Das ist eine Disco, oder?«

»Ja, Club, Disco, wie du es nennen willst. Aber man trifft halt immer mal wieder andere Leute. Hier zu Hause kennen wir uns alle gegenseitig, da tut ein bisschen Abwechslung ganz gut.«

Leitner rief sich ins Gedächtnis, wie er selbst vor Jahren einige Male in der Gegend gewesen war. Er hatte mit seiner Blaskapelle an einem Festzug teilgenommen und war schließlich drei volle Tage nicht nach Hause gefahren. Die Erinnerungen waren teils neblig, aber irgendwo hatte er immer jemanden getroffen, der ihm einen Platz zum Schlafen anbot. Der Name des Clubs sagte ihm zwar nichts, aber es war gut möglich, dass er auch dort schon einmal zu Gast gewesen war.

»Dort habe ich den Doug auch schon einige Male gesehen«, fügte Goldinger hinzu.

Leitner wiederum meinte: »Du hast gesagt, ich soll den Axel selber fragen. Aber er ist nicht hier. Und die Chefin auch nicht. Kommen die noch?«

Nun mischte sich Denis ein: »Ist nicht gut. Schaust du, war großer Schock für alle. Drum wir sitzen hier und trinken viel Bier. Geht nicht vor Chef. Chef weiß das und lässt uns allein beim Saufen.«

»Wahrscheinlich ist es wirklich besser für die Moral in der Mannschaft, wenn man sich nicht zusammenreißen muss, weil der Chef einen beobachtet«, murmelte Leitner vor sich hin.

»Magst du noch eins?«, fragte Fütterer im Vorbeigehen.

Leitner bejahte dies, und als er wieder mit frischem Zoigl versorgt wurde, setzte sich der Wirt abermals zu ihnen.

»Da ist mir noch was eingefallen, weil du Unfall gesagt hast. So einen hat es bei uns in Neuhaus auch mal gegeben. Oben im Kommunbrauhaus.«

»Erzähl!«, forderte Leitner ihn auf.

»Das war in den vierziger Jahren. Da gab es den Braumeister unseres Kommunbrauhauses, den Johann Hammer. Der hat damals seinen letzten Sud gemacht und wollte sich danach eine Halbe Bier schmecken lassen. Aber es war leider im wörtlichen Sinn sein letzter Sud.«

»Was ist passiert?«

»An dem Tag hat es ganz arg gestürmt über Neuhaus. Der Wind ging so stark, dass der Regen fast waagrecht an die Mauern gepeitscht ist. Der Braumeister wollte verhindern, dass Regenwasser in die Würze kommt, und hat sich über den Keilriemen vom Antrieb hinweg zum Fenster gebeugt, um es zu schließen. Dabei hat sich dummerweise durch den starken Wind seine flatternde Schürze im Antrieb verfangen, und er wurde sofort hineingezogen und so lange herumgeschleudert, bis er schließlich mit dem Oberkörper stecken blieb und die Sicherung gefallen ist.«

Leitner zog angewidert die Brauen nach oben.

Fütterer fuhr fort: »Das war morgens gegen fünf Uhr. Um sieben kam dann sein Braugehilfe und hat sich gewundert, warum alles still ist und das Brauhaus im Dunkeln lag. Auch auf seine Rufe hat er keine Antwort bekommen, bis er schließlich den armen Johann Hammer gefunden hat. Obwohl der so stark verletzt war, hat er noch nach einem anderen Braumeister aus Barbarahof rufen lassen. Dem hat er schließlich erklärt, was noch zu tun war, damit der Sud ein gutes Bier ergeben würde. Einen Tag drauf ist er dann daheim an seinen schweren Verletzungen gestorben.«

»Aber war Vollprofi«, sagte Denis. »Hat gedacht an sein Beruf bis zum Schluss.«

Leitner und Fütterer lächelten sich ob der nüchternen Sprüche von Denis Karda matt an. Als der Wirt wieder aufstand, sagte er: »Bei uns hat's also alles schon einmal gegeben, auch solche schlimmen Betriebsunfälle.«

Nun war wieder Mike Bacher an der Reihe, sich zu Wort zu melden. »Da redet ihr immer über das alte Zeug, die alten Geschichten. Das gibt's heute auch noch. Ich sage es euch, den Franz hat absichtlich wer da reingehockt.«

»Jetzt ist es ja wieder gut, Mike«, sagte Pichler über die Tische hinweg. »Wir haben es gehört.«

»Immer das alte Zeug«; wiederholte sich Bacher. »Schau doch bloß einmal den Gottlieb an.«

»Wen?«, fragte Leitner neugierig.

»Den Schmidt Gottlieb!«, rief Bacher nun schon alkoholbedingt mit erhöhter Lautstärke. »Du musst den doch am besten kennen, Emmerich. Das ist doch dein Kollege, oder?«

Leitner blickte fragend zu Goldinger. Der sagte leise: »Gottlieb Schmidt ist auch Kaminkehrer, genau wie ich.«

»Und was ist mit dem?«, fragte Leitner ebenso leise zurück.

Die Antwort erschallte jedoch von Bacher. »Der ist verschwunden! Weg! *Hasta la vista, baby!*«

»Verschwunden?«, fragte Leitner wiederum den jungen Schlotfeger.

»Ja«, sagte der, »der Gottlieb ist tatsächlich seit einiger Zeit von der Bildfläche verschwunden. Und irgendwie weiß keiner genau, wo er ist.«

Leitner dachte an sein Gespräch mit dem Chefredakteur Fritz Detter.

Der verschwundene Schornsteinfeger …

»Wir wundern uns auch alle, wo er geblieben sein könnte. Aber wir haben noch nichts von ihm gehört. Wahrscheinlich taucht er bald wieder auf. Vielleicht hat er sich ein paar Tage Auszeit gegönnt. Last minute oder irgend so was.«

Nachdem eine unheimliche Stille am Tisch eingezogen war, griff Denis Karda zu seinem Krug und sagte – das erste Mal mit etwas mehr Emotionen als sonst: »Jetzt ist genug mit verschwundene Leute und mit Tote. Wir sind heute hier zum Leben! Wirt! Bitte noch eine Bier!«

Gut eineinhalb Stunden später löste sich die Gruppe der Arbeiter auf. Vor dem Schafferhof blieben manche noch auf eine Zigarette stehen. Leitner machte sich zu Fuß den kleinen Berg hinauf auf den Weg in sein Hotel. Mike Bacher hatte deutliche Schlagseite, aber er hielt mit Leitner Schritt, weil er in derselben Richtung wohnte.

Leitner sagte beiläufig: »Das war ein feuchter Abend. Hoffentlich sind wir morgen alle wieder fit.«

»Kein Problem«, lallte Bacher und unterstrich seine Aussage mit einem fetten Rülpser. »Da haben wir schon ganz andere Räusche heimgezogen.«

»Das glaube ich dir gerne. Trotzdem muss man bei den ganzen Maschinen und Öfen schon verdammt gut aufpassen, wenn man noch Restsuppe im Blut hat.« Er begann zu pokern, indem er Bacher mit einer These reizte. »Vielleicht war ja der Thiercke auch besoffen, und deswegen ist er da in das Strahlhaus reingeraten.«

Bacher hielt sich mit Mühen an einer Hausecke fest und schnaufte tief. »Jetzt sag ich es dir zum letzten Mal. Der Thiercke ist nicht zufällig da reingestolpert.«

»Wieso? Wenn er auch am Tag zuvor beim Zoigl war …«

»Das wäre dem Franz nie passiert!«

»Was? Hat er kein Bier getrunken?«

»Doch«, keuchte Bacher. »Der hat genauso geschluckt wie wir auch. Aber der hat immer gewusst, wann er saufen kann und wann nicht. Am Tag vor dem Besuch von diesem Ministerknaben da, da wäre der Franz niemals zum Saufen gegangen!«

Das harte C-Dur in Bachers Stimme war zwar nicht mehr ganz frequenzrein, aber dennoch strahlte es eine ungeheure Glaubwürdigkeit aus.

Leitner forschte vorsichtig weiter. »Das hätte er seinem Chef wohl nicht angetan«, meinte er und beobachtete Bacher genau, als er sagte: »Und seiner Chefin auch nicht, oder?«

»Auf keinen Fall!«

»Wie findest du denn die Chefin? Hat einen ganz schön aufreizenden Stil, finde ich.«

Abermals entlud sich ein Rülpser aus Bachers Eingeweiden. »Da bohrst du bei mir am falschen Loch. Ich hab's nicht mit den Weibern.«

Leitner betrachtete Bacher genau. Wie ein Kostverächter sah er eigentlich nicht aus. Aber vielleicht war den Frauen in Bachers Leben sein Alkoholkonsum zu hoch.

»War die Richtige noch nicht dabei?«

»Da gibt's keine Richtige. Frauen interessieren mich nicht. Aber beim Duschen heute … du wärst schon mal ein Hupferl wert. Aber da habe ich wohl keine Chance, oder?«

Überrascht lachte Leitner auf. »Ich fürchte, nein. Zwei Männer alleine … da fehlt mir dann doch was Wesentliches.«

»Habe ich mir schon gedacht. Drum habe ich auch nichts gesagt. Schade, da entgeht mir was, wenn ich da bei dir richtig hingeschaut habe.« Bachers ehrliche Art, mit seiner Homosexualität umzugehen, gefiel Leitner. Der Mann stand zu dem, was und wie er war.

Leitner sagte: »Danke dir. Bislang gab's noch keine Beschwerden. Aber noch mal zur Chefin zurück: Wie ist die denn so?«

Beide Männer nahmen wieder Schritt auf, als Bacher sagte: »Ja mei, das war früher schon eine ziemlich heiße Hose, wenn du weißt, was ich meine.«

»Du willst damit sagen, die Männer hatten es nicht schwer bei ihr?«

»Nein. Überhaupt nicht schwer. Die Simone hat früher jeden Rotz mitgemacht. Die war viel auf den Bikertreffen und hat's da krachen lassen. Jeden Abend in einer anderen Disco unterwegs. Und auch hier …«, er deutete eine Trinkbewegung an, »… die hat Wodka gesoffen wie Wasser.«

»Woher weißt du das?«

»Weil ich oft dabei war. Das war aber noch, bevor sie den Axel geheiratet hat. Da habe ich auch noch nicht bei ihm gearbeitet.«

»Ist mir klar. Man läuft sich ja immer irgendwo über den Weg«, sagte Leitner vorsichtig. »Bist du auch ab und zu ins Flashback gegangen?« Leitner hoffte, dass Bacher vorhin nicht mitbekommen hatte, dass Goldinger diese Disco erwähnte.

Bacher überlegte kurz: »In Grafenwöhr? Die Ami-Disco? Freilich.«

»War Simone da auch unterwegs?«

»Die war überall unterwegs. Die hättest du früher mal sehen sollen. War schon immer recht aufgebrezelt.«

Als sie am Kirchensteig den Brunnen erreicht hatten, meinte Leitner: »Na ja, das hat sich wohl auf ihre Tochter niedergeschlagen. Die hat ja, glaube ich, so eine Schönheitsfirma. Mit Kosmetik, nicht wahr?«

»Was für eine Tochter? Die Simone hat keine Kinder.«

»Aber ich dachte … ist die Melanie Dirscherl nicht die Tochter?«

Bacher winkte müde ab. »Seine schon. Ihre nicht.«

»Ach so?«, entfuhr es Leitner verwundert.

»Das ist das Mädchen mit seiner ersten Frau.«

»Hat sie Axel verlassen?«

»Kann man so sagen. Dauerhaft. Ist gestorben vor fünf Jahren.«

Leitner ließ das Gehörte sacken. Dass er heute auf dem Gang vor der Dusche das Streitgespräch zwischen Stieftochter und Stiefmutter belauscht hatte, war Leitner bekannt. Er erwog die Perspektiven. »Ist sie denn heute schon etwas ruhiger? Ich meine, was die Männer betrifft?«

»Ich glaube schon. Aber ich weiß es nicht. Du kannst es ja mal probieren.« Bacher zog sich theatralisch am Schritt. »Da wärst du genau ihr Kaliber.«

»Was für Kaliber? Wo willst du heute noch hinschießen?«, erklang die Stimme von Denis Karda. »Du triffst heute nix mehr, Mike. Jetzt geht nach Hause!«, meinte er versöhnlich.

Leitner sah sich um. Hinter ihm und Bacher hatten sich Markus Pichler, Emmerich Goldinger und Denis Karda angenähert.

»Wohnt ihr auch alle dort oben?«, fragte Leitner.

»Ich schon«, sagte Pichler.

»Und ich nehme den Denis mit«, sagte Goldinger vergnügt. »Ich habe nicht viel getrunken, da kann ich ihn die paar Meter nach Windischeschenbach runter schon heimfahren.«

»Ist Schornsteinfeger, bringt immer Glück!«, lachte Denis bierselig vor sich hin. »Wir sehen uns morgen, Gerhard. Und dann du drehst Träger doppelt so schnell um wie heute, verstehst du?«

Die freundliche Drohung entlockte Leitner ein erschöpftes Lächeln, bevor er sich endgültig von seinen Kollegen verabschiedete.

Auf seinem Zimmer rief er als Erstes Agathe an. Er war durch das frühe Aufstehen, die ungewohnte körperliche Arbeit und nicht zuletzt wegen einiger Krüge Zoigl rechtschaffen müde.

Rasch brachten sie sich gegenseitig auf den gleichen Wissensstand, indem sie ihre Erlebnisse austauschten. Dann meinte Agathe: »Das sind doch schon mal ein paar Kleinigkeiten, mit denen wir zumindest mal weitermachen können.«

»Was schlägst du vor, wie wir morgen vorgehen sollen?«

Einige Sekunden folgten, in denen Agathe kurz nachdachte. Dann sagte sie: »Ich mache mich auf jeden Fall mal auf den Weg zu diesem Dobmeier.«

»Das ist der Konkurrent von Axel Dirscherl.«

»Richtig. Wir wollen doch mal sehen, ob Franz Thiercke wirklich zu ihm wechseln wollte.«

»Gut. Und ich? Soll ich morgen weiterhin nur Stahlträger umdrehen?«

»Du?« Agathe gab ein gleichgültiges Schnaufen von sich. »Du hast es doch gut getroffen. Gleich am ersten Abend musstest du beruflich saufen gehen und hast dir einen schwulen Freund zugelegt. Respekt.«

Leitner lachte. »Es ist doch schön, zu sehen, dass man noch Chancen hat. Auch wenn die Zuneigung für mich persönlich aus dem falschen Lager kommt.«

»Pass nur auf, dass er dir nicht an deinen Stahlträger packt. Aber im Ernst: Ich denke, dass du mal ein bisschen mehr in der Chefetage ermitteln solltest. Versuche doch mal rauszukriegen, was die Amerikaner genau für einen Deal mit Dirscherl vorhaben. Vielleicht kannst du ja auch bei Simone mal ein bisschen auf die Pauke hauen, was ihre Stieftochter betrifft. Wir müssen in dieses Wespennest etwas mehr Unruhe reinbringen.«

Nun war es Leitner, der einen Augenblick lang überlegte.

Agathe bemerkte das und fragte: »Worüber denkst du gerade nach?«

Zögerlich antwortete Leitner: »Ich weiß es auch nicht, aber irgendwie geht mir auch diese Geschichte mit dem Gottlieb Schmidt nicht aus dem Kopf.«

»Der Kaminkehrer, der nicht mehr auffindbar ist?«

»Ja, genau. Du kannst dich doch daran erinnern, dass uns vor ein paar Monaten der Fritz Detter erst davon berichtet hat.«

Die Pause verriet Agathes angestrengtes Nachdenken. »Dunkel … ja. Dieser verschwundene Schornsteinfeger. Aber was hat das mit unserem Fall zu tun?«

»Wahrscheinlich gar nichts«, gab Leitner langsam zurück. »Es sind bloß für einen Tag wahnsinnig viele Schlotfeger. Der Gottlieb Schmidt, der Emmerich Goldinger. Sogar der Wirt, dieser Fütterer, ist Kaminkehrer, wie mir die Kollegen verraten haben. Irgendwie sind hier alle entweder Kaminkehrer oder arbeiten im Metallbau. Egal ob beim Dirscherl oder beim Dobmeier. Ich krieg's einfach nicht aus meinem Schädel.«

»Das wundert mich weiter nicht«, sagte Agathe kühl. »Deine Gedanken müssen ja wahrscheinlich erst durch einen See aus Zoiglbier in deinem Schädel schwimmen, bevor sie rauskommen.«

»Da hast du nicht unrecht. Ich hau mich jetzt aufs Ohr, und morgen fühle ich mal den Chefs ein wenig auf den Zahn.«

Leitner verabschiedete sich von Agathe, putzte sich die Zähne und verfluchte die Tatsache, dass in fünfeinhalb Stunden bereits wieder der Wecker auf seinem Smartphone klingeln würde.

9

Am Freitagmorgen stieg Agathe aus ihrem Wagen, den sie auf dem Parkplatz der Firma Dobmeier Metallbau GmbH abgestellt hatte. Von außen wirkte die Halle von Axel Dirscherls Konkurrenten um einiges kleiner, dafür aber sah sie mehr nach Hightech aus. Die Hallenwände waren sauber gepflegt, und auch kein unerwünschter Grashalm wuchs aus dem Pflaster. Die Beleuchtung aus dem Inneren heraus sah geplant angeordnet aus und nicht nach pragmatischer Funktionalität wie bei Dirscherl.

Agathe meldete sich im Vorzimmer von Ferdinand Dobmeier, dem Inhaber, an. Im Vorfeld hatte sie bereits mit dem Büro telefoniert, um sicherzustellen, dass der Chef sie auch empfangen würde. Wie bei jedem inhabergeführten Betrieb dieser Größe war die Zeit des Chefs knapp bemessen, und Agathe musste eine knappe halbe Stunde auf einem Stuhl vor dem Chefbüro warten, bis Ferdinand Dobmeier schließlich durch die Vorzimmertür eintrat. Er war ein bulliger Typ von Mann, gut einen Meter achtzig groß, und sein Brustkorb glich dem eines Gorillas.

Er ging straffen Schrittes an Agathe vorbei und wollte in sein Büro, als die Sekretärin sagte: »Herr Dobmeier, da wäre die Frau Viersen für Sie.«

Agathe erhob sich und hielt ihm ihre Hand hin. »Ich hatte angerufen. Agathe Viersen mein Name.«

Dobmeier musterte sie skeptisch, nickte dann stumm und ging an ihr vorbei in sein Chefzimmer. Darin roch es unangenehm nach künstlichem Zitronenaroma, vielleicht ein Überbleibsel von zu viel Reinigungsmittel im Putzwasser. Dobmeier deutete Agathe knapp einen Sitzplatz an und ließ sich selbst in den ledernen Chefsessel fallen, dessen Hydraulikgestänge ein unzufriedenes Knarzen von sich gab.

»Was kann ich für Sie tun, Frau Viersen?«, raunte er schließlich.

»Ich wollte mich nach Franz Thiercke erkundigen.«

»Dem Franz? Was hab ich denn mit dem zu schaffen?«

»Nun, genau darum geht es ja. Sie wissen, was vor zwei Tagen geschehen ist?«

Dobmeier lehnte sich zurück. »Ja, freilich weiß ich das. Das war schon ein starkes Stück, was dem Axel da passiert ist.«

»Sie kennen Axel Dirscherl?«

»Wir kennen uns alle in der Branche. Das ist wie eine große Familie, wo jeder mit jedem mal zu tun hat.«

»Und wie in jeder Familie gibt es auch mal Streit, oder?«

»Wie meinen Sie das?«, fragte Dobmeier argwöhnisch.

»Ich meine, dass es um die Personalie Franz Thiercke doch einige Diskussionen gab.«

Dobmeier sagte nichts, betrachtete Agathe nur mit zusammengekniffenen Augen.

Sie legte nach. »Es hieß, er wolle zu Ihrem Betrieb wechseln. Entspricht das der Wahrheit?«

Nun lehnte sich Dobmeier nach vorne und stützte sich auf die Tischplatte. Gedehnt sagte er: »Was hat das denn für eine Bedeutung, ob der zu mir kommen wollte? Jetzt muss ich schon noch mal fragen: Woher kommen Sie? Doch nicht von der Polizei, oder? Mir hat man gesagt, eine Frau von der Versicherung möchte mit mir reden.«

»Das ist auch korrekt. Ich arbeite für die Jacortia-Versicherung.«

»Da bin ich aber gar nicht versichert.

»Das ist ein Fehler, den Sie jederzeit beheben können«, sagte Agathe freundlich. »Aber im Ernst: War was dran an den Gerüchten, dass Franz Thiercke seinen Arbeitgeber wechseln wollte?«

»Ja, also, es tut mir leid …«, begann Dobmeier, und Agathe war verwundert über diese Zögerlichkeit. Vom Äußeren her hätte sie ihr Gegenüber eher als grobschlächtig und aufbrausend eingeschätzt. »Ich sehe nicht wirklich, was das zur Sache tut. Oder dass Sie das etwas angehen würde.«

»Nun, es geht mich insofern etwas an, wenn es zum Beispiel

stimmen würde, dass Thiercke zu Ihnen wollte. Wenn ich es richtig verstanden habe, dann war Thiercke der engste Mitarbeiter von Axel Dirscherl.«

»Ja und?«

»Das würde bedeuten, dass er auch in alle seine Betriebsgeheimnisse und anstehenden Projekte eingeweiht gewesen war. Dieses Wissen hätte dann ja praktisch Ihnen zur Verfügung gestanden, was Axel Dirscherl empfindlichen Schaden hätte zufügen können.«

Dobmeier richtete die Augen zu Boden und sagte schließlich: »Sie wollen dem Axel daraus einen Strick drehen? Sie glauben, dass Axel den Franz in das Strahlhaus gesetzt hat, weil er mir ansonsten hätte erzählen können, was in seinem Betrieb so läuft? Ich bitte Sie ...«

Agathe fragte forsch: »Wollte Franz Thiercke nun zu Ihnen wechseln oder nicht?«

»Jetzt sage ich Ihnen mal was.« Agathe zuckte zusammen, überrascht über die plötzliche Kälte seines Tonfalles. »Der Franz war eine ganz linke Bazille. Ja, er hat gesagt, dass er zu mir wechseln wollte. Und ich hätte ihn natürlich auch gerne bei mir gehabt.«

»Aber?«

»Aber der feine Herr hat es genau andersherum gemacht. Es ist nicht so, dass er mir die Einzelheiten über Axel zukommen lassen wollte. Er wollte wissen, wie *mein* Laden läuft!«

Das musste Agathe erst eine Sekunde lang verdauen. »Sie wollen damit sagen, dass Franz Thiercke *Ihre* Betriebsgeheimnisse auskundschaften wollte?«

»Genau das war der Fall. Der Franz wäre dem Axel treu bis in den Tod geblieben. Ich muss mich selber einen Deppen heißen, dass ich den Braten nicht früher gerochen habe. Nichts war es mit Wechsel zu mir. Er hat das nur vorgegeben, um mir dann kurz vor knapp abzusagen.«

Agathe zog nachdenklich die Mundwinkel nach unten.

»Sie sehen also, dass der Axel keinen Grund gehabt hätte, den Franz wegzurichten«, sagte Dobmeier.

»Nein, Axel Dirscherl hätte keinen Grund gehabt …«, murmelte sie und sah ihr Gegenüber an. Ferdinand Dobmeier hob nun den Kopf und ließ sich auf die Lehne des Sessels plumpsen. Ihm kam offenbar zu Bewusstsein, was der Umkehrschluss aus seinen Ausführungen war. »Ich hingegen *hätte* einen Grund gehabt? Ist es das, was Sie denken?«

Agathe musterte ihn wortlos.

»Ich muss schon sagen, Sie haben Phantasie. Hätte ich nicht erwartet von jemandem, der bei einer Versicherung arbeitet.«

»Ich muss alles in Erwägung ziehen«, sagte Agathe vorsichtig.

»Das bleibt Ihnen unbenommen. Aber ich denke, dass es jetzt Zeit für Sie ist, zu gehen. Ich habe keine Zeit, mir von einer Möchtegerndetektivin unsinnige Vorwürfe an den Kopf werfen zu lassen.«

»Ich habe keine Vorwürfe formuliert.«

»Was ich gehört habe, reicht mir vollkommen.«

Agathe erhob sich und ging zur Tür. »Auf Wiedersehen«, sagte sie.

»Das hoffe ich für uns beide nicht.« Wieder war der Ton kälter geworden. »Eine weitere Zusammenkunft wird bei Weitem nicht so harmonisch verlaufen wie jetzt. Merken Sie sich das.«

Ohne auf die Drohung einzugehen, verließ Agathe das Büro von Ferdinand Dobmeier und ging zu ihrem Wagen zurück. Erst als sie eingestiegen war und die Tür zuzog, merkte sie, wie sehr sie ganz unbewusst in den antrainierten Notfallmodus verfallen war, den sie in ihrer Ausbildungszeit zur Polizeibeamtin erlernt hatte. Es galt in ihrem damaligen Beruf, alle Mittel zur Deeskalation zu nutzen. Dazu gehörte eben auch, ruhig zu bleiben, wenn sich eine Bedrohungslage ergab.

War das eben bei Ferdinand Dobmeier eine Bedrohungslage gewesen? Faktisch hätte ein Disziplinarbeamter wahrscheinlich verneint. Aber ihr Bauchgefühl folgte keinen juristischen Vorgaben und Regeln.

Ihr Instinkt hatte ihren gesamten Metabolismus in Alarmzustand versetzt.

Agathe streifte sich mehrmals mit den Armen über den gesamten Oberkörper. Sie hatte den Eindruck, dass eine Art Schmutzfilm auf ihr lag, den sie nun wegzureiben versuchte. Die Begegnung mit Ferdinand Dobmeier war ihr unvorhergesehenerweise unter die Haut gefahren.

Unterdessen stand Gerhard Leitner an einer Standbohrmaschine und erweiterte in kleinen Metallplatten die bereits vorgebohrten Löcher. Der größere Sinn dieser Aufgabe erschloss sich Leitner nicht auf den ersten Blick. Er hatte die Anweisung von Pichler erhalten und nur erfahren, dass es sich um größere Mengen an Werkstücken für einen Heizungsbauer handelte.

Der Vormittag war in weiten Teilen ruhig verlaufen, was wohl daran lag, dass manche noch mit dem Kater von gestern zu kämpfen hatten. Andere wiederum wollten nach Franz' gewaltsamem Tod einfach nur schnell wieder zur gewohnten Normalität zurückkehren, und dazu gehörte eben in erster Linie Ruhe. Nicht einmal mit Denis konnte Leitner ein wenig scherzen, weil seine Bohrmaschine an einem ganz anderen Fleck der Halle stand als Denis' Arbeitsplatz.

Nach rund hundertfünfzig aufgebohrten Metallplättchen verschnaufte Leitner kurz. Er ließ den Blick über die Halle schweifen und betrachtete seine Kollegen. Dann fiel sein Blick auf einen Mann, der durch das geöffnete Hallentor mit riesigen Schritten in Richtung des Chefbüros stapfte. Er hatte einen immensen Brustumfang, und als er die Gittertreppe hinaufstampfte, folgte Leitner seinem Instinkt. Er stellte seine Bohrmaschine ab und ging ebenfalls zum Büro von Axel Dirscherl. Er ignorierte die Blicke der übrigen Belegschaft. Schließlich konnte er als Neuling jederzeit noch Fragen haben oder Papierkram im Büro erledigen müssen. Leitner ging die letzten Schritte langsamer, um dem Gast mit dem großen Brustkorb nicht aus Versehen in den Rücken zu laufen. Er wartete, bis er in der Tür zu Axel Dirscherls Büro verschwunden war, und suchte sich einen Fleck, wo er sich unbeobachtet fühlte. So nah wie möglich an der Wand stellte er seine Ohren auf Empfang.

Er hatte als Musiker die Gabe entwickelt, sich auch bei lauten Veranstaltungen auf eine einzelne Stimme oder ein Musikinstrument konzentrieren zu können. Tatsächlich drangen gedämpft Stimmen nach außen. Die beiden Herren schrien sich offensichtlich an.

»Ich habe dir überhaupt niemanden auf den Hals gehetzt!«, hörte Leitner die Stimme Dirscherls. »Wie kommst du überhaupt auf so einen Krampf, Ferdinand?«

»Glaub bloß nicht, dass ich mich von dir verarschen lasse. Glaubst du wohl, ich bin so blöd und kapiere nicht, was du hier spielst?«

»Ich spiele gar nichts, Ferdinand!«

»Ach ja? Dann ist das alles nur Zufall, dass der Thiercke zuerst zu mir kommt und mir Honig ums Maul schmiert, damit ich ihn bei mir im Betrieb einführe, bloß dass er dann drei Wochen später doch wieder bei dir bleibt? Und dass der Deal mit den Amerikanern auch zur selben Zeit …«

Unter dem Metallgitter, auf dem Leitner kniete und das Streitgespräch belauschte, heulte auf einmal eine Kreissäge auf. Ohrenbetäubend kreischte sie sich den Weg durch ein Metallrohr, und Leitner konnte außer diesem Misston nichts anderes mehr hören. Zu seiner Erleichterung war das aber nicht von Dauer, weil der Arbeiter wohl nur ein Rohr zu haben schien, das verkürzt werden musste. Nach wenigen Sekunden konnte Leitner wieder verstehen, was gesagt wurde.

»Ich weiß nicht, was du dir da einbildest, Ferdl«, sagte Dirscherl, der offenbar darum bemüht war, das Gespräch nicht weiter eskalieren zu lassen.

»Dass wir Konkurrenten sind, das wissen wir beide, seit wir unsere Betriebe übernommen haben. Aber bei unseren Vätern hat man immer noch ein bisserl zusammengeholfen. Da hat man nicht einen Werksspion geschickt. Und der Höhepunkt ist ja noch, dass du mir diese Britschn von der Versicherung auf den Hals hetzt.«

»Die habe ich dir nicht auf den Hals gehetzt.«

»Nein, schon klar. Die fährt auch nur aus Jux und Gaudi alle

Metallbetriebe ab und klopft ein bisschen auf den Busch. Du bist doch bei denen versichert, oder?«

»Ja, schon«, gab Dirscherl kleinlaut bei.

»Also!« Es entstand eine Pause, und Leitner vermutete, dass sich der wuchtige Mann – Ferdl – in Richtung der Tür begab. Er vernahm noch mal seine Stimme. »Wir können das Spiel so spielen, Axel. Kein Problem. Aber wenn du glaubst, dass ich mir friedlich vom Spielfeldrand aus anschaue, was du mit den Amerikanern treibst, dann hast du dich geschnitten. Ab jetzt schaue ich doppelt so genau auf dich und auf das, was du machst. Wie geht's denn übrigens deiner Frau? Ich sehe sie gar nicht mehr so häufig. Ist sie wieder viel unterwegs?«

Nach einer weiteren Pause sagte Dirscherl: »Sie ist da, wo sie hingehört.«

»Na, wollen wir's für dich hoffen«, sagte Ferdinand zum Abschluss. Leitner erhob sich und wartete, bis der Mann zuerst das Büro und dann das Vorzimmer verlassen hatte. Als sich die Tür öffnete, tat Leitner so, als würde er erst in diesem Moment auf der Empore ankommen.

»Oh, Entschuldigung«, sagte er freundlich und warf einen näheren Blick auf den Gast.

»Passt schon, geh nur rein«, raunte dieser und besah sich seinerseits Leitner. Er war ja schließlich ein Mitarbeiter, den dieser Ferdinand noch nicht kannte.

Ferdinand ging die Treppe hinunter, und Leitner sah ihm nach. Das musste der andere Metallbauer sein, von dem Agathe gestern gesprochen hatte. Also hatte Agathe ihren Teil der Verabredung schon eingehalten und Ferdinand Dobmeier einen Besuch abgestattet. Der Wut nach zu urteilen, mit der Ferdinand gerade eben mit Axel stritt, hatte Agathe ganze Arbeit geleistet.

Leitner blickte kurz in das offen stehende Büro und fragte die Vorzimmerdame: »Der Chef hat wahrscheinlich gerade keine Zeit, oder?« Er wollte so klingen, als hätte er eine unwichtige und nicht sehr dringliche Sache und würde dafür aber viel Zeit mit Axel Dirscherl verplempern.

Er verfehlte seine Wirkung nicht, denn die Sekretärin wies

Leitner für den Augenblick ab. So war er auf der sicheren Seite, falls ihn jemand auf seinen Besuch in der Chefetage ansprechen würde. Er machte sich daran, die Treppe wieder hinabzugehen, als er wie angewurzelt stehen blieb. Der Anblick von Melanie Dirscherl war nun wahrlich etwas, mit dem er in der öligen und verklebten Werkshalle nicht gerechnet hatte.

Sie warf Leitner einen frechen Blick zu. »Wie wollen wir es machen?«, fragte sie schließlich.

»Hä?«, entfuhr es Leitner.

»Ich komme so nicht an dir vorbei. Und sei mir nicht böse, aber ich habe keinen Bock auf Öl und Kühlmittel an meinem Outfit.«

Leitner sah an sich hinab. Seine Klamotten waren wirklich stark verschmutzt.

Er hörte wieder Melanies feine Stimme. »Einer von uns muss den Anfang machen. Ich glaube, es ist besser, wenn du zuerst runterkommst.«

Leitner gewann seine Fassung wieder zurück und stieg wie vorgeschlagen als Erster ganz hinab zum Hallenboden.

»Danke«, sagte er schließlich und versäumte es nicht, dafür seine sonore Baritonstimme mit ein wenig mehr Bässen auszustatten. »Da haben Sie sich aber nicht die beste Kleidung ausgesucht, um hier zu arbeiten«, scherzte Leitner und entschied sich, nicht preiszugeben, dass er wusste, wen er hier vor sich hatte.

»Ich will hier auch nicht arbeiten. Das überlasse ich dir.«

»Ist wohl besser so.«

Leitner nahm nun die ganze Figur von Melanie Dirscherl wahr. Sie sah in natura wirklich zauberhaft aus. Das hatte Agathe ihm am Handy nach ihrem Besuch bei der Tochter des Chefs nicht verraten. Ihre leicht pinken Haare standen in krassem Gegensatz zu den sonst in der Halle vorherrschenden Farbtönen, und auch ihr weißes Ensemble aus Jeans und T-Shirt leuchtete merklich heller als alles andere dort.

»Wenn ich Ihre Arbeitskleidung richtig deute, dann sind Sie Krankenschwester?«

»Falsch.«

»Ähm … Ärztin?«

»Wieder falsch. Einmal darfst du noch«, sagte Melanie, und die Tatsache, dass sie das Spielchen mitmachte, gefiel Leitner ausnehmend gut.

Er grinste sie an und fragte: »Was passiert, wenn ich es errate?«

»Dann kannst du wieder beruhigt an die Arbeit gehen.«

»Und wenn ich es nicht errate?«

Melanie griff nun nach dem Handlauf der Treppe und deutete damit an, dass die Zeit des Schäkerns langsam zur Neige ging. »Dann musst du eben auf andere Weise schauen, dass du herauskriegst, was ich mache.«

»Sie meinen, ich müsste dann genauer nachforschen?«

Melanie reagierte auf diesen Vorstoß mit einem stummen Blick, von dem Leitner nicht wusste, was er genau bedeuten sollte. Er bedeutete aber auf jeden Fall nicht »Nein«.

Leitner grinste noch breiter und sagte: »Sie sind Kaminkehrerin.«

Melanie Dirscherl stieß ein befreiendes Lachen aus und meinte dann: »Jetzt geh wieder an deine Arbeit. Du bist ein sehr schlechter Detektiv.«

Damit ging sie an Leitner vorbei und zum Büro ihres Vaters. Leitner dachte sich: *Wenn du wüsstest …*

Sein Blick folgte ihrem makellosen Körper, der von ihren langen Haaren umspült wurde, bis Melanie in der Tür verschwand. Er wandte sich von der Treppe ab und wollte wieder zu seiner Bohrmaschine gehen. Da erst merkte er, dass Mike Bacher schon eine ganze Zeit lang hinter ihm gestanden hatte.

»Das war ja so klar«, sagte Bacher und tuckte dabei ziemlich rum. »Hab ich doch gesagt gestern! Das ist genau dein Beuteschema, oder? So eine schlanke Puppe?«

»Ja mei«, sagte Leitner. »Es ist zwar nicht dein Geschmack, aber –«

»Schmarrn. Ich bin zwar schwul, aber nicht blind. Ich sehe schon selber, dass die Melanie eine absolute Zuckerschnecke ist.«

»Die Melanie? Wer ist das?«, tat Leitner unwissend.

»Jetzt glaube ich es aber«, stemmte Bacher die Hände theatralisch an die Hüften und gab den Parade-Homo. »Da flirtet er mit der Tochter vom Chef und weiß es nicht einmal!«

»Das war die Tochter vom Chef?«

»Ja freilich, die Dirscherl Melanie. Ich habe es dir doch schon gestern gesagt: Da machst du eine gute Partie, wenn du es bei der versuchst.«

Leitner sah abermals zur Büroetage, dann zu Bacher.

Der hatte sich wieder auf den Weg gemacht, zu seiner eigenen Arbeitsstelle zurückzutanzen. Dabei rief er Leitner noch zu: »Obwohl ich es immer noch eine Verschwendung finde, dass du dich mit den Weibern abgibst!«

Leitner musste wiederum lachen. Es amüsierte ihn, wie Bacher ihm ständig die schrägsten Komplimente machte. Nun ging Leitner endgültig zurück zu seiner Maschine, als ihm plötzlich Markus Pichler im Wege stand.

»Wo warst du, Freundchen?«, herrschte er ihn an.

»Kurz oben beim Chef«, sagte Leitner verdattert.

»Jetzt ist Arbeitszeit, Kamerad! Geh nach deiner Schicht zu ihm oder davor. Sobald du einstempelst, wird gearbeitet, verstanden?«

Leitner sah ihn an und merkte, wie in seinem Körper die ganze wohlige Spannung von gerade eben von einer gefühlten kalten Dusche weggespült wurde. »Ist schon klar, ich gehe gleich ans Werk«, sagte Leitner.

Da hielt ihn Pichler an der Schulter fest und sagte: »Und glaube ja nicht, dass du als Neuer hierherkommen und dich gleich an die Tochter vom Chef ranmachen kannst! Wenn du hier nicht zum Arbeiten bist, dann fliegst du schneller wieder raus, als du glaubst!«

Leitner richtete den Blick auf Pichlers Hand, die dieser schließlich widerwillig zurückzog.

»Ich bin von Axel Dirscherl eingestellt worden und nicht von dir. Du schaffst mir die Arbeit an, und ich werde sie gut erledigen.« Leitner ging an Pichler vorbei, fühlte seinen Blick im Rücken und drehte sich nochmals zu ihm herum. »Aber wenn ich noch einmal deine Pratzen auf meinem Körper spüre, dann schiebe ich dir die Vorderzähne in den Hals. Das ist ein Versprechen.«

Damit ließ er Pichler stehen und nahm seine Bohrmaschine wieder in Betrieb. Er wollte sich so gerne mit Agathe in Verbindung setzen, aber er hielt es für klüger, jetzt erst mal mindestens bis zur Pause zu warten. Bislang waren seine Ermittlungen gut verlaufen, und er wollte sich jetzt gerade vor Pichler und auch dem Rest der Mannschaft keine Blöße geben.

Aber er würde sich bald mit Agathe austauschen.

Und er würde auf jeden Fall versuchen, seine Ermittlungen für diesen Abend irgendwie mit Melanie Dirscherl in Verbindung zu bringen.

Natürlich nur unter rein geschäftlichen Aspekten und ausschließlich zur Aufklärung des anstehenden Versicherungsfalles …

10

Als Leitner an jenem Freitagnachmittag seine Bohrmaschine ausgeschaltet und gereinigt hatte, kehrte er die Metallspäne vom Hallenboden zusammen und ging mit den anderen Männern in den Duschraum. Er bildete es sich vielleicht nur ein, aber seit ihm Bacher von seiner Homosexualität erzählt hatte, kam es Leitner so vor, als würden Bachers Blicke in der Dusche ihn immer noch überreden wollen, seine Meinung zu ändern. Gerade als dies für Leitner anfing, unangenehm zu werden, begann Bacher, Gloria Gaynors Discohit »I Will Survive« zu schmettern, und tanzte wie am Vortag in Figuren dazu, die John Travolta in »Saturday Night Fever« zur Ehre gereicht hätten.

Später in seinem Hotelzimmer griff Leitner zu seinem Smartphone und wählte Agathes Nummer. »Du musst bei Ferdinand Dobmeier einen ziemlichen Eindruck hinterlassen haben«, begann Leitner das Gespräch, nachdem sie sich begrüßt hatten.

»Wie kommst du darauf?«

Leitner berichtete von Dobmeiers Auftritt in Dirscherls Büro, den er ausspioniert hatte.

Agathe kicherte vergnügt. »Nun, das war ja der Sinn der Übung, dass da ein bisschen was ins Rollen kommt. Das heißt, Dobmeier verdächtigt Dirscherl der Werksspionage und umgekehrt?«

»So hat sich das für mich angehört«, bestätigte Leitner.

»Gut, gut«, meinte Agathe, und Leitner konnte hören, dass sie im Stillen bereits an die nächsten Schritte dachte. »Es ist zu ärgerlich, dass wir nicht Kommissar Deckert befragen können, ob es schon Details zur Leiche von Franz Thiercke gibt.«

»Na ja, Leiche kann man das wohl nicht mehr nennen, was sie da von Thiercke von den Wänden gekratzt haben.«

»Trotzdem hätte es sein können, dass die Gerichtsmedizin irgendeinen Hinweis darauf findet, wie der Thiercke in dem Strahlhaus gelandet ist. Ich meine, ob er bewusstlos war, ob er andere Verletzungen gehabt hat, ob er vielleicht schon tot war, bevor der Strahlvorgang gestartet wurde.«

Leitner stimmte Agathe zu: »Ja, ja, das wäre freilich hilfreich, wenn wir das wüssten. Aber es ist wohl müßig, darüber nachzudenken. Denn diese Tür zu Informationen steht uns diesmal nicht offen.«

»Nein. Leider.«

»Außerdem«, versuchte Leitner diesen Gedanken zu beenden, »ist es ja sowieso ein Wunder, dass man von Franz Thiercke überhaupt noch was gefunden hat. Ich habe mich im Betrieb mal umgehört, wie dieses Strahlhaus eigentlich funktioniert. Das dient ja zum Entgraten der Gussstücke. Wenn das eine Minute länger gegangen wäre, hätte man von Thiercke überhaupt keine Überreste mehr gefunden. Die wären feinst zerschossen im Abfluss der Anlage verschwunden.«

Agathe überlegte eine Sekunde lang, dann fragte sie: »Apropos verschwunden – du hattest doch auch diesen einen Schornsteinfeger erwähnt, von dem uns Fritz schon erzählt hat.«

»Gottlieb Schmidt, ja.«

»Der ist doch angeblich auch verschwunden. Weiß man über den irgendwas Neues?«

»Nein, keine Ahnung. Der scheint abgetaucht zu sein. Ich habe einen Kollegen gefragt. Diesen Emmerich Goldinger, von dem ich dir gestern erzählt habe.«

»Und?«

»Der wusste auch nichts Genaues. Aber Gottlieb Schmidt ist ja nun wirklich nicht unser Problem, oder?«

»Nein«, pflichtete Agathe ihm bei. »Es hätte mich nur interessiert, ob hinter der kurzen Geschichte, die wir von Fritz Detter gehört haben, auch in Wahrheit irgendwas steckt.«

»Frau Viersen, Frau Viersen«, sagte Leitner mit gespieltem Vorwurf und imitierte dabei die Stimme ihrer Chefin Chris Wendell. »Darf ich Sie daran erinnern, dass Sie keine Polizeibeamtin mehr sind? Und auch keine Privatdetektivin? Sie arbeiten für die Jacortia-Versicherung, und nur für sie sollen Sie ermitteln!«

Agathe lachte auf, weil Leitner ihre Chefin wirklich gut draufhatte. »Hast ja recht, Kerl«, sagte sie schließlich. »Trotzdem wäre es interessant gewesen, wenn sich da etwas ergeben hätte. Hallo? Gerhard?«, fragte sie besorgt, nachdem Leitner mehrere Sekunden keinen Ton mehr von sich gegeben hatte.

»Ja, ich bin schon noch da. Ich hatte nur gerade eine Idee … ich weiß aber nicht, ob du das machen willst. Es ist ein Stück zu fahren.«

»Wovon redest du, Gerhard?«

»Ich habe in Schwandorf einen Freund, der sich in der Kaminkehrerbranche sehr gut auskennt.«

»Na und? Was ist denn an Schwandorf weit zu fahren? Unsere Wohnung ist dort, erinnerst du dich dunkel daran?«

»Das ist mir schon klar, du Nudel!«, giftete Leitner. »Aber der Paul ist morgen garantiert nicht in Schwandorf, sondern in Mühlbach.«

»Wo ist das denn schon wieder?«

»Das liegt unten neben Regensburg, gehört aber schon zum Landkreis Neumarkt in der Oberpfalz.«

»Von mir aus auch in Dingenskirchen, aber was ist damit?«

»Dort gibt es ein großes Zentrum für Aus- und Fortbildung für Kaminkehrer. Das hat im Wesentlichen der Paul mit aus der Taufe gehoben und betreut das. Er ist als Handwerksmeister der Vertreter für den ganzen Bezirk Oberpfalz.«

»Was heißt das jetzt genau?«

Leitner wechselte das Handy ans andere Ohr und antwortete: »Das heißt, dass der Stein Paul alle Schlotfeger der Oberpfalz früher oder später einmal zu Gesicht bekommen hat. Alle.«

Nun dämmerte es Agathe. »Ich verstehe. Du meinst, wenn jemand etwas über einen Schornsteinfeger in der Oberpfalz weiß, dann …«

»… dann ist es der Paul Stein. Genau. Wenn wir uns also darüber informieren wollen, dann müssten wir ihn fragen.«

»Und das geht aber nicht, weil er zwar aus Schwandorf kommt, aber nicht in Schwandorf ist, oder wie?«

»Das hat damit zu tun, dass an diesem Wochenende die Glückstour der bayerischen Kaminkehrer stattfindet.«

»Was ist das denn nun schon wieder?«

»Eine Fahrradtour, bei der sich Hunderte Kaminkehrer aus ganz Deutschland treffen, um Spendengeld für krebskranke Kinder zu sammeln. Das ist immer ein großes Hallo, und in manchem Jahr machen die eben auch halt an diesem Ausbildungszentrum, weil man dort übernachten kann und genügend Platz für die Fahrräder hat.«

»Ach so, und da muss dein Freund, dieser Paul Stein, natürlich vor Ort sein.«

»So ist es«, sagte Leitner.

»Denkst du, dass der dann morgen für mich überhaupt Zeit haben wird?«

»Bestimmt. Ich rufe ihn jetzt gleich mal an und warne ihn vor, dass du morgen bei ihm vorbeikommst mit ein paar Fragen im Gepäck.«

»Aber ich kenne ihn nicht«, wandte Agathe ein. »Wäre es nicht sinnvoller, du würdest ihn befragen?«

»Das wird schwierig, weil ich heute Abend noch hier in Neuhaus bleiben möchte. Es wäre sinnvoll, wenn ich meinen Stand hier nicht nach zwei Tagen schon wieder aufgeben würde. Einige der Jungs wollen sich später noch beim Zoigl treffen.«

»Schon wieder? Ihr wart doch gestern erst unterwegs«, wandte Agathe ein.

»Die gehen hier jeden Tag zum Feierabendbier, Agathe. Dabei kriegt man immer am meisten heraus, deswegen bleibe ich heute hier. Und von Neuhaus aus sind es fast hundertfünfzig Kilometer nach Mühlbach, von Schwandorf aus nur gute sechzig.«

Seine Kollegin überlegte eine Weile und meinte schließlich: »Es hat zwar nicht wirklich mit unserem Fall zu tun … aber mir fällt konkret auch nichts ein, was ich morgen, an einem Samstag, für unsere Ermittlungen im Fall Thiercke sonst tun könnte.« Es folgte eine kurze Pause, dann sagte sie entschlossen: »Geht in Ordnung. Dann rufe du nachher Paul Stein an, und ich schüssele da eben morgen mal runter nach Mühlhausen.«

»Mühlbach.«

»Egal. Schreib mir die Adresse per WhatsApp, wenn du sie hast. Tja, dann wünsche ich dir viel Spaß bei deinen Erkundigungen beim Zoiglbier. Langsam könnte man neidisch werden.«

Leitner fingierte Betroffenheit. »Ich bin entsetzt, Agathe. Du glaubst, ich würde bei einem beruflich angeordneten Ermittlungsauftrag irgendwie Spaß empfinden, nur weil er in einem urigen Wirtshaus bei Zoiglbier und einer Brotzeit stattfindet?« Theatralisch holte er zu einem tiefen Seufzer Luft.

Seine Kollegin sagte: »Der Gedanke wäre mir nie in den Sinn gekommen. Ist ja überhaupt nicht deine Welt, nicht wahr?«

Nun feixte Leitner und sagte: »Ich glaube, ich werde heute mal einen sauer angemachten Limburger essen. Der ist hier oben immer phantastisch.«

»Verbrecher«, schoss Agathe einen kleinen Pfeil durchs Telefon. »Spätestens wenn dieser Fall gelöst ist, will ich da oben auch mal Brotzeit machen, verstanden?«

»Ich werde mich opfern, versprochen«, kicherte Leitner.

Aus seinem nicht ausgepackten Koffer entnahm Leitner ein dunkelblaues Baumwollhemd und schlüpfte in seine braune Hose, die er zuvor über den Stuhl in seinem Zimmer gehängt hatte. Ein Blick auf die Uhr an der Wand verriet ihm, dass es noch nicht einmal drei viertel fünf war. Er schlüpfte in seinen Lederblouson und stieg wenig später in seinen Mazda, den er auf der Straße vor dem Hotel Waldnaabtal abgestellt hatte. Noch im Zimmer hatte er zwei Dinge gegoogelt: die Adresse des Ausbildungszentrums der Kaminkehrer in Mühlbach und die Adresse von Melanie Dirscherls Beauty Store. Es gab keinen offiziellen Grund dafür, aber Leitner hielt es für besser, Agathe nicht danach zu fragen, obwohl sie tags zuvor ja auch schon bei Melanie zu Besuch gewesen war. Im Auto wählte er als Erstes Paul Steins Nummer. Der freute sich, von seinem langjährigen Bekannten Gerhard Leitner zu hören, und versprach, sich auf jeden Fall für seine Kollegin Zeit zu nehmen, wenn sie ihn morgen besuchen kommen würde. Nach dem kurzen Telefonat hatte Leitner fast schon die Auffahrt Windischeschenbach an der A 93 erreicht, über die er schnurstracks zu Melanies Geschäft fuhr.

Er trat in den Store und fand, ebenso wie Agathe, einen leeren Tresen vor. Als Melanie aus dem hinteren Raum nach vorne trat, fuhr sie kurz zusammen. Sie hatte wohl an einem Freitagnachmittag so kurz vor Feierabend nicht mehr mit Kundschaft gerechnet. Es traf sich gut, da Leitner ja auch kein Kunde war.

»Jetzt weiß ich es«, sagte er vergnügt.

»Was wissen Sie?«

»Was Sie von Beruf sind. Beautyberaterin.«

Melanie setzte überrascht einen Schritt zurück. Jetzt erkannte sie Leitner und sah, dass es sich um den Mann handelte, der mit ihr auf der Treppe ein wenig gescherzt hatte.

»Jetzt bin ich baff«, sagte sie. Ihr angenehmes Es-Dur drang zu Leitners Ohren und verbreitete wohlige Wärme in seinem Inneren.

»Sie haben mir doch gesagt, ich soll mich weiter erkundigen. Das habe ich getan.«

»Aha«, gab sie knapp zurück, immer noch mit einer gehörigen Portion Erstaunen in der Stimme.

Leitner fuhr fort: »Sehen Sie, es gibt Dinge, die bleiben auch einem Neuling nicht lange verborgen. Wenn sich zum Beispiel eine junge Dame in weißer Kleidung in eine Metallbauhalle begibt, dann fragt doch jeder, wer das ist. Und weil außer mir alle anderen das wussten, haben sie mir natürlich verraten, dass Sie die Tochter von Axel Dirscherl sind.« Als Melanie nichts erwiderte, fügte Leitner hinzu: »Doch kein so schlechter Detektiv, oder?«

»Na ja«, sagte Melanie, ohne dabei unfreundlich zu wirken. »Eine Meisterleistung ist das jetzt nicht gerade, herauszufinden, dass ich die Dirscherl Melanie bin und was ich mache.«

Leitner gab sich einen nachdenklichen Ausdruck und sah zu Boden, den Zeigefinger an den Lippen. »Damit habe ich Sie also nicht beeindruckt …«

»Ist es das, was du willst? Mich beeindrucken?«

»Kann man das denn überhaupt?«

»Allerdings«, meinte Melanie frech.

»Und womit?«, fragte Leitner ebenso frech zurück.

Melanie sah auf die Uhr. Dann schüttelte sie mit einem schnellen Schwung ihre Haare aus dem Gesicht nach hinten und fragte: »Was willst du genau von mir? Ein paar Nailarts auf Fingernägeln schließe ich jetzt mal aus.«

»Da könnten Sie recht haben. Meine Fingernägel passen so, wie sie sind. Aber ich würde mich gerne ein bisschen mit Ihnen unterhalten. Ich bin neu hier und kenne mich nicht wirklich gut aus.«

Mit einem Mal knipste Melanie einige Schalter aus, sodass manche der Wandbeleuchtungen verloschen und auch das Webradio verstummte. »Das wäre zum Beispiel etwas, mit dem du mich beeindrucken könntest. Ich habe nämlich jetzt Hunger, und ich werde zum Essen gehen.«

»Wollen wir vielleicht gemeinsam schauen, ob wir etwas zu essen bekommen?«

»Nicht so schnell, junger Mann. Ich muss hier noch dichtmachen. Wenn du rausfinden solltest, wohin ich heute gehe, dann hättest du wirklich ein wenig Eindruck bei mir geschunden.«

Sie bugsierte Leitner zum Ausgang und kramte aus ihrer Hosentasche die Schlüssel zur Ladentür.

Er sah seine Felle davonschwimmen und stammelte: »Ja, also, ich kenne mich hier in der Gegend wirklich nicht aus. Wo –?«

»Nix da. *No way.* Entweder du kriegst es raus, oder du wirst heute Abend alleine essen. Ganz einfach.«

Damit zwinkerte sie ihm aufreizend zu und schob ihn durch die Tür ins Freie. Sie schloss zweimal ab und löschte innen das restliche Licht.

Leitner stand bedröppelt auf der Gitterempore und machte sich auf den Weg zu seinem Auto zurück. Was sollte er nun mit dieser Information anfangen? Es gab in Weiden Hunderte von Lokalen oder anderen Plätzen, wo man etwas zu essen bekam. Es gab letztlich nur eine Möglichkeit. Er musste in seinem

Wagen warten, bis Melanie das Gebäude verlassen würde. Und dann musste er es mit der guten alten Verfolgung per Auto versuchen.

Es dauerte fast eine halbe Stunde, bis die Beautyberaterin aus dem Haus trat und auf einen moosgrünen Mini zuging, der davor geparkt stand. Leitner hatte die Augen geschlossen und hätte sie um ein Haar verpasst. So aber beobachtete er, wie Melanie in Richtung der Autobahn fuhr, und folgte ihr in einigem Abstand. Das ging einige Minuten lang auch gut, bis Leitner es wegen eines anderen Autos vor ihm an der Ampel bei der Kreuzung mit der B 22 nicht mehr bei Grün darüberschaffte. Er sah die Rücklichter, von denen jedes wie ein halber Union Jack aussah, in der Ferne verschwinden.

»Verdammt«, fluchte er und reckte den Kopf, um zu sehen, wohin Melanie ihren britischen Wagen fuhr. Im Gewühle des Feierabendverkehrs verlor er sie jedoch schnell aus den Augen. Missmutig überquerte er die Kreuzung und überlegte kurz, was er nun anstellen konnte, nachdem seine so vielversprechende Abendplanung ein solch abruptes Ende erfahren hatte. Schließlich entschied er sich für seinen ursprünglichen Plan, den er auch Agathe mitgeteilt hatte, und fuhr auf die A 93 nach Norden. In Neuhaus hatte an diesem Abend das Wirtshaus »Bahler« geöffnet, wie er von seinen Kollegen untertags erfahren hatte. Also wollte er dorthin, um wenigstens zu versuchen, mehr über den Fall zu erfahren, der ihn ursprünglich hatte hierherkommen lassen.

11

Zur selben Zeit, da Leitner seine Verfolgung von Melanie Dirscherl aufgeben musste, war Agathe Viersen in ihrem BMW auf dem Weg nach Nittenau. Gleich nach dem Gespräch mit Leitner rief sie Fritz Detter an. Der Chefredakteur des Wirkendorfer Anzeigers war ihr seit Jahren bekannt. Detter und ihr Kollege Leitner waren früher Schulfreunde gewesen und hatten später auch jahrelang eine gemeinsame Band gehabt. Schon bei Agathes erstem Fall in der Oberpfalz hatte sie Fritz kennengelernt. An diesem Freitagabend, so hatte er ihr am Telefon erzählt, traf er sich zu einem Journalistenstammtisch. Der wechselte von Monat zu Monat die Örtlichkeit. Diesmal stand der Gasthof Jakob in Nittenau auf dem Plan.

Agathe parkte an der Straßenseite entlang des Lebensmitteldiscounters, weil nähere Parkplätze belegt waren, und ging am Friedhof und der Kirche vorbei zum Eingang des von grünen Ranken bewachsenen Wirtshauses. Innen bot sich Agathe ein gemütlicher Anblick. An keinem der Tische, die fast alle voll besetzt waren, herrschte Hektik. Agathe schloss vom Aussehen der Besucher, dass es sich mehrheitlich um private kleine Gesellschaften handeln musste – Familien oder eben Stammtische wie der, den sie suchte.

Die Bedienung trug ein Tablett mit Beilagensalaten an Agathe vorbei. Als sie wieder zur Theke zurückkehrte, fragte die Servicekraft: »Haben Sie reserviert? Wir sind voll heute.«

»Reserviert nicht. Aber ich suche den Medienstammtisch. Der müsste doch heute bei Ihnen zu Gast sein.«

»Ach, eine neue Reporterin! Schauen Sie, dort hinten neben dem Klavier im anderen Raum.«

Agathe entdeckte an einer zusammengestellten langen Tafel etwa fünfzehn Personen. Davon waren etwa zehn im Alter von Fritz Detter – also Ende dreißig. Der Rest setzte sich aus fünf jungen Männern und sechs jungen Frauen zusammen – das mussten die Volontäre sein. An der Stirnseite, sodass er alle gut sehen konnte, saß Fritz Detter. Der stand auch gleich auf, als er Agathe erblickte.

»Das ist ja schön, dass wir uns auch mal wieder sehen, Agathe. Das ist die Agathe Viersen, eine Freundin von mir, die ich für heute Abend mit eingeladen habe.«

Agathe grüßte in die Runde, während Detter vom Nachbartisch einen leeren Stuhl organisierte und ihn neben sich ans Tischende stellte. »Jetzt iss erst mal was. Der Butterbröselzander ist hier immer sehr gut. Oder auch das Schäufele auf Rahmwirsing.«

»Ich schau mal«, gab Agathe zurück, die diese exponierte Stelle nicht sehr angenehm zum Sitzen fand.

Zunächst folgte sie der sehr fachbezogenen Unterhaltung der Journalisten am Tisch, konnte aber mit einer Vielzahl der Namen und der Ortsmarken, von denen sie sprachen, nichts anfangen. Daher entschied sie sich tatsächlich für das Schäufele – nach Fisch war ihr heute irgendwie nicht. Während sie ihre Mahlzeit mit großem Appetit verspeiste, hörte sie den Gesprächen aufmerksam zu. Sie hatte zuvor gar nicht bemerkt, wie viel Hunger sie eigentlich hatte. Sie nippte an ihrem dunklen Bier und musste feststellen, dass die Bedienung bei der Getränkeberatung zum Schäufele mit dem Stockenfelser Geisterbräu nicht falschgelegen hatte. Als der erste Schluck des angenehm malzigen Getränks ihre Kehle hinabglitt, konnte sie sich eines Kicherns nicht erwehren. So schlimm hatte sie es im Vergleich zu Gerhard Leitner mit seinen ständigen Zoiglbesuchen also auch nicht getroffen!

Den Augenblick, als Agathe den letzten Bissen zu sich nahm und das Besteck ordentlich auf den Teller nebeneinanderlegte, nutzten die jungen Medienschaffenden der Region, um sich zu verabschieden. Es war Freitag, noch nicht sehr spät am Abend, und wahrscheinlich hatte der journalistische Nachwuchs schon Pläne geschmiedet, die über einen normalen Wirtshausabend hinausgingen.

Auch die drei anderen Herren verließen den Gasthof, und

so saß Agathe mit Fritz Detter schließlich allein an der nun verwaisten Tafel.

»Ich hoffe, die sind jetzt nicht alle meinetwegen abgehauen«, sagte Agathe entschuldigend.

»Keineswegs«, gab Detter mit seiner hohen Stimme zurück. Diese Seite«, er deutete nach rechts, »waren die Volos. Die gehen jetzt ins Kino, oder zum Tanzen oder zum Saufen, was weiß ich. Und diese Seite«, nun zeigte er nach links, und Agathe sah die obligatorische Breitling-Uhr an seinem Handgelenk baumeln, »waren wir alten Säcke.«

»Wichtige Leute?«

»Die haben schon tagtäglich ein bisschen was zu sagen bei uns in der Gegend, ja.«

»Bin beeindruckt.«

»Die gehen aber alle immer so um diese Zeit, also von daher musst du dir keine Gedanken machen. Wo hast du denn den Gerhard gelassen?«

Agathe setzte sich nun auf den nächsten Stuhl der langen Tafel, um die schräge Position an der Tischecke gegen eine gerade mit ausreichend Platz am Tisch einzutauschen. »Der ist heute in Neuhaus.«

Detter pfiff durch die Zähne. »So weit oben? Ach so, ja klar!«, entfuhr es ihm, und er patschte sich mit der flachen Hand an die Stirn. »Dann hat irgendwer einen Zoiglausflug in Schwandorf ausgemacht. Ist er mit dem Zug gefahren?«

»Nein«, gab Agathe amüsiert darüber zurück, dass Detter seinen alten Spezl und seine Gewohnheiten noch so gut kannte. »Es handelt sich vielmehr um einen beruflichen Aufenthalt.«

»Ja, sag bloß. Jetzt bin ich neugierig. Erzähl!«

Beide bestellten einen Espresso, und Agathe weihte Detter in ihren aktuellen Auftrag ein. Der staunte nicht schlecht, als Agathe ihm die Details verriet. Sie wusste, dass sie dem Chefredakteur vertrauen konnte. Erstens, weil Leitner es auch tat, und zweitens, weil sie ihn nun auch schon fünf Jahre kannte und mit ihm zusammengearbeitet hatte.

»Da habt ihr ja mal wirklich einen außergewöhnlichen Fall an der Backe«, sagte Detter, nachdem Agathe geendet hatte. »Wie kann ich euch dabei helfen?«

»Du weißt ja, Fritz, dass wir in der Vergangenheit häufig bei unseren Ermittlungen auch mit Hauptkommissar Deckert zusammengearbeitet haben.«

»Das ist mir bekannt. Er schwitzt jedes Mal Blut und Wasser, wenn er euch Informationen zukommen lässt, die eigentlich nur für den internen Polizeigebrauch vorgesehen sind.«

»Stimmt, da ist er immer ein bisschen ängstlich. Aber er weiß auch, dass wir ihn noch nie hintergangen haben«, relativierte Agathe die Aussage Detters. »Ich meine, was hätten wir denn davon, wenn wir ihn zuerst um einen Gefallen bitten und ihm hinterher den Tomahawk ins Kreuz hauen würden?«

»Nichts. Das leuchtet ein. Ist ja ähnlich wie bei uns Journalisten, wir schützen auch unsere Informanten und andere Quellen.«

»Wie gesagt, das steht uns hier nicht zur Verfügung, weil wir die Cops da oben eben überhaupt nicht kennen. Deshalb habe ich mir gedacht, dass ich dich einmal anrufen könnte.«

Detter rührte den Inhalt eines Zuckerpäckchens in seine Tasse und sagte dabei: »Ich soll für dich Informationen beschaffen?«

»Du wirst doch als Chefredakteur bestimmt Kollegen in ganz Bayern haben, die du kennst.«

»Natürlich habe ich die. Sogar deutschlandweit.«

»Siehst du? Da wäre es super, wenn du mal einen aus dieser Region da um Windischeschenbach herum anrufen könntest.«

»Was genau möchtest du denn wissen?«

Eifrig holte Agathe aus ihrer Tasche einen Notizblock und klappte ihn auf. »Es sind in erster Linie Namen, zu denen ich ein paar Hintergründe wissen müsste.«

»Welche Namen?«

»Das ist einmal die gesamte Familie Dirscherl. Axel, seine Frau Simone und seine Tochter Melanie.«

»Wer noch?«

»Alles, was du über Franz Thiercke, Markus Pichler und Emmerich Goldinger rauskriegen kannst. Und dann ist da ja noch die Geschichte, die du selbst uns erzählt hast. Dieser verschwundene Schornsteinfeger Gottlieb Schmidt.«

Detter hatte sich die Namen nicht notiert. Stattdessen nahm er ihr den Block aus der Hand und warf selbst einen Blick auf die Namen auf dem Papier. »Da steht noch einer. Lieutenant Colonel Douglas Mercer.«

»Richtig. Er ist bei den US-Truppen in Grafenwöhr stationiert, hängt aber offenbar auch ständig da oben bei den Dirscherls rum.«

Detter nickte langsam, und auf ihre Erlaubnis hin riss er das Blatt aus dem Block. »Kann vielleicht ein bisschen dauern, weil es heute schon zu spät ist. Aber morgen, denke ich, werde ich schon jemanden an die Strippe bekommen.«

»Ich danke dir, Fritz. Du bist echt ein Schatz!« Sie gab ihm ein Küsschen auf die Wange.

»Kriegen wir schon hin«, sagte Detter. »Was treibt der Gerhard heute in seiner Undercovermission?«

Agathe kicherte kurz. »Er muss heute noch mal mit seinen Arbeitskollegen in so eine Dingsstube gehen.«

»Zoiglstube.«

»Genau. Wahrscheinlich klemmen sie sich da heute die Batterie ab, weil Wochenende ist. Er hat übrigens einen Verehrer da oben.«

»Einen Verehrer?«, betonte Detter den maskulinen Artikel.

»Ja. Ein Arbeitskollege von ihm ist offenbar schwul und hat sich beim Duschen in den Gerhard verguckt.«

»Ja, da schau her«, sagte Detter feixend. »Jetzt hat er alle Weiber durch, und da probiert er's mit den Männern, oder wie?«

»Nein, das glaube ich nicht, Fritz.«

»Ich auch nicht. Aber ich werde keine Gelegenheit auslassen, ihm das hinzureiben, wenn ich ihn wiedersehe.«

»Oh Mann, hätte ich doch meine Klappe gehalten«, schalt sich Agathe.

»Nein, nein, das passt schon, Agathe. Der verträgt schon einen kleinen Seitenhieb. Aber so gesehen sollten wir ihm vielleicht wünschen, dass er heute Abend nicht wirklich ›undercover‹, also unter die Decke, kommt …«

12

Als Gerhard Leitner die Tür zum »Bahler« öffnete, schlug ihm eine gewaltige Welle lauten Geschreis entgegen. Im Wirtshaus war auf den ersten Blick jeder Platz besetzt, und da auch schon überall Zoiglbiere auf den Tischen standen, war die Lautstärke der Anwesenden entsprechend hoch. Leitner hatte das bei seinen früheren Ausflügen und Auftritten hier bereits häufig erlebt. Weil eben nicht jedes Wirtshaus an jedem Wochenende geöffnet war, gab es unter den Zoiglfans eine immense Vorfreude auf jeden Freitag, wenn die Zoiglhälfte der Woche begann. Wie bei einem Skiwochenende waren auch hier die Freitage Ankunftstage, an denen meist doppelt so viel Bier floss wie an den anderen Tagen.

Leitner durchforschte das Gastzimmer und erspähte am letzten Tisch rechts vor den Toiletten einige seiner Arbeitskollegen. Denis war anwesend, ebenso Mike Bacher und Emmerich Goldinger. Außerdem erkannte er noch drei weitere Kollegen, mit denen er aber noch keine Worte hatte wechseln können und deren Namen er daher auch nicht wusste. Auf einem der Stühle, die mit dem Rücken zum Gastraum standen, entdeckte Leitner auch den Chef selber. Die Köpfe am Tisch reckten sich zu ihm.

»Ach, der Neue«, sagte Axel Dirscherl. »Hock dich her. Da drüben auf die Bank.«

Leitner sah kaum noch einen freien Platz auf der Bankseite vis-à-vis von Dirscherl. »Das wird aber eng. Ich wollte nicht stören, wenn da kein Platz mehr frei ist.«

»Das gibt's nicht, dass man beim Zoigln keinen freien Platz mehr findet. Dann rutscht man eben ein bisschen zamm.« Dirscherl begleitete diese Aussage mit einer wedelnden Handbewegung zu seinen Bediensteten, dass sie Leitner auf der Bank Platz machen sollten. So geschah es, und eh Leitner es sich versah, hatte er bereits ein frisches Bier vor sich stehen.

»Das geht ja flink«, bemerkte Leitner und trank den Zoigl an.

»Wo sitzt Chef, geht immer schnell«, philosophierte Denis, der Leitner schräg gegenübersaß. Als alle mit ihm tranken, bemerkte Leitner ein Bier, das beim Prosttrinken nicht angerührt wurde.

»Wem gehört denn das Glas dort?«, fragte er und zeigte darauf. Wie zur Antwort öffnete sich in diesem Augenblick die Tür zu den Toiletten, und heraus trat Melanie Dirscherl. Sie ging um ihren Vater herum und setzte sich vor den unangetasteten Krug. Sie bemerkte zuerst gar nicht, dass sich in ihrer Abwesenheit Leitner mit an den Tisch gesetzt hatte. Als sie dies realisierte, sank sie verblüfft an die Banklehne zurück. Leitner – der diesen Zufall selbst erst verdauen musste – hatte aber ein paar Sekunden Vorsprung, sich zu fassen, und begegnete ihr deshalb mit schnell aufgesetztem Triumph im Gesicht – gerade so viel, dass sie es bemerken musste und die anderen nicht.

»Was machst du denn hier?«, fragte Melanie erstaunt.

»Ich wollte nicht alleine essen heute Abend«, erwiderte er, und es war kein Augenzwinkern nötig für seine Retourkutsche.

Ihre Augen trafen die seinen für eine Sekunde, dann sagte Axel Dirscherl: »Apropos Essen – da, such dir was aus. Wir haben schon bestellt.«

Leitner entschied sich statt für den sauren Käse, nach dem ihm vorhin im Telefonat mit Agathe schon der Sinn stand, für eine Brotzeitplatte, weil er die am Nachbartisch bei einem Gast gesehen und sofort Lust darauf bekommen hatte.

Nachdem die Teller mit den deftigen Köstlichkeiten eingetroffen waren und man es sich laut hörbar schmecken ließ, fragte Axel Dirscherl: »Du kommst aus Schwandorf, oder wie?«

»Stimmt. Da wohne ich normalerweise.«

»Und was hast du bisher gemacht? Beruflich, meine ich? Als der Wullinger Jürgen von der ›Fronberg Guss‹ angerufen hat, ob ich einen Aushilfsarbeiter brauche, habe ich das nur am Rande mitbekommen.«

Leitner musste überlegen, damit seine Coverstory nicht aufflog. »Ich habe als freier Musiker gearbeitet«, sagte er und war froh, dass er sich nicht zu viele Lügen merken musste. Denn das entsprach der Wirklichkeit, auch wenn er dies schon seit mehreren Jahren nicht mehr hauptberuflich tat.

»Ach so. Und da ist es wohl nichts geworden mit der großen Karriere?«

»Nein. Leider nicht.« Axels verständiges Kopfnicken ließ Leitner hoffen, dass dies der gesamte Ausflug in seine Vergangenheit vor versammelter Mannschaft war.

»Darum hast du in die Sparte ›Hobbydetektiv‹ gewechselt?«, fragte nun Melanie Dirscherl, die es immer noch beeindruckend fand, dass Leitner sie hier aufgespürt hatte – ohne zu wissen, dass dies nur auf einem Zufall beruhte.

Leitner ließ sie mit Blicken wissen, dass er ihre kleinen Gemeinheiten sehr wohl zur Kenntnis nahm.

»Ist Detektiv und hat aber noch nicht kapiert, wie man macht gescheite Bohrungen in Metallplatten!«, sagte Denis in kumpelhafter Manier.

»Vielleicht lerne ich es noch, Denis«, lachte Leitner und biss in ein Leberwurstbrot.

Er beobachtete dabei Axel Dirscherl. Auch der lachte, allerdings nicht aus voller Kehle. Seine Tochter beugte sich zu ihm und streichelte ihm über das Gesicht.

Leitner sagte: »Mann, da habt ihr aber echt eine Hammerwoche hinter euch. Ich meine nicht nur wegen Franz Thiercke, sondern auch davor schon. So ein Ministerbesuch ist ja bestimmt auch nichts Alltägliches für euch, oder?«

»Nein, das mit Sicherheit nicht«, pflichtete Dirscherl ihm bei. »Die ganze Woche haben wir uns akribisch vorbereitet darauf, und es ist ja auch nicht selbstverständlich, dass man einen Termin kriegt, an dem der Finanzminister Zeit hat und in die nördliche Oberpfalz fährt.«

»Ist Oberpfälzer, Herr Minister, muss auch kommen in das Oberpfalz«, mampfte Denis durch seinen Presssack im Mund hindurch.

»Die können mir alle gestohlen bleiben, die Herren und

Damen Politiker«, rief nun Bacher. Leitner konnte nach dem Abend gestern aus seiner Gehördatenbank abrufen, dass der Tonfall von Bacher nicht mehr lange in dieser Lautstärke bleiben würde. »Ich brauche die nicht!«

»Aber wir brauchen sie manchmal schon, nicht wahr, Axel?«, meldete sich nun Emmerich Goldinger zu Wort.

»Politik und Wirtschaft gehören immer zusammen«, sagte Axel.

Zu Goldinger sagte Bacher: »Für was brauchst du denn Politiker, du Zwergerl? Mach du deine Schlote sauber und schau, dass unsere Hallenheizung gescheit funktioniert, das würde schon langen.«

Goldinger ließ den Angriff gegen sich ins Leere laufen und sagte stattdessen nur: »Wenn du mehr arbeiten würdest, tätest du auch nicht ständig frieren.«

Denis sprang zu Goldingers Verteidigung bei. »Schau, Mike, bist du eh warme Bruder, brauchst du keine Heizung!«

Alle Kollegen brachen in Gelächter aus. Dirscherl feixte zurückhaltend in sich hinein, und auch seine Tochter sah Bacher an und lachte aus befreitem Herzen. Leitner sah, dass man sich hier zum einen wirklich schon seit Jahren untereinander kannte, und stellte zum Zweiten fest, dass Political Correctness in die Metallbaubranche offenbar keinen Einzug gehalten hatte.

Leitner wandte sich wieder an seinen momentanen Chef. »Mir ist ein amerikanischer Soldat aufgefallen, der bei uns in der Firma war.«

»Der Doug«, nickte Axel. »Was ist mit dem?«

Leitner musste sich beherrschen, um nicht zu erwidern: *Das frage ich ja gerade dich!*

Stattdessen sagte er: »Gar nichts. Ich finde es nur sehr spannend, dass wir mit den Amerikanern auch Geschäfte machen.«

Beiläufig biss Axel von einer Essiggurke ab. »Das ist hier im Landkreis nichts Außergewöhnliches. Die Amerikaner geben viele Aufträge an die einheimische Bevölkerung ab.«

»Aber es ist schon gut, dass der Uncle Sam uns mitkommen

lässt!«, schrie Bacher dazwischen. »Da können wir so manches Maschinchen mehr kaufen – und auch so manches Töpfchen Gesichtscreme!«

Vater und Tochter Dirscherl warfen sich einen genervten Blick zu, der wohl bedeutete: Bei Mike Bacher war es heute wieder einmal so weit.

»Wir sind alle froh, dass die Truppen nicht abgezogen werden. Es sind wirklich viele Verbindungen gewachsen, die man nicht so einfach fallen lassen kann«, sagte Goldinger, und Leitner mutmaßte, woher dieser noch sehr junge Mann die Gewissheit nahm, um von »gewachsenen Verbindungen« zu reden.

»Du bist auch froh?«, sagte Bacher übertrieben verblüfft. »Warum du? Kehrst du bei den Schwarzen oben auch den Ruß aus den Kaminen, oder wie? Schauen die deshalb so aus?«

Leitner beobachtete seine Tischgenossen genau. Er spürte, dass Bacher mit dieser Bemerkung eindeutig zu weit gegangen war. Es wirkte auf ihn so, dass Axel Dirscherl seinen Mitarbeiter nicht direkt nach Hause schicken wollte. Vielleicht war Bacher eine zu wichtige Arbeitskraft, um ihn – wenn auch gerechtfertigt – öffentlich zu rügen. Vielleicht wollte Dirscherl Bacher in dessen angetrunkenem Zustand nicht noch weiter reizen, sodass er womöglich bei Bahler vor allen Leuten noch ausfälliger würde. Er hatte schon einen handfesten Skandal an der Backe, und daher konnte es für ihn nicht leicht gewesen sein, sich nach dem Tod Thierckes öffentlich zur Brotzeit mit seiner Mannschaft in das Wirtshaus zu setzen.

Leitner bemerkte, dass auch Melanie nach einer Auflösung der herrschenden Spannung suchte. Die anderen Mitarbeiter verfolgten das Geschehen stumm.

Es war Goldinger, der den passenden Schlüssel fand. »Na, ich glaube, mir reicht es für heute. Es war wieder einmal schön bei euch. Zahlen!«

»Das geht auf uns, Emmerich«, sagte Dirscherl und legte seine Hand auf Goldingers Unterarm.

Melanie und Leitner sahen sich gegenseitig an.

Ihr Vater sagte: »Ach, da bist du ja.«

Melanie sagte zu Leitner: »Ich glaube, mir reicht's jetzt auch für heute …«

Leitner grüßte freundlich, als seine Chefin Simone Dirscherl an den Tisch trat. Sie drückte Axel einen Kuss auf die Stirn und nahm gegenüber von Melanie Platz, wo die anderen Mitarbeiter ohne Aufforderung zur Seite gerutscht waren.

Emmerich Goldinger erhob sich und sagte: »Das ist jetzt schade. Ich wollte es gerade packen.«

»Das ist schon in Ordnung. Du wirst ja nicht meinetwegen aufbrechen, oder, Emmerich?«

»Der nicht. Aber ich gleich«, sagte Melanie so leise, dass nur Leitner es verstehen konnte.

»Wo willst du denn jetzt schon hin?«, fragte Leitner ebenso gedämpft.

»Ich halte es mit dieser Frau nicht auf einem Fleck aus. Entschuldige bitte.« Damit machte auch Melanie Anstalten, den Bahler zu verlassen.

»Gehst du schon, meine Liebe?«, säuselte Simone ihr süß entgegen.

»Ja, Simone. Ich weiß nicht, woran es liegt, aber der Spaß ist mir gerade vergangen. Vielleicht kannst du dir vorstellen, warum?«

Leitner spürte unter dem Tisch eine Hand, die seine suchte. Er griff danach und spürte in seiner Handfläche Karton. Dann erhob sich Melanie und verließ die Zoiglstube.

»Nicht mal bezahlt hat sie, die junge Dame«, sagte Simone lauter als nötig.

»Simone, lass es gut sein jetzt«, wiegelte Axel ab.

»Na, von mir aus«, sagte Simone und nahm ihr Handy zur Hand, auf welchem sie eine eingegangene Nachricht las.

Leitner schob sich unter dem Tisch die kleine Kartonkarte in die Hosentasche und ging zu den Toiletten. Dort nahm er die Karte zur Hand und las darauf Melanie Dirscherls Geschäftsadresse, die Festnetznummer – und die Handynummer. Er tat anschließend, was man auf dem Klo so tat, und ging zurück zum Gastraum. Axel und Simone Dirscherl hatten sich erhoben.

Der Firmeninhaber sagte zu Leitner: »Ich habe angeordnet, dass alles aufs Haus geht, was ihr noch trinkt. Lasst es euch schmecken. Aber uns müsst ihr jetzt bitte entschuldigen.«

»Aber sicher« oder Ähnliches murmelten die Anwesenden, und Leitner setzte sich nochmals an den Tisch.

»Die mögen sich nicht recht, wie?«, meinte Leitner zu Denis.

»Ist ganz klar: Tochter hat mit Geld von Papi ihre Geschäft aufgemacht, und da ist Stiefmami das Bedrohung. Auf einmal«, er machte eine Klaubewegung mit der Hand, »ist weg ganzes Geld, wenn Papi sagt Nein.«

»Geht denn das Geschäft von Melanie so schlecht?«

»Im Gegenteil«, schaltete sich Bacher wieder ein. »Sie macht das ganz hervorragend. Du musst mal auf ihre Klickzahlen im Internet schauen. Das ist heute bares Geld. Aber das versteht die Simone ja nicht. Die ist noch vom alten Schlag.« Er griff zu seinem Bier, leerte es und bestellte gleich nach.

Auch Leitner gönnte sich noch einen Zoigl und fragte dann: »Wie meinst du das genau? Vom alten Schlag?«

Bacher brauchte mittlerweile für seine Gesten die halbe Tischplatte. »Die Simone ist eine ganz einfach gestrickte Person. Die hat ihr Geld noch auf die herkömmliche Art gemacht.« Er schlug mit der flachen Hand ein paarmal auf seine Faust. »Hiermit.«

»Kollege, jetzt ist dann auch Feierabend für dich. Sprichst du nicht so über Chefin, ja?«, rügte Denis Mike Bacher, aber der winkte nur ab.

»Komm, Denis! Du weißt das doch genauso gut wie ich. Sie macht es ja auch sehr geschickt. Sie ist eine gute Chefin, hilft im Büro und ist sehr aufopferungsvoll.« Süffisant fügte er hinzu: »Überall …«

»Ist besser, trinkst du nächstes Mal nur Limo, Kollege«, war Denis' abschätzige Antwort.

Nach diesem unschönen Ausklang des Abends hatten sich alle Angestellten von Axel Dirscherl erhoben und das Wirtshaus verlassen. So stand Leitner nun auf dem lang gezogenen Marktplatz vor der Kirche St. Agatha. Er sah, wie Bacher seinen

Heimweg über die Binnerpoint abkürzte. Denis hatte sich zu Fuß den Kirchensteig hinab nach Windischeschenbach auf den Weg gemacht. Er schnappte sich sein Handy und blickte auf die Karte in seiner anderen Hand. Mit dem Daumen tippte er die angegebene Mobilfunknummer. Es dauerte nur zwei Tonsignale lang, dann hob Melanie Dirscherl ab.

»Servus. Schon zu Hause?«, fragte er.

»Ja. Tut mir leid, aber das ging vorhin nicht anders.«

»Ich bitte dich, du bist mir keine Rechenschaft schuldig, wie die Dinge mit deiner Mutter stehen.«

»Sie ist nicht meine Mutter. Das ist ja ein Teil des Problems.«

»Das verstehe ich nicht«, sagte Leitner mit entwaffnender Offenheit.

»Das macht auch nichts. Hast du Lust, auf ein Bier bei mir vorbeizukommen?«, fragte sie unvermittelt.

Leitner lächelte in sich hinein und sagte: »Würde ich gerne machen. Aber ich habe da ein Problem.«

»Welches?«

»Nun, ich musste heute bei dir fast alles erraten. Wer du bist, was du machst, wo du zu Abend isst.«

»Ja und?«

»Die Anschrift auf deiner Karte ist ja wohl die Adresse deines Stores, oder?«

»Stimmt.«

»Ich glaube, mein detektivischer Spürsinn ist für heute ausgepowert. Wenn ich jetzt also auch noch erraten soll, wo du wohnst, dann wirst du alleine noch ein Bier trinken müssen.«

Melanie kicherte vergnügt und verriet ihm die Adresse, wo sie ihre Wohnung hatte.

Der Abend war sehr mild für einen Tag Ende April. Leitner ließ seine Jacke deshalb offen, als er den Anweisungen von Melanie folgte und den Marktplatz hinauf in Richtung des Neuhauser Kommunbrauhauses marschierte. Nach wenigen Minuten hatte er die Wurzer Straße erreicht, an deren fernerem Ende neben der alteingesessenen Nachbarschaft auch einige neue Häuser standen. Vor einem dieser Häuser blieb Leitner stehen und sah über den Zaun. Von der Terrasse des Hauses winkte ihm Melanie zu und bat ihn herein. Leitner hatte eben das Gartentor zugeschlagen, als ihm ein fröhliches Bellen entgegenschallte. Er sah auf den Verursacher, der ein überaus zotteliger Hund mit schwarz, weiß und grau gefärbtem Fell war. Voller Übermut galoppierte er auf den Neuankömmling zu, wedelte mit seinem buschigen Schwanz und kläffte, als wollte er sagen: *Streichle mich gefälligst, wenn du schon auf mein Grundstück kommst!*

»Was bist denn du für ein haariger Kamerad?«, lachte Leitner, der sich der Freude über seine Ankunft kaum erwehren konnte und den putzigen Vierbeiner erst einmal gründlich durchwuschelte.

»Das ist der Berry. Ich bin immer froh, wenn kein Einbrecher kommt. Den würde er wahrscheinlich auch erst mal mit an sein Körbchen einladen, anstatt ihn zu vertreiben.« Melanie hatte sich ihrer weißen Arbeitskleidung entledigt und trug nun eine ausgewaschene schwarze Jeans und eine leichte Sommerbluse.

Leitner streichelte den Hund noch eine Weile und sagte: »Da hätte doch kein Einbrecher mehr das Herz dazu, hier was zu klauen, hm? Wenn ihn ein so feiner Kerl begrüßt wie du, Berry?« Der Angesprochene genoss die Aufmerksamkeit und versuchte, sein Glück des Gestreicheltwerdens noch auszuweiten, indem er sich auf den Rücken legte und alle vier Beine in die Höhe streckte. »Am Bauch muss ich dich auch noch kraulen? Du bist ja ein Genießer!«, sagte Leitner, ging auf die Knie und verpasste Berry eine kurze, aber intensive Bauchmassage. »Was bist du denn eigentlich für einer, sag mal!«, forderte Leitner den Hund auf, seine Rasse zu nennen.

Sein Frauchen übernahm die Antwort: »Ein Bearded Collie. Wunderschön, aber überall Haare in der Wohnung. Magst du ein Bier?«

»Gerne«, sagte Leitner, der sich nun wieder erhob und in einen der Gartenstühle fallen ließ, die auf der Terrasse um den Metalltisch mit der gläsernen Platte standen. Berry folgte ihm sofort und legte sich zu seinen Füßen.

»Du brauchst nicht zu glauben, dass der sich jetzt von dir

noch mal wegbewegt. Jetzt hast du ihn am Hals«, kündigte Melanie das Verhalten ihres Fellfreundes an.

»Das macht nix. Der darf schon dableiben. Danke dir!« Er nahm eine Flasche Bier entgegen und stellte fest, dass sie gut gekühlt war.

Melanie setzte sich in einen Stuhl neben ihn und trank ebenfalls einen Schluck. Einen Moment lang genossen beide die Stille, die sich über Neuhaus ausgebreitet hatte – abgesehen von einigen Lachern, die aus dem Hof vom Bahler herrührten.

»Da hast du es heute aber schnell gepackt«, spielte Leitner darauf an, dass sie beim Eintreffen ihrer Stiefmutter vorhin so frostig reagiert hatte.

Melanie fokussierte einen Punkt am Horizont. Die Aussicht war wegen der Hanglage ihres Hauses eine wildromantische, mit dem dunkelgrünen Baumbestand auf dem Boden und dem frühlingshaften Rosablau als Kontrast am Himmel. Dann sagte sie: »Was soll die Lügerei? Ich kann Simone einfach nicht leiden. Punkt.«

Leitner überlegte sich seine nächsten Worte genau, um Melanie nicht zu überfordern. »Das ist wahrscheinlich nie einfach, wenn eine neue Frau ins Leben des Vaters tritt.«

»Da hast du natürlich recht …«

»Was ist denn mit deiner Mutter passiert?«, fragte Leitner und hoffte, dass Melanie den Verlust ihrer Mutter so weit verschmerzt hatte, dass sie zumindest auf diese direkte Frage eine ehrliche Antwort geben konnte.

»Sie ist vor fünf Jahren an Krebs gestorben.«

»Das tut mir leid.«

»Mir auch. Und am allermeisten tut es mir für meinen Vater leid.«

Leitner lehnte sich auf die Armlehne, die Melanie zugewandt war. »Es hat ihn wohl auch hart getroffen?«

»Kann man so sagen. Wir waren halt plötzlich allein, er und ich.«

»Also keine Geschwister?«

»Keine Geschwister.«

»Dein Vater muss deine Mutter sehr lieb gehabt haben, wenn es ihn so aus der Bahn geworfen hat.«

Melanie stellte ihre Bierflasche auf den Tisch und schlug sich leicht auf den Oberschenkel. Berry folgte dem Signal seines Frauchens und gesellte sich nun zu ihr. Er setzte sich mit dem Rücken zu ihr und wartete auf die übliche Rückenmassage. Er wurde nicht enttäuscht.

»Das ist die eine Seite. Aber das gehört nun mal zum Leben, dass man jemanden verliert. Wir alle müssen sterben.«

Diese Aussage überraschte Leitner. Allerdings hatte er schon häufiger festgestellt, dass die Menschen gerade in der nördlichen Oberpfalz einen wesentlich unaufgeregteren Ansatz zu Leben und Tod hatten, als es zum Beispiel in einer Stadt wie Regensburg der Fall war.

»Und was ist die andere Seite?«, forschte Leitner nach.

»Damit meine ich, was jetzt aus ihm geworden ist. Was er aus seinem Leben gemacht hat.«

»Aber die Firma läuft doch prima, oder etwa nicht?«

Melanie schoss ihm einen harten Blick zu. »Du verstehst mich doch genau, Gerhard. Ich rede von seiner jetzigen Ehefrau.«

»Von deiner Stiefmutter?«

»Nenne sie bloß nicht meine Stiefmutter!«

»Entschuldige. Also, du meinst Simone. Was hast du gegen sie?«

Er beobachtete Melanie eine Weile. Sie rang offenbar mit sich, wo sie mit ihrer Erzählung beginnen sollte. Daher fragte er: »Stammt sie aus Neuhaus?«

»Nein.«

»Windischeschenbach?«

Sie schüttelte den Kopf. »Nein, Simone kommt aus Grafenwöhr. Das ist ihre Heimatstadt.«

»Verstehe.«

»Dort hat sie als Sekretärin bei den Amis gearbeitet, bevor sie meinen Vater kennengelernt hat.«

Leitner setzte sich wieder gerade in den Stuhl. Berry drehte seine Nase zwar kurz zu ihm, zog aber sein Frauchen vor.

»Dann stammt also daher die gute Verbindung eurer Firma zu den Amerikanern?«

»Gute Verbindung? Das ist ein Witz, den muss ich mir merken«, sagte Melanie trocken.

»Wieso?«

»Nun, eigentlich hast du recht. Verbindungen ist Simone dort öfter eingegangen.« Sarkastisch fügte sie hinzu: »Eigentlich jeden Abend.«

Leitner dachte an die Aussagen von Mike Bacher über Simone Dirscherl. »Sie hat es gerne krachen lassen mit den Männern?«, sagte er vorsichtig.

»Milde ausgedrückt: ja. Es waren, glaube ich, speziell die dunkelhäutigen G.I.s, die sie am Anfang sehr schätzte. Sie ging damals viel in die Clubs und Discos, und auch bei den verschiedensten Rockertreffen hat sie immer jemanden abgeschleppt. Oder sich abschleppen lassen.«

Leitner wog seinen Gedanken hin und her. Dann fragte er: »Woher weißt du das alles eigentlich? Ihr seid doch vom Alter her zwar nicht Jahrzehnte auseinander, aber ein paar Jährchen sind es doch. Das muss doch alles vor deiner Zeit passiert sein.«

»Das meiste schon. Aber die Welt ist ein Dorf, Gerhard. Als Tochter eines Unternehmers mit vielen Angestellten kommt man auch mit vielen Menschen in Kontakt. Mit solchen, die es gut mit dir meinen, und mit solchen, die es weniger gut mit dir meinen.«

»Und die weniger Guten haben dir das alles erzählt?«

»Nein, ich würde die sogar als die Guten bezeichnen. Die sind wenigstens ehrlich.«

Leitner ließ diesem mit leichter Sehnsucht vorgetragenen Spruch eine Pause folgen. Auch er betrachtete sich den immer noch deutlich illuminierten Spätabendhimmel. Schließlich sagte er leise: »Aber ist das nicht auch irgendwie ganz normal, dass man als junger Mensch Party ohne Ende macht? Klar, es gibt absolute Feierbiester, und es gibt die Ruhigeren, aber –«

»Gerhard, ich habe nicht das geringste Problem damit, was Simone getrieben hat vor der Ehe mit meinem Vater«, unterbrach ihn Melanie.

Sie stand auf, und auch der mittlerweile dösende Berry sprang gehorsam auf die Pfoten. Leitner verließ ebenfalls seinen Gartenstuhl und stellte sich neben Melanie.

Sie sagte in Richtung Horizont: »Ich würde mir nur wünschen, dass sie aufhören würde, ihn lächerlich zu machen.«

Leitner musste nicht weiterfragen. Das war deutlich. In Melanies Augen hatte Simone ihre Aktivitäten mit Männern auch nach der Heirat mit Axel nicht aufgegeben.

Melanie Dirscherl drehte sich zu Leitner. »Würde es dir viel ausmachen, wenn wir das Thema sein lassen und reingehen? Es wird langsam doch ein bisschen kühl.«

Leitner betrachtete die junge Frau. »Meinst du nicht, ich sollte lieber wieder in mein Hotel …?«

Melanie zog ihn vorsichtig mit beiden Händen an seiner offen stehenden Jacke sanft zu sich. Sie musste sich auf die Zehenspitzen stellen, damit sie seine Lippen erreichte, um ihm einen zärtlichen Kuss zu geben.

»Nein, meine ich nicht.«

Nun war es Leitner, der sie küsste. Er spürte ihren heftiger werdenden Atem. »Dann gehen wir doch mal rein«, flüsterte er.

Plötzlich gab Berry ein vorwurfsvolles Kläffen von sich. Der Bearded Collie hatte seinen treuesten Blick aufgesetzt und fragte sich offensichtlich, warum nun sein Frauchen und der Neue miteinander schmusten und nicht mit ihm. Seine Zunge hing aus seiner Schnauze, und er hechelte erwartungsvoll.

»Kommt Berry mit, oder …?«, fragte Leitner vorsichtig.

»Der darf noch draußen bleiben«, hauchte Melanie ihm ins Ohr. »Obwohl es natürlich einiges gibt, was wir uns von den Hunden abschauen können …«

Ein wohliger Schauer durchfuhr Leitners Körper, als sie nach diesem Satz mit beiden Armen seinen Hals umschlang und er in ihre funkelnden Augen sah.

»Da bin ich aber gespannt, was das sein soll …«, flüsterte Leitner, bevor er seine Hände um ihre Hüften legte und sie für den nächsten Kuss eng an seinen Körper drückte.

13

Agathe hatte sich selbst einen frühen Start in den Tag verordnet. Sie hatte mit Paul Stein am Vortag telefoniert, und er hatte ihr die Ankunft der radelnden Kaminkehrer für circa zehn Uhr vorausgesagt. Sie wollte die Zeit davor nutzen, um mit Paul Stein zu sprechen, und so war sie bereits um halb acht an diesem Samstag in ihren BMW X5 gestiegen, um nach Mühlbach zu fahren. Die Reise führte sie an Burglengenfeld, am malerischen Künstlerstädtchen Kallmünz und an Hemau bei Regensburg vorbei in den Landkreis Neumarkt. Dort stellte sie auf dem Parkplatz des Ausbildungszentrums Mühlbach den Motor aus und betrachtete den Gebäudekomplex: eine weiträumige Anlage aus vier großen Gebäuden und einem fächerartigen Eingangsgebäude.

Petrus hatte den Kaminkehrern auf Rädern einen sonnigen Samstagvormittag beschert, und die aufgestellten Fahnen, die auf die Glückstour der rußigen Glücksbringer hinwiesen, erhellten Agathes Laune erheblich. Alles wirkte freundlich, ordentlich gepflegt und einladend. Direkt gegenüber entdeckte Agathe eine kleine Parkanlage und einen Biergarten mit einer Art Blockhütte. Hier saßen bereits einige Männer und Frauen an zwei Tischen und genossen vergnügt ihren Kaffee. Das mussten die Organisatoren sein. Agathe hatte im Internet Bilder von Paul Stein als Bezirkskaminkehrermeister gefunden und wusste daher, wie er aussah. Er erzählte gerade eine Anekdote aus seiner Ausbildungszeit, worauf die Mitglieder der kleinen Gesellschaft fröhlich zu lachen begannen.

»Herr Stein?«, sagte Agathe freundlich und trat auf den Tisch zu.

Der Angesprochene wandte sich ihr zu. Er und Agathe hatten sich noch nie in persona gesehen, aber er erinnerte sich freilich an ihr gemeinsames Telefonat.

»Sie sind die Frau Viersen, oder?«

»Stimmt genau.«

»Das ist schön, dass Sie den weiten Weg von Schwandorf hierhergekommen sind, um uns zu besuchen. Setzen Sie sich. Mögen Sie einen Kaffee? Oder einen Prosecco?«

»Eine Tasse Kaffee käme mir jetzt grade recht«, bedankte sich Agathe und nahm bei den anderen Platz. Nach einigem Small Talk und nachdem Agathe ihren belebenden Morgentrunk erhalten hatte, sagte Paul Stein in seiner zurückhaltend freundlichen Art: »Jetzt müssen Sie mir aber kurz erklären, warum Sie hier sind. Am Telefon habe ich es gestern nur so zwischen Tür und Angel mitbekommen, weil wir noch mitten in den Vorbereitungen für heute waren.«

»Ich habe angerufen, weil der Gerhard mir das nahegelegt hat.«

»Der Leitner-Bazi! Der hat früher oft für uns gespielt mit seiner Kapelle. Immer dann, wenn wir Schornsteinfeger was zum Feiern hatten.«

»Das hat er mir auch gesagt. Und er sagte, dass Sie fast alle Kaminkehrer in der Oberpfalz kennen.«

Die anderen Tischgäste erhoben sich. »Wir schauen noch mal, ob vorne an der Strecke alles passt«, sagte eine Frau.

»Passt schon, Schatz. Ich unterhalte mich noch kurz mit der Frau Viersen und bin auch gleich bei euch.«

Damit gingen Frau Stein und ihre Gesellschaft an die Stelle vor, wo der Zieleinlauf der erwarteten Radfahrer aufgebaut war.

»Also, es geht um die Kaminkehrer?«

»Ja. Kennen Sie zum Beispiel einen gewissen Emmerich Goldinger? Aus dem Landkreis Neustadt an der Waldnaab?«

»Der Emmy? Ja, logisch kenne ich den. Den vergisst man nicht. Weder den Namen noch seine Art.«

»Wie ist denn seine Art?«, fragte Agathe.

»Mei, der Emmy erinnert mich immer ein bisschen an den Pumuckl. Nur in der Erwachsenenversion. Ganz ein Quirliger und auch sehr ehrgeizig.«

»Ist er ein guter Kaminkehrer?«

»Was man nach den wenigen Jahren beurteilen kann, die er

jetzt dabei ist, auf jeden Fall. Das kann mal ein ganz Großer werden in dem Beruf.«

»Wie alt ist er denn?«

»Müsste jetzt dreiundzwanzig sein, denke ich. Er ist das vierte von vier Kindern, wenn ich mich recht entsinne. Er stammt auch aus einer Schornsteinfegerfamilie.«

»Sein Vater war auch Schornsteinfeger?«

»Sein Vater nicht. Aber der Großvater mütterlicherseits. Der alte Schmidt Werner.«

Agathe horchte auf. »Schmidt? So hieß doch auch dieser verschwundene Schornsteinfeger, oder? Gottlieb Schmidt?«

»Richtig. Das ist dem Emmerich sein Onkel.«

»Und der ist nicht mehr auffindbar, oder wie war das noch mal?«

Paul Stein beugte sich zu Agathe. »Das erste Mal haben wir gedacht, er hat halt einen Termin versemmelt. Das gibt es überall, also auch bei uns Kaminkehrern. Es häuften sich aber die Anrufe bei der Innung, dass der Gottlieb seine Termine nicht mehr wahrnimmt. Dann haben wir versucht, ihm hinterherzutelefonieren, aber auch ohne Erfolg.«

»Das ist merkwürdig«, kommentierte Agathe.

»Absolut. Vor allem ist beunruhigend, dass wir bislang noch überhaupt kein Lebenszeichen von ihm erhalten haben. Der Gottlieb ist nämlich normalerweise ein sehr geselliger Typ, der auch gerne feiert.«

Agathe kaute auf ihrer Lippe. Dann sagte sie gedehnt: »Hat er eine Familie?«

»Nein, der ist unverheiratet. Er ist ja auch erst sechsunddreißig. Das kann schon noch kommen, aber im Augenblick genießt er halt sein Leben noch in vollen Zügen.«

»Er mag Partys?«

»Partys, Weiber … Pardon: Frauen.«

Agathe schmunzelte. »Das ist schon in Ordnung, Herr Stein. Ich bin nicht so zartbesaitet.«

»Na ja, das ist schön zu wissen. Heutzutage weiß man nicht mehr, was man noch sagen darf und was nicht.«

»Glauben Sie es mir: Wir Frauen – oder Weiber, wie Sie sagen – reden über die Männer auch nicht immer nach dem Knigge.«

Stein lachte kurz auf und war offenbar über Agathes unaufgeregte Bodenständigkeit erfreut. »Mögen S' noch einen Kaffee?«

»Danke, ich habe noch. Aber zurück zu Emmerich Goldinger. Sie sagen ihm eine große Karriere voraus? Worin besteht die denn in Ihrer Branche?«

»In einem möglichst großen Einzugsgebiet. Je mehr Aufträge, je mehr Haushalte, desto größer der Erfolg. Und das hängt bei uns natürlich schon auch von der Kundenzufriedenheit ab.«

»Haben Sie nicht Ihre festen, zugewiesenen Gebiete?«

»Das war einmal. In der guten alten Zeit, sozusagen. Mittlerweile sind wir alle gebietsfrei.«

»Interessant.«

»Es ist deshalb sehr wichtig, dass man viel unterwegs ist und viele Menschen kennenlernt.«

»Das ist für Sie als Glücksbringer doch wahrscheinlich nicht so schwer, schätze ich mal. Oder ist das mit den Kaminkehrern und dem Glück nur ein Klischee?«

Vehement schüttelte Paul Stein den Kopf. »Nein, das ist tatsächlich so. In früheren Zeiten – und genau genommen heute auch noch – war ein gut ziehender Kamin, also ein gut gereinigter Kamin, die beste Versicherung gegen Brände. Wenn also der Schlotfeger kam und seine Arbeit gemacht hat, dann konnte man in den Häusern wieder beruhigt einschüren, denn die Brandgefahr war größtenteils gebannt.«

»Das ist also das Glück, das Ihr Berufsstand den Leuten früher gebracht hat.«

»Ja. Heute hat sich natürlich unser Beruf auch stark verändert. Wir entfernen nicht nur den Ruß aus den Schloten, sondern wir sind vielmehr auch Energieberater geworden. Das geht von der Wärmedämmung von Häusern bis hin zur modernen Heiztechnik. Aber für die Menschen stehen wir immer noch für das Glück. Sie glauben gar nicht, wie viele Leute uns mit der Hand berühren wollen, wenn sie uns in voller Montur sehen.«

Als Agathe das immer noch kindliche Leuchten in den Augen des obersten Kaminkehrers der Oberpfalz sah, musste sie wegen seiner Begeisterung ebenfalls lächeln. »Das glaube ich. Sie versprühen auch einfach gute Laune.« Sie trank den Rest ihres Kaffees aus, als Stein fortfuhr.

»So wie der Emmerich. Ich habe es ja schon gesagt, aus dem wird mal was. Er ist fleißig, sehr begabt in seiner Arbeit und eben viel unterwegs, von Wiesau bis Flossenbürg, von Weiden bis Grafenwöhr.«

»Ach, apropos Grafenwöhr. Ich habe gehört, dass die US-Soldaten sehr viele Aufgaben von der hiesigen Bevölkerung erledigen lassen und entsprechende Aufträge vergeben. Gibt es bei deren Truppen eigene, amerikanische Kaminkehrer?«

»Nein. Das würde wohl nicht lohnen, die extra von den USA nach Deutschland fliegen zu lassen. Ab und zu kommt zwar mal ein *chimney sweep*, wie der Kaminkehrer auf Englisch heißt. Aber das allermeiste an Arbeit wird von bayerischen Kollegen ausgeführt.«

Agathe lehnte sich neugierig nach vorne. »Wer ist denn dort im Augenblick zuständig?«

»Das ist erst vor Kurzem wieder neu ausgeschrieben worden. Die Bewerbungsphase läuft noch.«

»Sieh an …«, murmelte Agathe. »Kennen Sie zufällig einen gewissen Lieutenant Colonel Douglas Mercer?«

»Den Doug? Ja, den kenne ich.«

Agathe gab einen kurzen Schnaufer von sich, überrascht, wie eng vernetzt die Oberpfalz hinter den Kulissen zu sein schien. Ein Glückstreffer – wie sollte es bei einem Kaminkehrer auch sonst sein?

»Hatten Sie mit ihm schon mal zu tun?«

»Der ist bei den US-Truppen für die Liegenschaften zuständig und dafür verantwortlich, dass die Gebäude in Schuss gehalten werden. Ich habe mit ihm und seinem Adjutanten, dem Ben Carter, schon viele gemeinsame Aufgaben erledigt.«

Agathe speicherte in ihrem Kopf die Informationen ab, als die Stimme von Paul Steins Frau erschallte: »Paul, komm! Die fahren gerade rein!«

»Schauen wir uns mal an, wie die Kollegen gestrampelt haben, Frau Viersen!«

Damit sprang Stein auf, und Agathe hatte Mühe, ihm im Laufschritt hinterherzueilen. An der Straße, die am Ausbildungszentrum vorbeiführte, hörte Agathe schrilles Geklingel. Auch die Anfeuerungsrufe »Hopp, hopp, hopp!« wurden laut. Dann stellte sie sich neben das Ehepaar Stein an den Rand und sah zum Ende der Straße. Von dort näherten sich bunte Punkte, die rhythmisch hin und her tanzten. Da die Strecke leicht bergan stieg, mussten die Fahrradfahrer kräftig in die Pedale treten, was zu starkem Schwanken von einer auf die andere Seite der Drahtesel führte. Der Tross näherte sich langsam, und die Jubelrufe wurden von den umstehenden Zuschauern der Glückstour lauter. Als die ersten radelnden Kaminkehrer den Einlaufpunkt passierten, spendete auch Agathe begeisterten Beifall. Die ganze Veranstaltung versetzte sie in ein Gefühl der Zusammengehörigkeit, der Solidarität und des Teamgeistes. Alle Teilnehmer strahlten trotz ihrer anstrengenden Radrundfahrt eine innere Ruhe aus, und der Zuspruch für die Hobbysportler sprach für sich.

Ihr Handy vibrierte, und auf dem Display leuchtete der Name von Fritz Detter auf. Sie verließ das bunte Treiben und setzte sich, soweit es ging, abseits an einen der im Freibereich aufgestellten Tische. Nun klemmte sie sich das Handy zwischen Ohr und Schulter und begann, mit der anderen Hand auf ihrem Block eifrig Notizen zu machen. Sie kam mit dem Schreiben kaum mit, so schnell übermittelte Detter seine Informationen. Als Agathe schon gehetzt die vierte Zeile auf dem Block anfing, hielt sie auf einmal inne. Abwesend blickte sie auf das bunte Treiben bei den Radfahrern und murmelte: »Sieh an … *die beiden* gehören also auch zusammen? Interessant …«

14

Obwohl die Blenden heruntergelassen waren, drangen kraftvolle Sonnenstrahlen durch ihre Lamellen und wanderten genau über Gerhard Leitners Gesicht. Er blinzelte und drehte sich mit verschlafenem Brummen auf die andere Seite. Dort spürte er jedoch nicht den warmen und weichen Körper der schlafenden Melanie Dirscherl, den er erwartet hatte. Er hob müde ein Augenlid an und sah, dass er allein im Bett war. Er richtete sich kurz auf, überblickte das leere Schlafzimmer und ließ sich wieder in die Kissen zurückfallen, in denen er und Melanie vor wenigen Stunden noch wunderschöne Augenblicke verbracht hatten. Leitner gab den Bildern und Eindrücken davon, die ihm noch in allen Fasern steckten, freien Raum.

Dann schreckte er jäh auf. Eine feuchte Zunge schickte sich an, ihm seinen rechten Fuß, der unter der Bettdecke hervorlugte, von oben bis unten abzuschlabbern. »He!«, schrie er und zog den Fuß unter die Decke. Er reckte den Kopf und wusste, bevor er ihn sah, wer sich diesen Schabernack erlaubt hatte. Berry stand, voller Energie mit dem Schwanz wedelnd, vor dem Bett. Er trippelte vom Fußende zur Seite, wo er eine ausgiebige Streicheleinheit von Leitner erwartete. »Du bist auch schon wieder wach?«, sagte Leitner und musste sich räuspern. Er hockte sich an die Bettkante und zahlte bei Berry mit festem Kraulen seine Schulden für die feuchte Fußbegrüßung zurück. »Wo hast du dein Frauchen gelassen, hm?«, fragte er den Bearded Collie, der aber statt einer Antwort nur ein entspanntes Hecheln von sich gab. Leitner stand auf und ging in die Küche, wo er einen Zettel auf dem Tisch fand. Darauf hatte Melanie geschrieben, dass ihr Geschäft auch am Samstagvormittag geöffnet sei und sie deswegen bereits in Weiden sei. Er sah sich um und ließ eine Tasse dampfenden Kaffees aus dem Vollautomaten, nahm die Tasse und ging auf den kleinen Balkon, der im ersten Stock vom Schlafzimmer über das morgendliche Waldnaabtal blickte.

Etwa zehn Minuten stand er nackt auf dem Balkon und genoss die Aussicht. Fußgängern von der Straße aus war seine Blöße durch das Holzgeländer verborgen. Sein Telefon klingelte, und Leitner suchte in dem gestern jäh von sich gerissenen Kleiderhaufen im Flur seine Hose, in deren Tasche das Telefon steckte.

»Agathe, guten Morgen!«

»Moin, Gerhard. Wir haben heute ein bisschen was zu tun, ich hoffe, du hattest eine erholsame Nacht nach deinem Zoigltermin?«

Leitner schwieg eine Sekunde und zog es dann vor, im Augenblick nicht auf seine Erlebnisse mit Melanie einzugehen. »Es ging so, ich habe mich oft von einer Seite auf die andere gedreht«, antwortete er wahrheitsgemäß und musste sich zwingen, die Stellungswechsel nicht zu detailliert ins Gedächtnis zu rufen.

»Na, egal«, sagte Agathe. »Ich war heute wie ausgemacht bei deinem Kaminkehrerfreund Paul Stein. Das war sehr aufschlussreich.«

»Wusste ich doch, dass dir der Paul weiterhelfen würde.«

»Hat er auch. Die waren alle ganz freundlich da unten. War übrigens eine tolle Aktion, die Geschichte mit dem Radfahren und Spendensammeln zugunsten krebskranker Kinder.«

Leitner musste einen weiteren »Angriff« von Berry abwehren und ging wieder auf den Balkon. »Soweit ich weiß, war da vor Jahren mal das Kind eines Kaminkehrers betroffen, und der hat das dann initiiert.«

»Den habe ich sogar kennengelernt. Toller Typ. Aber jetzt zur Sache.« Rasch begann Agathe zu erzählen, was sie von Paul Stein über die Kaminkehrer Gottlieb Schmidt und Emmerich Goldinger sowie über die Verflechtung der US-Army in der Region erfahren hatte.

Leitner hörte aufmerksam zu und berichtete seinerseits, was sich beim Zoigl am Abend zuvor alles zugetragen hatte. »Jetzt wäre es halt wirklich interessant, wenn wir noch ein paar Details zu den Leuten aus dem Betrieb hätten.«

»Damit kann ich dienen«, meinte Agathe.

»Wie kommst du dazu?«

»Ich bin einer inneren Eingebung gefolgt und habe gestern den Fritz angerufen. Wir haben uns dann abends in Nittenau in so einem Wirtshaus getroffen.«

»Beim Jakob?«

»Ja«, sagte Agathe forsch. »Glaubst du, du bist der Einzige, der sich bei seinen Ermittlungen einen guten Schluck Bier gönnen darf?«

»Nein, nein«, beeilte sich Leitner zu antworten. »Was hat er denn so alles gewusst, der Fritz, der alte Halunke?«

»Gestern noch nicht viel. Ich habe ihn aber gebeten, bei seinen Kollegen von der schreibenden Zunft in der Gegend bei dir oben mal nachzuhaken. Und das hat er wohl heute früh auch getan.«

»Er hat Samstagvormittag Redakteure angerufen? Na, die werden sich gefreut haben. Ein typischer Journalist kommt am Samstagmorgen ja erst nach Hause –«

»Offenbar hat es geklappt«, unterbrach ihn Agathe. »Ich wollte zunächst etwas über Axel Dirscherl selbst wissen. Das war auch die ergiebigste Antwort. Sein Vater hatte diesen Betrieb wiederum von seinem Vater übernommen. Seit seinem Tod führt Axel das Geschäft.«

»So weit war es uns ja bekannt«, warf Leitner ein.

»Ja. Aber was wir nicht wussten, ist, dass auch Ferdinand Dobmeier früher mal bei Axel Dirscherls Vater gearbeitet hat.«

»Wie? Ich dachte, der hätte seine eigene Firma von seinem Vater übernommen?«

»Das stimmt auch«, räumte Agathe ein. »Es handelte sich bei der Firma des alten Dobmeier aber um reinen Metallbau. Sie haben keine Gießerei mit an Bord.«

Leitner versuchte sich klarzumachen, was diese Aussage bedeutete.

Agathe half ihm drauf. »Ferdinand Dobmeier hatte es im Vergleich zu Dirscherl geschäftlich immer etwas schwerer, weil er nur eine Sparte bedienen konnte. Dirscherl aber mehrere.«

»Aber wieso hat Ferdinand dann bei seinem Konkurrenten gearbeitet? Das verstehe ich nicht.«

»So, wie Fritz es mir erzählte, war lange nicht klar, ob es die Firma Dobmeier überhaupt noch lange geben würde. Es hieß immer schon, dass die früher oder später zusperren müssten. Es muss wohl auch zwischen Ferdinand Dobmeier und seinem Vater nicht das beste Verhältnis bestanden haben, daher war es für Ferdinand kein Problem, bei Axels Vater zu arbeiten.«

»Verstehe«, sagte Leitner. »Dann aber hat sich das geändert?«

»Genau. Vater Dobmeier startete noch mal richtig durch. Offenbar hatte sich die Auftragslage gebessert, und Ferdinand wechselte in den heimischen Betrieb zurück. Dort wuchs die Arbeit, aber auch der Stress, an dem der alte Dobmeier dann offenbar gestorben ist. Das machte Ferdinand Dobmeier dann über Nacht zum Firmeninhaber ...«

»... und somit zum Realkonkurrenten von Axel Dirscherl, der mittlerweile ebenfalls Chef des Betriebes war.«

»Genau. Ab dieser Zeit – das liegt jetzt noch keine zehn Jahre zurück – sind die beiden erbitterte Konkurrenten. Du kennst das ja auch, wenn man sich zuerst gut versteht und dann aber plötzlich auf der anderen Spielfeldhälfte steht.«

»Und ob ich das kenne«, raunte Leitner und dachte an diverse Zwistigkeiten, die sich in seinem früheren Künstlerleben unter konkurrierenden Bands und Kapellen abgespielt hatten.

»Das heißt«, sagte Leitner, »es hat seit dieser Zeit immer Ärger zwischen Dirscherl und Dobmeier gegeben. Welche Rolle spielte dabei Franz Thiercke? Hat der Fritz über den auch etwas gewusst?«

»Thiercke war gelernter Kfz-Mechaniker.«

»Mechatroniker.«

»So nennt man es heute, aber zu der Zeit, als er seine Lehre begann, hieß das noch Mechaniker. Das war bei einem Autohaus in Weiden. Er muss wohl sehr gut gewesen sein, aber auch sehr ehrgeizig. Thiercke wollte anscheinend immer schon sehr hoch hinaus. Daher hat er sich weitergebildet und schließlich bei Dirscherl angefangen. Und seine Position zum Schluss ist dir ja auch bekannt.«

»Wohl wahr, rechte Hand vom Chef …«, sagte Leitner gedehnt.

»Du klingst so zögerlich?«

»Ich überlege nur gerade … ob vielleicht dem Thiercke dieser Posten dann nicht zu wenig war, wenn er so hohe Ziele hatte …«

»Du denkst, dass er es satthatte, nur die Nummer zwei zu sein?«

»So in der Art …«

Agathe erwog diese Möglichkeit. »Hätte sich denn nach einem Wechsel zu Ferdinand Dobmeier viel für ihn geändert? Da wäre er ja auch nur Erster Offizier gewesen und nicht Captain.«

»Das stimmt schon«, räumte Leitner ein. »Aber die Frage ist doch, wie viele Kompetenzen der Captain dem Ersten Offizier zumisst. Wenn Thiercke zum Beispiel bei Dobmeier Projekte verwirklichen konnte, die er unter Dirscherl nicht zustande gebracht hätte?«

»Dann hätte er sich in der Tat verbessert. Beruflich gesehen.«

Beide schwiegen einen Augenblick. Dann sagte Leitner: »Apropos Captain. Da scheint auch irgendwas im Busch zu sein mit den Amerikanern. Da steht offenbar ein großer Deal an, der mit den Metallbauern in der Gegend zu tun hat.«

»Das hat mir der Paul Stein erklärt. Die US-Truppen haben wohl schon, seit sie hier in Deutschland sind, immer eng mit den Menschen vor Ort zusammengearbeitet.«

»Richtig. Und ich könnte mir vorstellen, dass da auch einiges an Dollars in die Region fließt.«

Agathe meinte: »Das würde mich auch interessieren, worum es da genau geht und wie das alles mit dem Thiercke zusammenhängt.«

»Nun, da gibt es eigentlich nur eine Möglichkeit. Ich müsste da mal rauffahren.«

»Nach Grafenwöhr?«

»Ja.«

Agathe gab ein verächtliches Schnauben von sich. »Und du glaubst, du musst da nur am Tor zur Kaserne klingeln und sagen: ›Hallo, liebe Amis, mich würden ein paar von euren Geschäftsgeheimnissen interessieren, und wart ihr es zufällig, die in Windischeschenbach einen Metallbauer in das Strahlhaus gesetzt haben?‹«

»Nein, so funktioniert es natürlich nicht«, sagte Leitner mit leichtem Ärger in der Stimme. »Ich dachte da eher an einen Besuch in der Disco dort. Was ich von Goldinger und von Bacher weiß, muss sich da wohl der Gehilfe von Lieutenant Colonel Mercer, dieser Ben Carter, gerne rumtreiben.«

»Das könnte klappen …«, sagte Agathe nachdenklich.

Ihr Kollege wollte wissen: »Konnte der Fritz denn auch über Simone Dirscherl etwas in Erfahrung bringen?«

»Nicht viel. Außer dass ihr der Ruf vorauseilt, früher ziemlich mannstoll gewesen zu sein.«

»Das habe ich hier auch schon gehört. Weißt du was? Ich werde versuchen, über den Mike Bacher noch einiges zu erfahren. Wenn der ein paar Halbe intus hat, dann macht er aus seinem Herzen keine Mördergrube und plappert frei von der Leber weg.«

Leitner sah Agathes spöttisches Gesicht vor sich, als sie sagte: »Das heißt, du armer Kerl musst heute Abend schon wieder zum Biertrinken gehen?«

»Red nicht so einen Blödsinn. Anders geht es nicht.«

»Nein, natürlich nicht«, pflichtete Agathe ihm mit übertriebener Zustimmung bei.

»Hör doch mal zu, Agathe! Gestern und vorgestern war jedes Mal die halbe Belegschaft beziehungsweise die ganze dabei. Auch die Chefs. Wenn ich mir den Bacher aber vielleicht alleine schnappen könnte, dann wäre das wahrscheinlich sehr ergiebig.«

Agathe entfernte die Ironie aus ihrer Stimme. »Ich sag es nicht gerne, aber du hast recht. Versuch dein Glück. Dann werden wir es eben andersherum machen.«

»Was meinst du damit?«

»Du hängst dich an diesen Bacher, und ich werde heute Abend nach Grafenwöhr in diesen Club fahren.«

Leitner überlegte eine Sekunde. »Das ergibt durchaus Sinn. Es ist natürlich ein Schuss ins Blaue, aber vielleicht kannst du dich ja wirklich bei Ben Carter ein bisschen schlaumachen.«

»Wenn er da ist.«

»Wenn er da ist«, bestätigte Leitner seine Kollegin.

»Ich weiß leider nicht mehr ganz genau, wie der andere Amerikaner ausgesehen hat. Ich habe Lieutenant Colonel Mercer ja kurz gesehen, als ich am Mittwoch gleich nach dem Gespräch mit unserer Chefin raufgefahren bin. Wenn Carter sein Adjutant ist, oder wie man das nennt, dann müsste es ja der andere Soldat gewesen sein.«

»Höchstwahrscheinlich.«

»Gut, ich werde ihn schon wiedererkennen. Es wäre nämlich nicht sehr schlau, wenn ich in die Disco gehe und erst mal alle Soldaten frage: ›He, wo ist denn Ben Carter, den ich geheim befragen will?‹«

»Nein, es wäre besser, wenn es eher wie zufällig passiert, dass ihr euch über den Weg lauft. Kannst du dich denn an sein Gesicht erinnern?«

»Dunkel.« Agathe musste wegen des unfreiwilligen und ziemlich abgeschmackten Wortwitzes kurz lachen.

Ihrer Erinnerung nach waren ja sowohl Douglas Mercer als auch Ben Carter dunkelhäutig.

15

Wo genau Mike Bacher wohnte, wusste Leitner nicht. Aber nach dem ersten Abend, den sie zusammen beim Schafferhof verbracht hatten, war Bacher an der St.-Agatha-Kirche links vorbeigegangen und unterhalb des Hotels, in dem Leitner zurzeit wohnte, in die nächste Straße rechts eingebogen. Also ging Leitner nun denselben Weg und betrachtete in der Heimatstraße alle Namensschilder an den Türen. An manchen waren allerdings keine angebracht. An der Kurve musste er sich entscheiden. Der rechte Weg führte zur Straße zum Marktplatz zurück. Würde Bacher dort wohnen, dann hätte sein Abbiegen vor zwei Tagen keinen Sinn ergeben. Also stieg Leitner, dem linken Weg folgend, die Anhöhe die Point hinab und sah sich dort um. Vor einem kleinen, etwas in die Jahre gekommenen Häuschen blieb er stehen. Dort stand nämlich »M. Bacher« auf der Klingel. Um das Haus herum lag ein gepflegter Garten, auf dem ein Mähroboter seine Runden drehte. Leitner klingelte. Die Haustür des schiefergrauen Hauses öffnete sich, und ein junger Mann trat heraus. Er hatte eine rasierte Glatze und trug kein Oberteil. Lediglich ein großes Badetuch hatte er an die Hüfte über seine schlanken Beine geknotet.

»Ja bitte?«, fragte der Mann freundlich und trat einen Schritt in die Sonne.

»Ich suche den Mike«, sagte Leitner und nahm neben einigen bunten Blumentattoos an den Schultern des Mannes auch wahr, dass er sich beide Brustwarzen hatte durchstechen lassen, denn dort hingen zwei metallene Ringe.

»Oh, ob der schon wieder angezogen ist«, kokettierte der Mann und schrie dann in den Hauseingang: »Mike!« Zu Leitner meinte er: »Komm rein, der ist bestimmt gleich fertig.«

»Ich will euch nicht stören«, sagte Leitner vorsichtig.

»Da bist du eine Viertelstunde zu spät dran«, gab der Mann keck zurück und schenkte Leitner einen anzüglichen Blick.

»Jetzt komm schon. Ich beiße nicht. Zumindest nicht, wenn's nicht gewünscht ist.«

Zögerlich ging Leitner durch das Gartentor und auf die Haustür zu, durch die Mike Bachers Lover wieder nach drinnen gegangen war.

»Ich bin übrigens der Till. Und du?«, fragte der Glatzköpfige, als sie in den Wohnbereich kamen.

»Der Gerhard. Leitner.«

Der Versicherungsdetektiv staunte nicht schlecht, als er das Interieur betrachtete. Von außen hatte Bachers Häuschen unscheinbar gewirkt, und er hätte sich eine klassische Raumaufteilung eines nicht allzu teuren Hauses, wie man sie in den siebziger Jahren in der nördlichen Oberpfalz gebaut hatte, vorgestellt. Tatsächlich aber war das Innere nicht klein, winklig verbaut und eher dunkel, sondern groß, geräumig und hell. Es wirkte wie ein Innenhof, ein Atrium eines römischen Hauses. Bacher musste einige Wände entfernt haben, denn die große Diele erhielt Sonnenlicht von den Dachfenstern, die sich über dem Obergeschoss und dem Dachboden in etwa sechs Metern Höhe befanden. Die Mitte des Raumes lag zwei kleine Stufen vertieft im Boden. Eine edle marmorne Treppe führte dorthin. In der Vertiefung fand sich ein großes Sofa, welches man zu einer großen Spielwiese ausgeklappt hatte. Das Durcheinander der Kissen erinnerte Leitner an Melanies Bett, das er vor wenigen Augenblicken erst verlassen hatte. Und er konnte sich vorstellen, was die beiden Männer eben noch dort gemacht hatten.

»Magst du was trinken, Gerhard? Ein Glas Champagner vielleicht?« Till ging zu einem Beistelltischchen, auf dem sich ein Sektkühler befand. Er goss ein Glas voll und hielt es Leitner entgegen. Der aber verneinte. »Das ist erstens nicht ganz meine Sorte, dieses Blubberwasser, und zweitens ist es mir dafür heute noch ein bisschen zu früh.«

»Für Champagner kann es nie zu früh sein, das ist schon unsere zweite Flasche!« Bei dem Wort »zweite« hob Till Zeige- und Mittelfinger zu einem V und hielt sich dann die Hand vor den Mund, als ob er sagen wollte: *Wir Schlimmen, wir!*

Leitner sah sich um und entdeckte moderne Gemälde, designte Stehleuchten und einen überdimensionalen Flachbildschirm an der Wand. Mike und sein Freund Till lebten nicht schlecht. Axel Dirscherl zahlte seiner Stammbelegschaft offenbar ausreichend Geld. Vielleicht hatte Bacher aber auch gut geerbt. Till hatte ebenfalls nicht die Ausstrahlung, als würde er am Rande des Existenzminimums kratzen. Während Leitner sich seine Gedanken zu Bachers Leben machte, kam dieser durch eine Glastür in den großen Wohnraum, die Leitner zuvor noch nicht erspäht hatte.

»Ja, der neue Kollege. Grüß dich, Gerhard«, sagte Bacher freundlich und rieb sich mit einem Handtuch sein rechtes Ohr. Er war in einen stilvollen Frotteebademantel gekleidet.

»Na, Zeit wird's ja, du alter Genießer!«, spielte Till den übermäßig Beleidigten. Er ging zu der offen stehenden Glastür, hinter der Leitner Teile des Badezimmers erblickte. Auch dort schien Bacher auf Geräumigkeit Wert gelegt zu haben. Till blieb vor der Tür stehen und sagte: »Ich muss mich jetzt nur ein bisschen frisch machen. Weißt du, heute ist unser Wellnesstag. Wir gehen später noch in die Sauna im Garten. Magst mitmachen?«

»Nein danke, Till. Meine Wellness besteht mehr aus einer schönen Halben Zoigl.«

Bacher warf sein Handtuch, das ihm um die Schultern gelegen hatte, unachtsam zu Boden und sagte: »Lass es, Till. Der Gerhard ist fest bei den Mädels verankert.«

»Ja mei, das haben schon viele gesagt. Da muss man ihm halt nur ein bisschen Appetit machen«, säuselte Till und löste dabei den Knoten seines Handtuches. Nun stand der junge Mann splitterfasernackt im Sonnenlicht und öffnete leicht seine Oberschenkel, sodass er in aufreizender Pose vor Leitner stand.

Der konnte nicht umhin, Tills Body nahezu als perfekt zu bezeichnen, und fragte sich angesichts der zur Schau gestellten Blöße, wer bei Mike Bacher und Till wohl welchen Part in der Partnerschaft übernahm. Um die Bilder aus seinem Kopf zu bekommen, sagte Leitner: »Ich denke, ich nehme mir doch ein Glas von eurer Brause, aber dann haue ich wieder ab.«

»Dir entgeht was. Zu schade, du Schnecke!« Das letzte Wort versah Till mit einem erhobenen Zeigefinger, den er gespielt Leitner zuwarf, und schloss alsbald hinter sich die Badezimmertür.

Leitner kostete den Perlwein und stellte mit einem Blick auf die Flasche fest, dass es sich tatsächlich um französischen Champagner handelte. »Ihr lebt nicht schlecht«, stellte er fest und sah zu Mike Bacher, der die große Glasschiebetür zur Veranda aufschob.

Als sie hinaustraten und sich auf die Rattanmöbel setzten, erzählte Bacher: »Das ist das Haus meiner Eltern. Die wohnen jetzt in Südfrankreich. Ich habe es mir ein bisschen hergerichtet.«

»›Ein bisschen‹ ist gut«, sagte Leitner. »Das sieht ja aus wie im alten Rom.«

»Nur viel gemütlicher.« Bacher nahm einen weiteren Schluck Ruinart Rosé.

»Du verträgst heute schon wieder Alkohol?«, fragte Leitner. »Du hattest doch erst gestern und vorgestern einen ... na ja, eine schwere Partie.«

»Ich bin's gewohnt, ich trinke jeden Tag. Das Leben ist zu kurz für Genusslosigkeit.«

Leitner trank ebenfalls von seinem Glas und erwog, ob Bachers Alkoholkonsum auf Genuss oder auf Gewohnheit zurückzuführen war. Jedenfalls hatte er die Offenheit eines geübten Trinkers.

»Was führt dich denn eigentlich hierher zu mir?«, wollte Bacher wissen.

Leitner entschied sich für die Wahrheit, wenn auch nicht für die ganze. »Ich wollte mir ein genaueres Bild machen von der Gegend hier und von den Menschen, mit denen ich zusammenarbeite.«

»Soso. Und da kommst du zu mir?«

»Du scheinst mir eine offene und ehrliche Meinung über deine Mitmenschen zu haben.«

»Sag's doch, wie es ist: Du findest, dass ich mein Maul nicht halten kann, wenn ich was getrunken habe.«

Leitner schwieg bedrückt. Doch Bacher ließ ihm dazu nicht lange Zeit.

»Da hast du auch recht. Ich klatsche gerne. Und wenn das den anderen nicht passt, können sie mir auch gestohlen bleiben.«

Leitner schmunzelte. »Ich kann mir vorstellen, dass du mit dieser Art nicht nur Freunde sammelst.«

»Aber die, die du sammelst, bleiben dir erhalten. Die anderen tun nur so. Meine Kollegen und auch mein Umfeld haben sich dran gewöhnt.«

»Gut. Dann verrate mir doch ein bisschen was.«

»Worüber?«

»Über dich. Wie bist du zur Firma von Axel Dirscherl gekommen?«

Bacher öffnete seinen Bademantel und ließ sich die Frühlingssonne auf den Bauch und auf alles darunter scheinen. »Ich bin schon seit fast zehn Jahren beim Dirscherl.«

Nach ein bisschen Kopfrechnen sagte Leitner: »Das war aber noch zur Zeit von Axels Vater, oder?«

»Ja. Als der gestorben ist und der Axel übernommen hat, da hat sich das so entwickelt, wie es heute ist. Und wir fahren nicht schlecht damit.«

»Womit? Wie sich was entwickelt hat?«

Bacher sah Leitner nicht an, sondern erzählte mit geschlossenen Augen, als wollte er durch für ihn altbekannte Tatsachen nicht die Wirkung seines Wellnessprogramms gefährden. »Der Axel. Der war damals ziemlich fertig. Er wusste nicht, ob er die Firma halten kann, ob er sich das zutraut und so weiter. Und dann stirbt ihm auch noch die Karin weg.«

»Seine erste Frau?«

»Genau die. Da war ich so was wie die starke Schulter zum Ausweinen für den Axel. Wo hätte er denn sonst hingehen sollen? Die Tochter hat's ja selber aus der Bahn geworfen, zumindest eine Zeit lang.«

»Ach so? Da hattet Axel und du dann ein … inniges Verhältnis?«, fragte Leitner bedächtig.

»Nicht so, wie du jetzt denkst. Ich will nicht von allen Männern gleich eine Bettgeschichte.«

Das leere Glas in der Hand, ließ Leitner Bacher weitererzählen.

»Der Axel und ich sind fast jeden Tag in die Wirtshäuser gegangen. Er wollte das eigentlich nicht. Er hat immer gefürchtet, was die Leute sagen würden, wenn er hier jeden Tag beim Zoigl sitzen würde.«

»Aber du hast ihn dazu ermutigt?«

»Ich habe ihn fast gezwungen. Wenn du so eine große Nummer an der Backe hast wie die Gießerei und den Metallbaubetrieb, dann musst du ein bisschen was vertragen können.«

»Du meinst Bier?«

»Das zwar auch, aber nur nebenbei. Ich rede davon, dass du Kritik und öffentliche Häme aushalten können musst. Es muss dir wirklich in jeder Hinsicht völlig wurscht sein, was die Leute reden. Du musst dein Ding machen. Deins. Für dich. Und für niemand anderen.«

Leitner hörte an den Zwischentönen von Bachers melodischer, meist nach a-Moll klingender Stimme, dass er wusste, wovon er sprach. Genau genommen erschien Leitner das auch nicht als besonderes Wunder. Wenn man in diesem Teil der Oberpfalz gelernt hatte, so offen zu seiner Homosexualität zu stehen, wie es Bacher tat, dann konnte das kein leichter Prozess gewesen sein. Spott und Häme waren Bacher bestimmt nicht fremd, wenn man sich vorstellte, wie die Mitschüler, die Eltern der anderen Kinder, die Vertreter der Kirche noch vor wenigen Jahren mit derlei Dingen umgegangen waren.

Nach einer angemessenen Pause sagte Leitner: »Es hat Axel augenscheinlich geholfen, deine … Öffentlichkeitskur.«

Nun blickte Bacher Leitner gerade in die Augen. »Er hat es durchgezogen!« Er kniff die Augen kurz zusammen und atmete tief ein. »Leicht war es nicht, das habe ich ihm aber auch immer vorher schon gesagt. Er hat sich durchgebissen, hat das Geschäft übernommen, sich den Respekt der Einheimischen erarbeitet und seiner Tochter einen guten Start in ihr eigenes Geschäftsleben ermöglicht.«

»Tolle Sache«, meinte Leitner knapp.

»Du kennst die Melanie ja jetzt auch.«

»Seit gestern, ja.«

»Und auch schon ein bisschen besser?«, fragte Bacher schnippisch.

»Wie kommst du darauf?«

»Die Frage ist: Wie kommen diese beiden rosa Haare da rauf? Auf deine Hose, meine ich? Beim Zoigl hat die Melanie ihren Kopf immer oberhalb vom Tisch gehabt …«

Leitner konnte nur noch ertappt lächeln.

Diesen Männern fiel doch jede Kleinigkeit auf …

»Kommst du wohl gerade von ihr?«, forschte nun Bacher nach.

»Ja, ich war bei ihr letzte Nacht.«

»Nicht schlecht. Schaut ja auch wirklich Zucker aus, die Kleine.« Dann leerte Bacher seinen Champagner und fügte trocken hinzu: »Aber Vorsicht.«

»Vorsicht? Wovor?«

»Vor Melanie. Sie sieht zwar aus, als könnte sie kein Wässerchen trüben, aber sie kann auch eine ganz falsche Person sein.«

Leitner dachte an die mit Melanie ausgetauschten Zärtlichkeiten der vergangenen Nacht und fand es schwer, sich das eben Gehörte vorzustellen. »Das kann ich nicht so recht glauben«, meinte er.

»Aber ich weiß es. Das hat mit der psychologischen Beziehung zu ihrem Vater zu tun.«

»Bitte? Da kann ich nicht folgen.«

»Ja mei, es ist ja auch egal. Ich sage nur: Vorsicht.«

Leitner verzog schmollend die Lippen. Als die beiden Männer schweigend fünf Minuten lang nebeneinandergesessen hatten, trat Till aus dem Haus auf die Veranda. Nun war er in eine hautenge Leggings gekleidet und trug ein weit ausgeschnittenes Baumwoll-T-Shirt darüber.

Leitner erblickte ihn und sagte: »Tja, dann hau ich mal wieder ab. Ihr werdet ja auch eure Pläne für heute haben.«

Till sandte Bacher einen fragenden Blick zu.

Daraufhin meinte der: »Wir wollten heute eine große Runde an der Waldnaab entlanggehen. Das ist eine wunderschöne Strecke. Bei dem Wetter heute das Ideale.«

»Ich dachte, ihr macht Wellness?«

»Das gehört dazu. Bewegung, mein Freund!«, warf Till ein.

Bacher sagte: »Komm halt mit. Oder hast du was Bestimmtes vor?«

»Nein«, gab Leitner zurück.

»Na, dann ziehe ich mich noch schnell an, und dann packen wir's.«

Leitner stand auf. »Gut. Treffen wir uns vorne bei meinem Hotel? Ich möchte auch noch schnell ein paar andere Schuhe anziehen.«

»Das wäre gut, denn wir sind bestimmt gute drei Stunden unterwegs«, sagte Bacher. Mit einem Augenzwinkern fügte er hinzu: »Da haben wir viel Zeit zum Ratschen!«

Auf seinem Zimmer zog sich Leitner seine bequemeren Schuhe an und ging dann vor zum Brunnen an der Kirche.

Dort fuhr nach wenigen Minuten ein VW Polo an ihm vorbei und hielt an. Der Wagen setzte zurück, und aus dem herunterfahrenden Seitenfenster fragte Emmerich Goldinger: »Worauf wartest du denn? Soll ich dich irgendwohin mitnehmen?«

»Nein, ist schon in Ordnung. Ich treffe mich mit dem Mike und seinem Freund. Sie wollen mir die Gegend ein bisschen zeigen.«

»Das bietet sich bei diesem Wetter an. Wo geht ihr denn hin?«

»Ich glaube, sie sagten etwas von der Waldnaab«, gab Leitner zurück.

Goldinger hielt den Daumen hoch. »Der Wanderweg ist auf jeden Fall ein Muss. Bis zur Blockhütte wahrscheinlich, oder?«

Leitner hob die Hände. »Ich weiß es wirklich nicht. Vielleicht sehen wir uns ja abends irgendwo beim Zoigl oder so?«

»Da hat hier in Neuhaus an diesem Wochenende bloß der Bahler offen, wo wir gestern waren.«

»Ach so, stimmt ja. Das geht bei euch reihum.«

»Muss mal schauen«, sagte Goldinger dann. »Ich hatte heute

eigentlich vor, mal wieder nach Grafenwöhr zu fahren. Bisschen abdancen.«

»Na, dann viel Spaß beim Zappeln!«, rief Leitner ihm hinterher, als Goldinger langsam wieder anfuhr. Abermals blieb er jedoch kurz stehen und setzte ein paar Meter zurück. »Wenn ihr eh unten in Windischeschenbach seid, dann probier doch mal den Fiedlschneider aus«, rief der junge Kaminkehrer.

»Das ist auch eine Zoiglstube?«

»Eine sehr gemütliche, habe dort schon viele schöne Abende verlebt.«

»Gut. Ich werde mal sehen, wann wir vom Wandern zurückkommen.«

Goldinger winkte und verließ nun endgültig den Marktplatz Neuhaus in Richtung der Autobahn.

Nach weiteren fünf Minuten kamen die beiden Männer, auf die Leitner gewartet hatte, um die Ecke. Beide hatten feste Wanderschuhe an und hatten sich in kurze, funktionale Outdoorhosen sowie passende T-Shirts gekleidet.

»Pack ma's!«, rief Bacher, und das ungleiche Trio machte sich auf den Weg den Kirchensteig bergab.

Noch kamen ihnen keine Touristen entgegen, die den Weg zur Zoiglwirtschaft suchten, weil diese meist erst nachmittags öffneten. Daher hatten sie freie Bahn, und Leitner fragte beiläufig: »Hat eigentlich der Thiercke Franz auch in Neuhaus gewohnt?«

»Nein, in Windischeschenbach unten. Ich kann es dir gleich zeigen, wo er gewohnt hat, wenn du möchtest«, sagte Bacher.

»Das würde mich schon interessieren.«

Unten am Fluss angekommen hielten sich die Männer rechts von der Fahrbahn und unterschritten die Bahnbrücke, die über die Waldnaab führte. Vor einem mannshohen Felsbrocken blieb Bacher stehen und deutete Leitner den Weg, als ob er nur durch eine Tür zu gehen hätte.

»Na komm, auf geht's!«, forderte Bacher ihn auf.

»Wohin geht's auf?«, fragte Leitner ohne den leisesten Hauch einer Ahnung, was Bacher von ihm erwartete.

»Da geht's rauf.«

»Aber da ist doch bloß dieser riesige Felsen«, sagte Leitner immer noch einigermaßen verwirrt.

Bacher kicherte. »Der hat noch keinen aufgehalten, da trotzdem raufzuklettern. Das war früher der Pfaffensteig, so hat man den Weg genannt. Aber dann hat ihn die Stadtverwaltung gesperrt.«

»Ach so?«

»Ja, war ihnen zu gefährlich, wenn da alle möglichen Leute und vor allem Kinder herumgeturnt sind.«

Leitner konnte den Verlauf des Weges von unten nicht einsehen. Skeptisch begutachtete er den Brocken vor sich.

»Ja, wenn du meinst, dass es für uns ungefährlich ist ...«

»Wer wird denn da ein kleiner Schisser sein?«, fragte Till nun aufreizend. Dann machte er sich ohne weitere Worte daran, außen um den Felsen herumzuklettern, und war schließlich dahinter verschwunden.

Leitner sah zu Bacher. Plötzlich ertönte ein grausamer Schrei hinter dem Felsen.

»Hilfe!«, hörten sie Till schreien, der klang, als wäre er in eine Bärenfalle getreten.

Leitner fackelte nicht lange und sprang an derselben Stelle am Felsen vorbei, wie es zunächst Till getan hatte. Wie der Blitz schoss er über die hohe Grasnarbe hinweg, die den Felsen umsäumte, und landete hinter dem Brocken am Beginn des ehemaligen Wanderwegs. Dort stand Till, lässig mit einer Hand an den Felsen gelehnt und grinste Leitner breit an.

»Was ist denn passiert?«, rief Leitner und suchte Till ab, was ihm fehlte.

»Nichts. Aber ich habe mir gedacht, ihr kommt sonst nie um dieses Steinchen herum. War wirklich witzig, wie schnell du da rumgesaust bist, du Schlingel!«

Leitner sah Till ernst an. »Nein. Es war alles andere als witzig. Auf solche Stunts stehe ich nicht!«

»Komm wieder runter, Süßer. Alles in Ordnung, kleiner Spaß, und der ist jetzt vorbei.«

Bacher, der nun auch um den Felsen herumkam, beruhigte Leitner. »Das darfst du ihm nicht krummnehmen, Gerhard. Der Till hat einen ausgefallenen Sinn für Humor.«

Leise sagte Leitner zu sich selbst: »Der Humor ist nicht das Einzige, was bei diesem Till ausgefallen ist …«

Dann machte sich das Trio aber ohne weitere Erörterung des schlechten Scherzes auf den Weg, der steil nach oben führte. Leitner kam ziemlich ins Schnaufen, denn seit der Weg offiziell nicht mehr als Gehweg ausgewiesen war, hatte sich folgerichtig auch niemand mehr um dessen Pflege gekümmert. So wuchsen nun die Äste der an der Seite stehenden Bäume wild in den Weg hinein und bildeten gefährliche Waffen, wenn der Vordermann sie zur Seite bog und sie dann mit Wucht zurückschleuderten. Ranken dichten Gebüschs erschwerten jeden Schritt zusätzlich. Mehr als einmal musste Leitner sein Gewicht rasch verlagern, damit er nicht der Länge nach hinschlug, wenn sich wieder eine Fußfessel um seine Knöchel geschnürt hatte. Als sie den höchsten Punkt erreicht hatten, war Leitner außer Atem und sog die klare, mittäglich warme Frühlingsluft in seine Lungen.

»Da siehst du es«, sagte Bacher, der neben ihm stand und lange nicht so außer Puste war wie Leitner.

Letzterer folgte Bachers Finger und erkannte, dass sie nun direkt oberhalb der Bahnlinie standen, die Norden mit Süden verband. Die Entfernung zu den Gleisen war tatsächlich nicht dem seitlichen Abstand zuzurechnen, sondern den Höhenmetern, die Leitner, Till und Bacher die letzte Viertelstunde zurückgelegt hatten. Von hier oben sah es so aus, als stünden sie wirklich im rechten Winkel nach oben genau an den Schienen.

»Das hat den Stadtverwaltern Angst gemacht.«

»Das glaube ich gerne«, sagte Leitner und trat instinktiv einen Schritt vom Abgrund nach unten zurück. »Wenn da einer runtersegelt, dann gute Nacht.«

Die Köpfe der drei Männer reckten sich mit einem Mal nach rechts. Von dort näherte sich mit unbarmherzigem Rattern ein

Zug. Leitner kniff die Augen zusammen und erkannte einen Triebwagen, der grau, silbern und blau zu schimmern schien.

»Das ist der Alex«, klärte Bacher Leitner auf.

»Alex? Du kennst den Lokführer?«

»Nein, dieser Zug heißt Alex. Das ist die Abkürzung für Alpenexpress. Der fährt nämlich bis nach München, nur halt die andere Richtung. So fährt er bis rauf nach Hof und dann weiter nach Prag.«

»Sieh an«, gab Leitner zurück.

»Jede Stunde abwechselnd fährt da dieser Alex – und dazwischen die …« Bachers Ausführungen gingen im Knattern des Zuges unter, der in diesem Moment mit atemberaubender Geschwindigkeit etwa fünfzig Meter unterhalb der Männer an ihnen vorbeischoss. Die schweren Stahlräder flogen über die Schwellen, was diese mit einem lauten Stakkato beantworteten.

Als der Lärm schließlich verzögert aus Richtung Norden zu ihnen drang und immer weiter abebbte, fragte Leitner nach: »Dazwischen fährt wer?«

»Die Regionalbahn. Immer abwechselnd, aber jede Stunde.«

Leitner ließ diesen Eindruck sich ein wenig senken und wandte sich dann an Bacher. »Wieso sind wir eigentlich hier oben an diesem zugesperrten Weg?«

»Weil du wissen wolltest, wo der Thiercke Franz gewohnt hat.«

»Ach so. Ja.«

»Da müssen wir jetzt hier vorne auf die Straße zurück.«

Als sie nach wenigen Minuten die Stelle erreicht hatten, las Leitner auf dem Straßenschild den Namen. Freiherr-vom-Stein-Straße. Passend, wenn man zuerst an einem riesigen Stein vorbeikraxeln musste, bevor man hier oben ankam, zumindest von dieser Seite des Geländes her. Bacher deutete auf ein neues Haus, das nicht älter als zehn Jahre sein konnte, wie Leitner schätzte. Eine makellose Fassade mit hohen Glasfenstern und -türen. Dieser Bau konnte nicht billig gewesen sein. Der Rasen war militärisch knapp getrimmt, und die auf der Terrasse befindlichen Außenmöbel zeugten nach dem ersten Hinsehen ebenfalls von hoher Qualität.

»Er muss gut verdient haben beim Dirscherl«, murmelte Leitner vor sich hin.

»Ja, freilich hat er das. Der hat ja im Prinzip die ganze Firma geschmissen.«

Leitner betrachtete das kleine Gerätehaus, das eben kein bloßer Schuppen war, sondern ein Gerätehaus. »Der Franz hat wohl sehr viel Wert auf gute Qualität gelegt, was man so sieht.«

»Das kannst du laut sagen. Wenn jemand die Bezeichnung Lebemann verdient hat, dann war es wohl wirklich der Franz.«

»Er hat ein ausschweifendes Leben gehabt?«

»Unter der Dominikanischen Republik ging es kaum bei ihm.«

Till unterbrach seinen Lebensgefährten. »Er ist aber doch auch oft an den Gardasee gefahren.«

»Richtig«, pflichtete ihm Bacher bei. »Dort hat er sein Motorboot stehen. Es würde mich interessieren, wer das jetzt bekommt …«

»Ein eigenes Motorboot? Sapperlot.«

»Ja, der hat's verstanden, wie man es sich gut gehen lässt.«

»Urlaub und Erholung waren also sein Ding?«

»Urlaub schon. Aber erholt hat er sich dabei eher weniger. Der hat die Nacht grundsätzlich zum Tage gemacht.«

»Das klingt, als wüsstest du da gut Bescheid«, sagte Leitner.

»Ich war einmal am Gardasee mit dabei, da ist der Bardolino in Strömen geflossen. Die ganzen Aperol und Campari nicht mitgerechnet. Da habe ich nicht schlecht gestaunt.«

»Du trinkst auch nicht gerade wenig, mein Schatz!«, erinnerte Till seinen Freund.

»Das mag schon sein. Aber der Franz hat eigentlich nur im Urlaub gesoffen. Während der Arbeitswoche überhaupt nicht. Dafür hat er sich's eben gegönnt, wenn er unterwegs war. Bei mir ist das anders. Ich trinke zwar nicht so viel, dafür aber regelmäßiger.«

»Ich weiß, du kleiner Schluckspecht«, sagte Till mit besonders süßer Stimme.

Und bevor Bilder in Leitners Kopf entstanden, die er dort nicht haben wollte, fragte er rasch: »Du weißt also nicht, wer sein Erbe antreten wird? Das dürfte ja auch recht beträchtlich sein, wenn man das so hört.«

»Nein, keine Ahnung.«

»Hat er denn keine Frau gehabt?«

»Eine? Nein, mehrere. Aber nichts Festes. Ich habe aufgehört, mir die Namen seiner Mädels zu merken, weil sie sehr oft gewechselt haben. Sie haben aber zu seinem Lebensstil gepasst. Immer sehr hübsch, oft püppchenhaft, aber ausnahmslos mit perfektem Fahrgestell.«

Leitner musste an die vergangene Nacht mit Melanie und ihren ebenfalls makellosen Körper denken. Diese Bilder waren ihm wiederum sehr willkommen. Aber auch sie lenkten von der eigentlichen Causa ab. »Man weiß also nicht, wem das alles nun gehören wird … interessant.«

»Wollt ihr jetzt da den ganzen Tag herumstehen und Häuserpornos schauen? Oder gehen wir endlich auch mal wandern?«, fragte Till ungeduldig. Die beiden anderen Männer folgten Till, der die Straße entlang in Richtung eines Spielplatzes weiterging.

Nach einer weiteren Viertelstunde waren sie wieder auf Höhe des Flusses und marschierten fortan an seinem Ufer entlang. Die Natur zeigte sich hier in ihrer vollen urwüchsigen Pracht. Der Frühling mit seinem milden Wetter versorgte die Bäume mit allem, was sie brauchten, um ihre volle Energie zu präsentieren. Das Laub der Bäume war von frischem, sattem Grün, die Waldnaab schlängelte sich in irdenen Farbtönen durch ihr Bett, und bei den Vögeln herrschte ein erbitterter Wettbewerb, wer wohl am besten sänge. Die Luft in Leitners Nase war durchzogen von Blüten, dampfender Erde und den leicht moosigen Noten, die von der fischreichen Waldnaab herrührten.

Es dauerte etwa zwei Stunden, bis die drei Männer ein aus Holzstämmen zusammengebautes Haus erreichten. Schon von Weitem erkannte Leitner, dass davor viele Biergarnituren aufgestellt waren, auf welchen sich auch schon die ersten Einkehrer mit erfrischenden Getränken für ihre Mühen einer Wanderung oder eines Fahrradtrips belohnten.

»Das ist die Blockhütte Waldnaabtal«, verkündete Bacher.

»Schaut sehr gemütlich aus«, sagte Leitner. »Und eine Halbe Bier käme jetzt gerade recht.«

»Ist ja nicht mehr weit, das haben wir gleich geschafft«, stimmte Till in den Dreiklang mit ein. Wenige Minuten später hatten sich die Männer an einen der Biertische gesetzt, und Till erklärte sich bereit, für alle Getränke vom Ausschank zu besorgen.

»Das tut richtig gut, nach einer solchen Tour durch die Natur in einem so schönen Biergarten zu sitzen«, verströmte Leitner sein Wohlbehagen.

»Wir sind auch gerne hier. Es ist direkt vor der Haustür, und das nutzen wir auch oft.«

»Da habt ihr recht.«

Till kehrte mit zwei leichten Weißbieren und einem Halben Hellen für Leitner zurück, und während sie ihren größten Durst stillten, hing jeder für einige Momente seinen Gedanken nach. Leitner beobachtete die Wanderer, die nun in immer größerer Zahl den Weg zur Blockhütte suchten.

Die Gläser waren schon gut über die Hälfte geleert, da sagte Leitner: »Was ich mich schon die ganze Zeit gefragt habe: Wer tritt eigentlich die Nachfolge von Franz Thiercke in der Firma an? Wenn Thiercke so eine große Lücke hinterlassen hat, dann muss die doch aufgefüllt werden, oder?«

Mike Bacher entnahm seiner Jackentasche ein Papiertaschentuch und schnäuzte sich die Nase. »So einfach darfst du dir das nicht vorstellen«, meinte er schließlich. »Der Franz ist nicht einfach x-beliebig durch irgendwen ersetzbar.«

»Das ist mir schon klar, aber niemand ist unersetzlich –«

»Nein, du hast unseren Betrieb noch immer nicht ganz verstanden. Es kommt hier nicht nur auf das Fachliche an. Es ist eine Branche, die in letzter Zeit ziemlich kitzelig geworden ist. Preise explodieren, sichere Kunden kommen auf einmal ins

Schleudern, Zusagen können nicht mehr eingehalten werden, und von den Energiekosten will ich gar nicht reden.«

»Das trifft aber doch viele Berufe, oder?«, warf Leitner ein.

»Schon. Aber umso wichtiger – egal, in welcher Sparte – ist da auch das Bindeglied zwischen Betrieb und Kunde. Denn die Aufträge sind ja trotzdem da. Es kommt nur drauf an, ob man sie ergattert und ob man sie dann auch rechtzeitig erfüllen kann. Und zu guter Letzt«, Bacher leerte sein erstes Glas Bier, »ist wichtig, wie man mit dem Kunden umgeht, wenn mal was eben nicht nach Plan läuft.«

Leitner versuchte zusammenzufassen, was Bacher ihm mitteilen wollte. »Das alles konnte also der Franz? Er hat diese ganzen Bereiche abgedeckt?«

»Genau. Das sind gewachsene Strukturen, die betreut und gepflegt werden wollen. Darin war der Franz ein Ass, und das kann ihm keiner eben mal so aus dem Effeff nachmachen.«

Till meldete sich zu Wort: »Aber ich kenne da jemanden, der es in diesem Moment probiert …«

Leitner und Bacher blickten überrascht zu Till und folgten schließlich seinen Augen. An einem Tisch zwei Reihen von dem ihren entfernt erblickte Leitner Axel Dirscherl und ihm gegenüber Markus Pichler.

»Da schau her«, murmelte Bacher, und Leitner glaubte, in dem zwar weichen, aber bedrohlich klingenden f-Moll von Mikes Stimme eine Spur Eifersucht herauszuhören.

»Wie es aussieht, sind der Chef und der Pichler auch auf Wandertour gegangen«, meinte Leitner.

»Da steckt mehr dahinter als eine Wanderung«, gab Bacher zurück. »Da probiert es jetzt anscheinend tatsächlich der Markus. Na, das kann ja heiter werden, wenn der Axel den auf die Kunden loslässt.«

»Wieso?«

Mitleidig sah Bacher Leitner an. »Du bist noch nicht lange bei uns, aber Umgang mit Mitarbeitern, Menschenführung oder eben auch der gepflegte Kundenkontakt – das alles steht nicht ganz oben auf der Fähigkeitsliste von Markus Pichler.«

Leitner reflektierte, wie Pichler ihn selbst gestern noch angeschnauzt hatte, als er sich die paar Minuten mit Melanie unterhalten hatte. Leitner war sich zumindest gestern sicher gewesen, dass Pichler ihn deshalb so ruppig angegangen war, um dem »Neuen« halt zu zeigen, wo vorne und oben ist. Leitner kannte die Methode, dass man neue Mitarbeiter durchaus erst einmal einnorden konnte, um schnell und reibungslos in der vorliegenden Arbeit voranzukommen. Bei Leitners früherem Beruf als Leiter verschiedener Musikensembles musste er oft die Vorbereitungen für große musikalische Auftritte mit mehr als zwanzig Musikanten organisieren, auch mit ihm unbekannten. Er hatte im Gegensatz jedoch stets die nicht konfrontative Variante gewählt und darauf geachtet, dass sich die neuen Musiker in der Kapelle willkommen fühlten. Schließlich gab ein Musikant die besten Leistungen ab, wenn er sich rundum wohlfühlte. Wahrscheinlich, dachte Leitner, waren diese Branchen aber wenig miteinander vergleichbar.

Der Zwischenfall in der Halle, wo Pichler ihn zurechtgestutzt hatte, war also laut Bacher kein kurzfristiges Aufplustern, sondern vielmehr Ausdruck der wahren Natur Pichlers.

»Ist Markus Pichler denn von der Fachkenntnis her in Ordnung?«, fragte Leitner.

»Sonst wäre er nicht beim Dirscherl. Er hat schon Ahnung von der beruflichen Seite her.«

»Ich habe seine Art gestern kennengelernt. Da hat er mich ganz schön rundgemacht, weil ich mit der Melanie zwei Minuten geplaudert habe.«

Bacher stieß einen übertrieben lauten und hochfrequenten Lacher aus. »Das wundert mich nicht.«

»Warum?«

»Zunächst einmal bist du als Neuer in Pichlers Augen mit deiner Arbeit verheiratet. Wenn du dich vom Platz entfernst, dann findet der das nie lustig. Und dann natürlich noch … na ja.«

»Dann noch was?«

»Du hast dich mit Melanie unterhalten. Mit der Tochter vom Chef.«

»Ja, und?«

»Das ist in Pichlers Augen etwas, was eigentlich ihm selber zustünde.«

»Ach so. Da habe ich quasi die Rangfolge nicht beachtet?«

»So ist es. Wie wir gerade da drüben am Nachbartisch sehen, will Pichler also in Franz Thierckes Schuhe schlüpfen.«

»Die ihm aber zu groß sind«, warf Till ein.

»Um einige Nummern«, pflichtete Bacher bei. »Aber er probiert's. Und deswegen muss in seiner Welt natürlich auch er mit der Tochter des Chefs flirten und nicht ein dahergelaufener Aushilfsarbeiter.«

»Auch wenn er einen ziemlich sexy Arsch hat«, konnte sich Till nicht verkneifen, abermals auf Leitners Attraktivität anzuspielen.

Leitner lächelte Till kurz an und fragte dann Bacher: »Der Pichler hat selber ein Auge auf Melanie geworfen?«

»Ich glaube, ja. Er hat in Franz Thiercke auf der einen Seite immer ein Vorbild gesehen und wollte das Gleiche haben wie er.«

»Also Anerkennung von der Firmenleitung und im Privaten Partys und Weiber?«

»Ja. Aber wie ich schon gesagt habe, in diese Schuhe passt der Pichler in diesem Leben nicht mehr hinein. Gerade mit der Damenwelt, da tut er sich immer schwer.«

Leitner betrachtete Markus Pichler, der intensiv auf Axel Dirscherl einredete. »Na ja, er sieht doch auch ganz passabel aus. Oder wie beurteilen das die Fachmänner?«

»Absolut nicht mein Typ. Viel zu schlaksig«, winkte Till ab.

Bacher sagte: »Es geht nicht so sehr ums Aussehen. Der Markus hat halt schlicht keine Art, mit Menschen umzugehen. Ich weiß nicht, woran es liegt, aber bei Markus stimmt einfach die Chemie nicht, wie es so schön heißt. Und darum lassen ihn auch die Frauen meistens abblitzen.«

»So auch Melanie?«, fragte Leitner vorsichtig.

»Ich weiß nicht, ob er schon mal aktiv einen Angriff gefahren hat, aber ich denke, dass auch Melanie nichts mit Pichler anfangen kann.«

»Die Simone hat ihn ja auch ganz schön abserviert«, meinte Till mit einer Portion Gehässigkeit in der Stimme. Die galt nach Leitners Meinung zwar Pichler, aber ungewollt hatte Till eben eine Tür aufgemacht.

Leitner hakte nach: »Der Markus Pichler hat Simone Dirscherl Avancen gemacht?«

»Hast du doch mal erzählt, Mike!«

Bachers Blick wurde kalt, als er seinen Lebensgefährten rügte: »Erzähl keinen Unsinn, Till. Da war nichts zwischen den beiden.«

»Zwischen *den* beiden nicht, okay …«

»Die Simone ist nicht mehr so. Sie hat sich geändert«, beharrte Bacher.

»Also, weißt du, da habe ich aber ganz andere Sachen gehört.«

»Was denn für Sachen?«, fragte Leitner mit Eifer in der Stimme.

Bevor Till anfangen konnte zu tratschen, ergriff Bacher selbst das Wort. »Ich habe dir das auch schon erzählt, Gerhard. Simone hatte sehr viele Männerbekanntschaften. Früher. Aber seit sie mit dem Axel verheiratet ist, hat das aufgehört. Jeder muss sich mal ein bisschen austoben, aber Simones Zeit dafür ist vorbei.«

Leitner hörte die Entschlossenheit in Bachers Stimme, die nun einem brillanten As-Dur entsprach, und versuchte, sich zu verdeutlichen, woran das liegen konnte. Er betrachtete Bachers Körperhaltung und war sich dann sicher. Wenn jemand nach so vielen Schicksalsschlägen, wie Axel Dirscherl sie erlebt hatte, sich wieder eine Art von geregeltem Leben aufbaute, verdiente das in Bachers Augen wohl Respekt. Da Bacher auch während der harten Zeit stets für Axel da gewesen war und ihm aus den größten Schwierigkeiten heraushalf, wollte er wahrscheinlich nicht mal die Möglichkeit in Erwägung ziehen, dass seine jetzige Frau Axel Dirscherl hintergehen und so für die nächste Enttäuschung in seinem Leben sorgen könnte. Was nicht sein durfte, *konnte* nicht sein. Das erschien Leitner als die logischste Erklärung für Bachers Verhalten.

Beim nächsten Schluck hatten auch Till und Leitner selbst mit Bacher gleichgezogen, sodass jetzt drei leere Gläser vor ihnen standen. Die anderen Tische füllten sich nun recht schnell, und für die zweite Runde Bier musste Till schon beträchtlich länger anstehen. Sowohl Leitner als auch Mike Bacher sahen ihm hinterher, als er den Weg zum Ende der Schlange der Durstigen zurücklegte.

Dann fragte Bacher plötzlich: »Gerhard, warum bist du wirklich hier?«

Leitner sah Bacher unschuldig an. »Was meinst du?«

»Du kommst mir nicht vor, als ob du so dringend Geld bräuchtest.«

»Nun, Geld kann ich immer brauchen«, antwortete Leitner ausweichend.

»Das meine ich nicht. Du kommst aus dem Nichts, sagst, du hast kein Geld, wohnst aber in einem Hotel …«

»Das hat mir der Axel Dirscherl vermittelt. Er hat da wohl Sonderkonditionen, sonst könnte ich mir das freilich nicht leisten.« Leitner fand es schwierig, Bachers direktem Blick standzuhalten. Nachdem Bacher nichts sagte, fügte er hinzu: »Stelle dir mal vor, ich würde jeden Tag von Schwandorf aus hierherfahren, das ginge auch ganz schön ins Geld.«

»Ja, ja, schon«, murmelte Bacher. »Aber du stellst so viele Fragen …«

»Mei«, gab Leitner mit einem Schulterzucken zurück. »Ich bin halt ein neugieriger Mensch.«

»Nun gut«, brummte Bacher, und Leitner wusste, dass ihn seine Antworten nicht zufriedengestellt hatten.

Die weitere Unterhaltung drehte sich um belanglose Dinge, denn Leitner wollte nicht durch zu heftiges Insistieren die grundsätzliche Gesprächsbereitschaft von Mike Bacher aufs Spiel setzen. So trank er sein zweites Glas leer, und nachdem Bacher keine Anstalten machte, bald aufzubrechen, ließ Leitner die beiden Männer sitzen und ging wieder in Richtung Windischeschenbach. Er passierte den Tisch, an welchem sein Chef und sein Einrichter saßen. Sie zollten ihm seinen Gruß nur halbherzig zurück, und Leitner fand es bedauerlich, dass er nichts von ihrem Gespräch mitbekommen hatte.

Leitner hatte etwas weniger als die Hälfte seines Heimweges zurückgelegt, als er den Eingang einer WhatsApp-Nachricht auf seinem Smartphone registrierte.

»Wollen wir uns heute Abend sehen?«, schrieb Melanie Dirscherl. Leitners Mundwinkel fuhren verzückt nach oben. Er antwortete, dass er gerne später vorbeikommen würde.

Zurück im Ort unterquerte Leitner die Bahnlinie und sah nach oben auf die Anhöhe, auf der Franz Thierckes Haus stand. Leitner fasste den Beschluss, sich abends, wenn es nicht mehr taghell war, dort nochmals umzuschauen. Für den Augenblick aber war er froh, sich wieder seinem Quartier zu nähern. Die letzte Steigung zur St.-Agatha-Kirche empfand Leitner als quälend, und als er sich schließlich in seinem Hotelzimmer befand, zog er seine Schuhe und seine durchgeschwitzte Kleidung aus und ließ sich nackt auf das Bett fallen. Er rollte sich gemütlich in die weiße Bettdecke, freute sich darauf, dies am Abend nicht allein tun zu müssen, und fiel nach kaum fünf Minuten in ein erholsames Nachmittagsnickerchen.

16

Gut dreißig Kilometer westlich von dort, wo Gerhard Leitner seit einigen Tagen seine Zelte aufgeschlagen hatte, fuhr Agathe Viersen zunächst über die B 85, dann auf die B 299 und passierte gegen halb neun abends das Ortsschild von Grafenwöhr. Auf dem Parkplatz vor dem Club Flashback checkte sie im Autospiegel nochmals ihr Outfit. Agathe war keine Frau, die jedes Wochenende unbedingt ihren Discobesuch brauchte, aber als sie mittags mit Leitner ihr weiteres Vorgehen besprochen hatte, kam es ihr überhaupt erst in den Sinn, dass sie bestimmt seit einem Jahr nicht mehr in einem Tanzschuppen gewesen war. Agathe hatte von Natur aus eine angenehme äußere Erscheinung, und so bedurfte es nicht allzu vieler kosmetischer Behandlung, um ein für Samstagabend passendes Make-up aufzutragen. Sie hatte sich die Augenbrauen und Lippen etwas konturiert, und ein leichter Abdeckpuder verlieh ihrem Gesicht eine gleichmäßige Haut. Sie trug ein schwarzes Shirt mit Trägern, ihre Schultern waren frei unter der Jeansjacke, die sie hier im Freien noch übergestreift hatte. Eine hautenge Jeans in steingewaschenem Blau vervollständigte ihr Outfit, und so löste sie am Eingang zum Club ihre Karte.

Im Inneren erklang rhythmisches Stampfen von synthetisch produzierter Musik. Die Bassschläge gruben sich in Agathes Bauch, als sie sich einen Überblick über die Anwesenden verschaffte. Es gab noch viele freie Sitzplätze, und auch die Tanzfläche war noch nicht überbevölkert. Das Publikum bestand aus vielen jungen Leuten, die aber um zweiundzwanzig Uhr aus Altersgründen wahrscheinlich wieder gehen mussten. Agathe schob den Gedanken, dass manche damit bereits zwanzig Jahre jünger waren als sie selbst, mit einem leichten Gefühl der Verstörung beiseite.

Sie holte sich einen alkoholfreien Cocktail von der Bar, nahm auf einem Sessel Platz, der mit der Lehne zur Wand stand und von dem aus sie einen guten Überblick über das Gesamtgeschehen in der Disco hatte. Sie sog genüsslich am Strohhalm, der in der Maracuja-Kokos-Mischung mit dem prominenten Namen Fruit-Sunrise steckte. Nach einer halben Stunde nahm die Besucherfrequenz deutlich zu. In hoher Anzahl strömten die Gäste herein, die nun deutlich über dem Erwachsenenalter lagen. Die Schar setzte sich aus europäischen, dunkelhäutigen und asiatisch aussehenden Menschen zusammen, was Agathe zu der Annahme veranlasste, dass dies einem hohen Anteil von US-Soldaten entsprach. Ben Carter erkannte sie nicht. Aber die Menge an Leuten und das dunkle, von Stroboskopblitzen durchzogene Licht im Club machten dies zu einer unlösbaren Aufgabe. So wartete Agathe, bis der Großteil der Besucher ihren Claim abgesteckt und sich an ihren Plätzen niedergelassen hatten. Sie wusste natürlich, dass es nicht lange dauern würde, bis sie als einzelne Frau den anderen Gästen auffallen würde. Sie ging auf die Tanzfläche und wurde so inmitten des Pulks mehr oder minder unsichtbar. Der DJ hatte der Musik noch ein paar Dezibel mehr hinzugefügt, und die Bewegungen der Gäste hatten etwas Ekstatisches.

Als ein Mann mit großen gestochenen Löchern in seinen Ohrläppchen sie zu offensiv beim Tanzen anbaggerte, zog sie sich zurück und ging an den Tresen. Die Bardame war geschätzt zehn Jahre älter als Agathe und fragte sie nach ihrem Getränkewunsch.

Agathe bestellte eine Cola und rief: »Du, ich suche jemanden. Den Ben Carter, kennst du den zufällig?«

Die Bardame nickte. Sie goss eben ein Weißbier ein und schrie zurück: »Den habe ich aber heute noch nicht gesehen!«

»Denkst du, er kommt noch?«

»Kann sein, kann nicht sein!«

Es war vielleicht doch zu viel vom Zufall verlangt, dass sie dem Sergeant Major hier über den Weg laufen würde. Agathe nahm sich vor, am Montag über die offiziellen Wege einen Termin bei der US-Army zu bekommen, an dem sie mit den zuständigen Offizieren über den Vorfall in Axel Dirscherls Firma sprechen wollte.

Sie ließ den Blick über die Menschen schweifen. Inmitten der Tanzenden meinte sie, eine Frau erkannt zu haben. Tatsächlich handelte es sich um Simone Dirscherl, die zu den aufputschenden Klängen ihren Körper in frenetische Bewegungen versetzte. Eine ganze Weile beobachtete Agathe das Schauspiel, bei dem Simone die Annäherungsversuche der mittanzenden Männer nicht abwehrte. Es waren tatsächlich viele Gäste dunkler Hautfarbe zugegen, und sie machten den bei Weitem größten Teil der Fans von Simone Dirscherl aus. Agathe gab sich Mühe, nicht in Simones Fokus zu geraten. Zwar hatten sich die beiden Frauen nur einmal kurz gesehen, als Agathe zum ersten Mal bei der Firma Dirscherl aufgeschlagen war. Dennoch hielt sie es für sinnvoller, kein Risiko eines unnötigen Kontakts einzugehen.

Hinter eine Säule gelehnt beobachtete Agathe, wie sich nun ein junger blonder Mann an Simone Dirscherl heranwagte. Er mochte gut zehn Jahre jünger sein als Simone, und sein tief ausgeschnittenes T-Shirt gab den Blick auf seine unbehaarte, aber sehr muskulöse Brust frei. Agathe hatte den Eindruck, dass sich er und Simone kannten, denn Simones Art zu tanzen war auf einmal wesentlich aggressiver geworden. Agathe kramte ihr Handy aus der Tasche und suchte ein Bild, das Leitner ihr vor zwei Tagen geschickt hatte. Sie verglich den Mann auf dem Display mit jenem, der sich mit Simone Dirscherl in Ekstase zappelte. Es gab keinen Zweifel, das war Emmerich Goldinger, der Schornsteinfeger.

Nicht ganz deine Altersklasse, Püppchen!, dachte Agathe bei sich und machte wie so viele andere Gäste auch ein Foto mit ihrem Handy. Nachdem sie die Aufnahme kontrolliert hatte, war sie zufrieden, dass man darauf Simone und Emmerich erkennen konnte. Sie gab auf der Tastatur die Namen der beiden ein, versah sie mit einem Fragezeichen und sandte die Nachricht an Gerhard Leitner.

Dann verfolgte sie das rege Treiben noch eine ganze Weile, als ihr plötzlich jemand an die Schulter tippte. Sie drehte sich um und sah die Bardame, die in Richtung des Eingangs deutete. Dort kam eben ein groß gewachsener und äußerst durchtrainierter Schwarzer herein. Agathe wandte den Kopf nochmals zur Bar. Die Bedienung aber sagte kein Wort, sondern deutete nochmals auf den Hünen und nickte nur knapp. Das war also Ben Carter. Fairerweise musste Agathe zugeben, dass sie ihn unter diesen Umständen nicht mehr wiedererkannt hätte. Natürlich war Carter hier nicht in Uniform erschienen. Stattdessen trug er einen weiten roten Schlabberpulli mit Kapuze. Um den Hals hatte er eine mächtige Goldkette geschlungen, die mit jedem seiner federnden Schritte mitschwang. Er trug weiße Trainingshosen und weiße Turnschuhe, die wahrscheinlich Größe fünfundvierzig hatten.

Agathe fixierte ihn, als er den Club betrat, eine große Anzahl an Fistbumps zur Begrüßung an seine Freunde verteilte und in den Club hineintanzte. Der Beat der Musik durchdrang alle seine Gliedmaßen, als er sich an die Bar durchschlug und wenige Meter neben Agathe stehen blieb. Die Bardame rief ihm etwas zu, dann fiel Carters Blick auf Agathe. Er hatte große, freundliche Augen. Sein Haar war militärisch knapp gestutzt. Um sein Kinn verlief ein schmaler Streifen eines kurzen Barts.

Er ging auf Agathe zu und sang dabei textsicher zu Lost Frequencies' Hit »Where Are You Now?« mit.

Mit einem Mal verunsichert, lächelte Agathe ihn an. »Hallo, Mr. Carter!«, rief sie.

Der Angesprochene hörte nicht auf zu singen, als er seinen Zeigefinger hob und eine verneinende Geste in die Luft zeichnete. Er ergriff sie an beiden Händen und zog sie sanft auf die Tanzfläche. Zuerst wollte Agathe sich wehren, aber die warmen Augen, der singende Mund und der durch und durch von Musik erfüllte Körper des Soldaten ließen sie schweigen. Sie blickte in Simone Dirscherls Richtung, die im Augenblick allein tanzte und daher zum Glück keine Augen für Agathe hatte. Nach wenigen Minuten spürte sie, wie sich ein großes Gewicht von ihrem Körper und von ihrem Geist hob. Sie hatte sich wirklich nicht klargemacht, wie befreiend ein Clubbesuch wirken konnte und dass sie dies schon über ein Jahr nicht mehr genossen hatte. Beseelt von der Musik und den vor Adrenalin und Testosteron triefenden Avancen Carters ließ sich Agathe gehen und steigerte sich ins Tanzen.

Sie konnte Ben Carter auch später noch Fragen stellen.

Jetzt war erst einmal Party!

17

Nach einem ausgiebigen Schläfchen war Leitner aufgestanden und hatte sich geduscht. Die ungewohnt lange Wanderung steckte ihm noch in den Knochen, und das heiße Wasser wirkte äußerst belebend auf seine Muskeln. Er war in seine Jeans geschlüpft und hatte sich ein türkisfarbenes Poloshirt übergestreift.

Er überprüfte sein Handy und fand darauf eine Nachricht von Melanie Dirscherl. Er öffnete das angehängte Bild und sah im Vordergrund Berry, der im Sitz auf dem Boden hockte und seine rosa Zunge heraushängen ließ. Dahinter, nur halb verdeckt von Berrys Zottelfell, kniete Melanie. Sie hatte keinerlei Kleidung an, und auch wenn manche Stellen ihres Körpers von ihrem Hund verdeckt wurden, so konnte Leitner genügend Einzelheiten sehen, die ihn auf einmal viel tiefer schnaufen ließen als vorher. Unter dem Bild stand: »Berry vermisst dich!«

Leitner warf einen letzten Blick in den Spiegel auf seinem Zimmer und machte sich unverzüglich auf den Weg zu Melanie. Er legte die wenigen hundert Meter zu Fuß zurück, öffnete die Gartentür und klingelte schließlich an der Haustür. Erfreutes Bellen erklang von innen. Dann öffnete sich die Tür einen Spaltbreit, und das reichte Berry, um an seinem Frauchen vorbei als Erster hinauszustürmen und den Gast mit heftigem Schwanzwedeln zu begrüßen. Leitner konnte nicht anders, als sich auch heute als Erstes um den Hund zu kümmern. Wie schon tags zuvor verpasste er dem quirligen Vierbeiner eine ordentliche Fellrubbeleinheit. Er war so beschäftigt damit, dass er erst jetzt den Kopf hob und zu Melanie aufsah.

Was er erblickte, raubte ihm den Atem. In der halb geöffneten Tür stand Melanie mit beiden Armen nach oben gelehnt. An ihren Schultern hing eine beigefarbene Bluse, an welcher kein einziger Knopf in seinem dazugehörigen Loch fixiert war.

Das Licht aus dem Inneren der Wohnung erhellte sie von hinten und reichte gerade so aus, dass Leitner die wunderschönen Konturen ihrer nackten Brüste erkennen konnte. Sein Blick glitt an ihrem Körper entlang zu ihrer Hüfte, die sich auf Augenhöhe befand. Ein kleines weißes Stoffdreieck schimmerte zwischen ihren Beinen hindurch, und dies war das einzige andere Kleidungsstück, das ihren Body bedeckte. Leitner sah wieder nach oben in ihr Gesicht, blieb aber in der halb knienden Hocke, in der er Berry gestreichelt hatte. Melanie hob ihren rechten Fuß und angelte mit ihm nach einem kleinen Plastikball, der unweit der Tür auf dem Boden lag. Sie kickte ihn in den Garten hinaus, und Berry lief begeistert seinem Spielzeug hinterher.

»Wenn wir uns heute Morgen schon nicht richtig verabschieden konnten, dann sollte doch wenigstens die Begrüßung umso schöner sein, oder?«

Leitner griff mit den Händen an ihre Taille und zog sie näher zu sich. Er fing an, ihr kleine Küsse auf den Bauch zu geben. Beiden war egal, dass die Haustür noch offen stand und die innige Begrüßung möglichen Passanten gut einsehbar gewesen wäre. Aus dem Garten drang wildes Quietschen zu ihnen herüber. Berry hatte wohl den Ball zu beißen bekommen. Leitner wandte den Kopf in Berrys Richtung.

Melanie sagte leise: »Der liebe Berry ist jetzt gut eine Stunde beschäftigt. Den Ball gibt er jetzt nicht mehr so schnell her.«

»Das trifft sich gut«, sagte Leitner und erhob sich. Er schob Melanie sanft ins Innere der Wohnung und schloss die Haustür. Während er zärtlich die Bluse über ihre Schultern zu Boden gleiten ließ, flüsterte er: »So hat jeder sein Lieblingsspielzeug …«

Zur selben Zeit stand Agathe Viersen auf der Toilette des Clubs und kontrollierte ihr Make-up. Das Tanzen und die vielen Leute verursachten eine enorme Wärme im Raum, was ein dezentes Nachpudern notwendig machte. Agathe war mit dem Ergebnis ihrer Arbeit zufrieden und betrachtete nun im Spiegel sich selbst. Bislang hatte sie über ihren Versicherungsfall bei der Firma Dirscherl nicht ein Wort mit Ben Carter gesprochen. Sie hatte mit ihm getanzt und sich auch dazu hinreißen lassen, einen Cuba Libre mit ihm zu trinken, obwohl der freilich nicht alkoholfrei war. Zwei Mal hatte sie probiert, ein ernstes Gespräch mit ihm zu beginnen, zwei Mal hatte er sie so geschickt davon abbringen können, dass sie ihr Spiegelbild nicht ohne eine gewisse Hochachtung vor seinem Charme grinsen sah.

Was jetzt? Sie blies sich eine Haarsträhne aus dem Gesicht und beschloss, sich auf ihre Instinkte zu verlassen. Schließlich hatten diese ihr so gut wie nie einen Streich gespielt.

Agathe kämpfte sich nach Verlassen der Toilettenräume durch die Masse der Besucher an ihren Platz zurück. Dort wartete Ben Carter bereits auf sie, immer noch zu jedem Takt der Musik wippend und immer noch textsicher mitsingend. Als er sie erblickte, deutete er über seinem Kopf eine Alarmsirene an, die bei Agathes Erscheinung offenbar in seinem Inneren losheulte. Sie lächelte, als sie sich ihm näherte. Emmerich Goldinger gab Carter eine Gettofaust. Er wollte zu Carter etwas sagen, aber der hob wieder seinen verneinenden Zeigefinger und sah Goldinger gar nicht an. Stattdessen formte er mit seinen Händen ein Fernglas, das er auf Agathe richtete und mehrmals von den Augen weg und wieder an sie heran hob. Goldinger folgte dem »Fernglas« und blickte Agathe mit entwaffnendem Lächeln an. Er hob die Hand und ging rückwärts von Carter weg wie ein Butler, der sich übertrieben förmlich von seinen Herrschaften entfernte. Agathe stand vor Carter und fand sich außerstande, den Reizen ihres Clubbesuches zu widerstehen.

Sie fasste einen Entschluss.

Sie wartete, bis die Bardame sich wieder in ihre Nähe begab. Dann orderte sie einen weiteren Cuba Libre. Als der Cocktail eintraf, nahm Agathe das Glas und betrachtete zunächst die Rummischung darin. Daraufhin sah sie Carter in die schwarzen Augen und sagte: »Wenn ich den getrunken habe, kann ich nicht mehr Auto fahren.«

Carter ergriff die zwei Strohhalme in ihrem Glas und bog sie so, dass die Trinköffnungen genau auf Agathes Mund zeigten. Carter ließ sie sich im Takt der Musik bewegen und sagte: *»No problem, babe!«*

Es war Agathe egal, wie der Abend weitergehen würde.

Alles, was sie wusste, war, dass sie in diesem Augenblick nichts auf der Welt lieber tun wollte, als diesen verdammten Cocktail zu trinken.

18

Das Quietschen des Plastikballes war bereits seit Längerem verstummt, und auch das rhythmische Klappern, das die letzte Stunde über aus dem ersten Stock des Hauses, das Berry bewachte, über die angelehnte Balkontür nach außen gedrungen war. Leitner lag auf dem Bett und atmete schwer. Seine Haut war von einem glänzenden Film aus Schweiß überzogen. Er hatte die Arme fest um Melanie Dirscherl geschlungen, die auf ihm lag und ihren Kopf mit den durchgeschwitzten Haaren erschöpft seitlich neben den von Leitner platzierte. Auch ihre Atemstöße waren tief und schwer. In dieser Position verharrten beide zehn Minuten, bevor Melanie ihren Kopf hob und Leitner intensiv küsste.

Dann legte sie sich flach auf den Rücken. Auch in dieser Position verharrten beide einige Minuten lang, bis Melanie schließlich sagte: »Ich glaube, du musst sehr gut sein.«

Leitners Augen öffneten sich überrascht. »Das freut mich, aber …«

»Bilde dir bloß nicht zu viel ein«, kicherte sie vergnügt. Dann erklärte sie: »Ich meine, in deinem eigentlichen Beruf. Du bist doch Musiker, oder?«

Leitner kapierte, dass Melanie mit ihrem Vater wohl über ihn gesprochen haben musste. Tatsächlich hatte er ja angegeben, dass er als abgebrannter Musikant dringend Geld brauche und deshalb bei Dirscherl zu arbeiten anfange. »Ja, bin ich«, antwortete er.

»Ich wette, du hast den richtigen Beat im Blut.«

»Es gab jedenfalls bisher keine Beschwerden. Wie ist es bei dir? Dein Geschäft mit der Schönheit funktioniert?«

»Geht steil bergauf«, sagte Melanie sachlich. »Die Leute haben große Sehnsucht nach der Optimierung ihres Körpers, und ich habe die passenden Produkte und das Know-how dazu.«

Leitner drehte sich zur Seite und stützte sich auf einem Arm ab. »Hat es denn nie Überlegungen gegeben, bei deinem Vater im Betrieb anzufangen? Normalerweise wollen die Eltern doch immer Nachfolger für ihre Firmen.«

»Die Frage hat sich bei uns nie gestellt. Die Berufe in der Gießerei sind sehr schwere Arbeit.«

»Es gibt doch auch die Verwaltung. Das Büro, meine ich.«

Melanie kuschelte sich an Leitner heran. »Das stand mal kurz im Raum, aber ich hatte mir ja schon eine Geschäftsidee ausgearbeitet. Und als dann noch Simone dazukam, war das Thema sowieso vom Tisch.«

Mehrere Minuten schwiegen beide. Dann fragte Leitner: »Du hast gestern gesagt, dass deine Stief… Pardon, dass Simone noch immer mit anderen Männern unterwegs ist. Oder habe ich dich da falsch verstanden?«

Sie gab ein gequältes Lächeln von sich. »Nein, da hast du mich absolut nicht falsch verstanden. Sie wollte heute Abend auch wieder nach Grafenwöhr in den Club. Worum, glaubst du, geht es ihr da wohl?«

»Du meinst, sie hat ein Verhältnis da oben? Etwa mit diesem Lieutenant Colonel? Doug Mercer?«

»Das ist durchaus eine Möglichkeit, dass sie mit Doug auch was hat. Aber selbst wenn nicht, irgendeinen G.I. wird sie schon aufreißen.«

»Das klingt gehässig.«

»Es ist nicht gehässig. Es ist nur die Wahrheit.«

Leitner wartete ein paar Sekunden, bevor er fragte: »Meinst du, dass Simone mit Franz Thiercke auch ein Verhältnis hatte?«

Melanie überlegte nicht lange. »Es wäre mir zwar nicht aufgefallen, aber es ist nicht unmöglich. Der Franz war auch kein Kind von Traurigkeit.«

»Ja, das habe ich gehört …«

»Von wem?«, wollte Melanie wissen.

»Von Mike Bacher. Ich war heute mit ihm und seinem Freund wandern.«

»Ach ja? Na, bei Mike wissen wir wenigstens sicher, dass er nichts mit Simone hatte«, meinte sie trocken.

»Nein, das können wir wohl ausschließen.«

Einige Minuten lang sagte niemand ein Wort. Dann fragte Melanie unvermittelt: »Warum bist du so ruhig? Was geht dir im Kopf herum?«

Leitner zögerte, bevor er antwortete. »Ich frage mich, wie es dabei deinem Vater gehen muss.«

Melanie gab einen tiefen Seufzer von sich.

Leitner forschte behutsam nach. »Es kann ihm doch nicht verborgen bleiben, wenn seine Frau so aktiv mit anderen Kerlen ist, oder?«

»Mein Vater ist in dieser Hinsicht ein ziemlicher Traumtänzer. Er hat genug mit seinem Geschäft um die Ohren, als dass er sich darum großartig kümmern könnte.«

»Aber die Leute tratschen doch, oder? Es kommt mir unwahrscheinlich vor, dass niemand ihm das unter die Nase reiben sollte.«

Melanie setzte sich aufrecht ins Bett. »Das kann schon sein. Aber so, wie ich ihn kenne, wird er das ignorieren. Er will es wohl nicht wahrhaben, und dann ist es für ihn auch nicht wahr.«

»Das bedeutet, dass jedes noch so gute Zureden ihn nicht von Simone trennen könnte?«

»Ich habe es versucht, aber er blockt dieses Thema immer ab. Zur Wahrheit gehört leider auch, dass Simone sich gar nicht blöd anstellt im Betrieb. Geschäftlich nutzt sie meinem Vater auf jeden Fall.«

Leitner schob die Unterlippe vor und sagte nachdenklich: »Ich weiß nicht, ob ich das auf Dauer ertragen könnte, wenn die ganze Welt über meine Frau spricht.«

»Du bist aber nicht verheiratet, oder?«

»Nein. Aber wenn das sogar im eigenen Betrieb passiert ...«

Melanie stand auf und holte sich ein Glas Leitungswasser aus dem Badezimmer. Als sie mit einem großen Zug ihren Flüssigkeitshaushalt wieder ausgeglichen hatte, sagte sie: »Ich habe nicht gesagt, dass sie mit jemandem in der Firma eine Affäre hatte.«

»Aber Franz Thiercke ...«

»Ich habe gesagt, dass es nicht ausgeschlossen ist«, sagte sie, während sie sich wieder ins Bett legte. »Aber wie ich es so sehe, mag Simone ihre Männer entweder, wenn sie sehr einflussreich sind, oder, wenn sie exotisch oder jung sind. Ich weiß nicht, ob ich da richtigliege, aber seit ein paar Tagen ist auch der Emmerich Goldinger immer öfter bei uns in der Gießerei zu Gast. So viel Abgaswerte und CO_2-Ausstoß kann man gar nicht messen müssen.«

»So?«, fragte Leitner verblüfft. »Da haben wir mal einen Schornsteinfeger …«

»Wäre auch nicht der erste.«

»Wie meinst du das?«

»Na, noch vor wenigen Wochen hat sie immer mit dem Schmidt Gottlieb zu tun gehabt.«

»Der verschwundene Schornsteinfeger …«

»Der taucht schon wieder auf«, sagte Melanie ungerührt. Damit leerte sie ihr Wasserglas. Bevor sie es auf ihr Nachtkästchen stellte, fragte sie: »Verzeih bitte. Hättest du auch etwas trinken wollen?«

»Nein, bleib nur hier.«

Nach einer kurzen Pause fragte sie: »Was geistert dir im Kopf herum?«

»Ich überlege mir, wer einen Grund gehabt haben könnte, Franz Thiercke umzubringen …«

Nun richtete sich Melanie auf und sah Leitner scharf an. »Bitte wie?«

Leitner setzte sich ins Bett und lehnte sich an die Rückwand. »Ich kann mir einfach nicht vorstellen, dass Thiercke rein zufällig in dieses Strahlhaus gestolpert ist. Noch dazu an einem Tag, wo seit Langem bekannt war, dass der Staatsminister auftauchen würde.«

»Du klingst tatsächlich immer mehr wie ein Detektiv«, sagte sie vorsichtig.

»Damit hast du nicht ganz unrecht«, sagte Leitner gedehnt. »Es wäre wirklich wichtig, herauszufinden, ob da jemand nachgeholfen hat.«

»Aber warum denn, um alles in der Welt?«

Leitner entschied sich für die Wahrheit – zumindest für einen Teil davon. »Du hast schon bei unserem ersten Treffen gesagt, dass ich mich wie ein Detektiv anhöre. Damit hast du den Nagel eigentlich auf den Kopf getroffen.«

Melanie sah ihn skeptisch an. »Du bist Detektiv?«

Leitner nickte stumm.

Dann fing Melanie Dirscherl an zu lachen. »Da habe ich Sherlock Holmes bei mir im Bett sitzen?«

»Ohne Mütze, Lupe und Pfeife, aber letzten Endes – ja.«

Melanie wusste nicht recht, ob sie diese Information lustig oder bedrohlich finden sollte. Sie fragte vorsichtig: »Was genau ist dein Auftrag?«

Nun war es Leitner, der vorsichtig war. »Ich muss im Wesentlichen herausfinden, ob jemand Franz Thiercke ermordet hat, und wenn ja, wer.«

»Für wen arbeitest du?«

»Das kann ich dir leider im Augenblick nicht sagen.«

Nach wenigen Sekunden, in denen Melanie über die Worte nachdachte, die sie eben von Leitner gehört hatte, stand dieser auf und griff nach seinen Kleidungsstücken.

»Wo willst du jetzt hin?«, fragte sie.

»Ich muss weiterermitteln.«

Nun lachte Melanie sarkastisch auf. »Der große Detektiv muss nach der Liebesnacht wieder in den Einsatz … Und ich bin das blonde Blödchen, das sich dem Helden hingeben muss, bevor er die Welt rettet?«

Leitner ging ans Bett und setzte sich neben Melanie. »Du bist weder blöd«, er strich ihr durch ihre zartpinkfarbenen Haare, »noch blond.«

»Ursprünglich waren meine Haare blond.« Sie zog ihre Beine an und schlang im Sitzen die Arme darum. »Warum habe ich plötzlich das Gefühl, dass du mir und meinem Vater viel Ärger bereiten wirst?«

Leitner nahm seine Hand zurück. »Sieh mal, in eurer Firma ist etwas Schreckliches passiert. Du kannst nicht erwarten, dass niemand sich dafür interessiert. Auch die Polizei ermittelt auf

Hochtouren. Früher oder später kommt die Wahrheit ans Licht. Dagegen wird niemand etwas machen können. Wir werden bald wissen, ob es ein Unfall war. Oder Absicht.«

»Du redest von Mord …«

»Das steht noch nicht fest, aber letztlich … ja. Ich suche, genauso wie die Polizei, wahrscheinlich einen Mörder.«

Melanie wandte den Kopf eine Vierteldrehung von ihm ab, und ihr Blick erhielt eine seltsame Leere, die Leitner beunruhigte. Ihre Augen waren kalt, und ihre Stimme hart, als sie flüsterte: »Oder eine Mörderin …«

Leitner spürte, dass für den Augenblick alle Worte gewechselt waren. Er ging die Treppe hinab, streichelte auf seinem Weg durch das Gartentor hinaus noch einmal den Bearded Collie und machte sich auf den Weg zu seinem Hotel zurück, vor welchem sein Wagen stand. Er hatte ein ungutes Gefühl in der Magengegend. Mit einem Mal erschien es ihm wie ein großer Fehler, dass er mit Melanie intim geworden war. Er dachte darüber nach, wie sich die Situation von gerade eben auf den Fall auswirken würde, den er und Agathe zu lösen hatten. Nein, es erschien ihm plötzlich in keinster Weise mehr professionell, dass er sich auf die Sache mit Melanie eingelassen hatte. Immerhin konnte man sie – falls es sich bei Franz Thierckes Ableben tatsächlich um Mord handeln sollte – nicht vom Kreis der Verdächtigen ausschließen.

Der Gedanke an seine Kollegin verursachte Leitner noch mehr Magengrimmen. Von ihr würde er wahrscheinlich eine ordentliche Standpauke kassieren, wenn sie sich morgen früh über den Stand der Ermittlungen austauschen würden. Agathe würde nicht mit Kraftausdrücken sparen. Sie würde ihm an den Kopf werfen, dass er sich blöd verhalten hatte.

Saublöd und unprofessionell.

Nein, Agathe würde so etwas nicht passieren.

Niemals würde sie den Fehler begehen, mit einem Zeugen einfach so aus purer Lust in die Federn zu hüpfen.

Oder mit einem potenziellen Mörder …

19

Die Luft in dem kleinen Zimmer war mindestens ebenso schwül, wie sie es auf der Tanzfläche im Flashback gewesen war. Agathe Viersen lag auf dem Doppelbett, das fast das ganze Zimmer beanspruchte. Ihre Gedanken mischten sich mit ihren Gefühlen, und die fuhren derzeit noch Karussell. Agathe hatte alle viere von sich gestreckt, und trotz der Wärme fing der Schweiß auf ihrer nackten Haut an, sie auszukühlen. Ihr flacher Atem wollte nicht recht zu der hohen Herzfrequenz passen, die nicht langsamer werden wollte. Sie hatte ihre Augen geschlossen, und auch die rotbraunen Haare, die sie heute wie meist zu einem Pferdeschwanz gebunden getragen hatte, lagen offen und nass über ihrem Gesicht. Sie wischte sie nicht weg. Aus dem Nebenzimmer hörte sie das Plätschern eines Wasserhahns, dann das Rauschen einer Toilettenspülung und dann erneut das Plätschern. Ein Lichtschalter wurde gekippt, und das Licht aus dem Bad erlosch im Zimmer.

»*How are you doin', babe?*«, erklang eine sonore Stimme.

Agathe öffnete die Augen. Ben Carter stand mitten im Raum. Agathe betrachtete ihn von Kopf bis Zeh. Carter war bis in die kleinste Muskelzelle durchtrainiert, wie es bei den US-Soldiers generell der Fall war. Seine dunkle Hautfarbe raubte Agathe den Atem, und die Erinnerung an die festen Berührungen, die sie durch seine Hände und seinen Körper erlebt hatte, lösten ein leichtes Beben in ihren Nervenzellen aus.

»Mir geht's gut«, erwiderte Agathe. »Dir auch?«

»Sicher«, sagte Carter auf Deutsch. »Möchtest du auch etwas trinken?« Seine Aussprache war gut, aber dennoch konnte er einen deutlichen amerikanischen Akzent nicht verbergen. In den letzten Minuten, bevor Carter ins Bad gegangen war, hatte er nicht deutsch gesprochen. Er hatte sich, wenn auch mit sehr wenigen Worten, in seiner Muttersprache mit Agathe verständigt.

»Ja, bitte.«

Carter ging, nein, er tänzelte zu einem kleinen Kühlschrank. Offenbar konnte Carter nicht anders, als sich immer in irgendeinem Rhythmus fortzubewegen. Zumindest in seiner Freizeit. Beim militärischen Drill konnte sich Agathe nicht vorstellen, dass er zum Appell tänzeln würde.

Carter kam zurück zu Agathe ins Bett und reichte ihr eine Dose Red Bull. Sie öffnete sie und nahm einen kleinen Schluck. Sie war nie ein großer Freund von Energydrinks gewesen, und jetzt, da sie davon gekostet hatte, wusste sie auch wieder, warum. Carter trank den halben Doseninhalt mit einem Zug leer und setzte sich an die Rückwand gelehnt neben Agathe. Sie tat es ihm gleich und blickte sich um. Es sah aus wie in einem Zimmer in einem amerikanischen Motel.

Nachdem sie im Club noch eine Weile abgedanct hatten, verließen sie gemeinsam den Tanzschuppen. Agathe hatte gefragt, wie sie jetzt nach Hause komme, und Carter hatte sie in den Arm genommen und war mit ihr zu Fuß etwa einen Kilometer weit marschiert, bevor sie zu einem unspektakulären Reihenhaus gekommen waren. Als Carter die Tür aufsperrte, war Agathe klar, dass hier keine allzu feine Wohngegend war. Aller Wahrscheinlichkeit nach gehörte die Wohnung Carter, um auf genau solche Fälle wie heute Abend vorbereitet zu sein. Sie konnte sich nicht vorstellen, dass die Kommandeure der US-Liegenschaften es gerne sahen, wenn Mitglieder ihrer Streitkräfte ihrem ungehemmten privaten Partyleben innerhalb des Militärgeländes nachgaben. Agathe hatte nicht nach den Modalitäten gefragt, als sie die Wohnung betraten, und sie hatte bestimmt nicht vor, es jetzt zu tun. Das eine war Vergnügen, und jetzt ging es um den Grund, warum sie überhaupt nach Grafenwöhr gekommen war.

Es ging um ihren Auftrag, Informationen zu sammeln.

»Du kommst nicht von hier?«, fragte Carter. »Ich habe dich noch nie bevor gesehen.«

Agathe musste wegen seiner Verwechslung des Wortes »zuvor« mit dem amerikanischen *»before«* grinsen.

»Ich komme aus Schwandorf«, sagte Agathe und legte, immer noch einigermaßen erschöpft, ihren Kopf auf Carters muskulöse rechte Brust.

»*That's quite a distance* … eine ganz schöne Strecke.«

»Ja, es zieht sich schon ein bisschen.«

»Und warum bist du hier? Du hast nach mir gefragt.«

»Das stimmt. Ich bin hier, weil ich einige Informationen brauche. Und zwar im Fall Franz Thiercke.«

Carter hob einen Daumen an die Stirn. »Franz *who*?«

»Franz Thiercke. Das war der Unfall, der am Mittwoch bei Axel Dirscherl passiert ist. Du warst doch auch dabei, oder?«

»*Oh yeah, I was there.* Ich habe das gesehen. *Quite a mess.* Eine ziemliche Schweinerei.«

»Das habe ich auch gesehen.«

»Du warst da, *too*?«, fragte Carter überrascht.

»Ich bin später dazugekommen, als auch schon die Polizei da war. Dort habe ich dich zum ersten Mal gesehen.«

Carter stellte seine Getränkedose neben das Bett auf den Boden und küsste an Agathes Körper entlang.

»*Right.* Ich habe dich nicht bemerkt, sonst ich hätte dich sicher nicht vergessen«, sagte er zwischen seinen einzelnen Küssen.

Agathe hielt den Atem an und gab ihn einige Sekunden lang nur stoßweise wieder von sich. Dann nahm sie seinen Kopf in beide Hände und drehte seine Lippen weg von ihrer Haut. Sie blickte ihn vorwurfsvoll an, merkte aber an seinem breiten Grinsen, dass sie hier nicht gerade über die Oberhand verfügte.

»Kannst du mir sagen, wie das genau geschehen ist? Das mit Thiercke?«

»Da ist nicht viel zu sagen. Ich war mit Doug etwa dreißig *feet* entfernt.«

Agathe rechnete die Maßeinheiten um und kam auf etwa zehn Meter.

»Alle waren aufgeregt, wenn die Maschine gestartet wurde. Dann dieser *political guy* …«

»Der Staatsminister?«

»*Yeah*, der hat gesehen in das Fenster, und er sprang zurück. Er hat ausgesehen, als ob er wollte *throw up*.«

»Kotzen?«

»*Yeah.* Doug und ich haben nicht viel gesehen, aber wir mussten bleiben, bis die Polizei kam.«

»Doug … das ist Douglas Mercer?«, wollte Agathe wissen.

»*Yes*, mein Lieutenant Colonel. Ich mache viele Reisen mit ihm, und ich bin sein *interpreter*.«

»Sein Dolmetscher.«

»*Yop.*«

Agathe fragte weiter: »Doug kann also kein Deutsch?«

»Oh ja, er kann. Aber er nimmt mich mit, dann er sieht wichtiger aus. Wie bist du eigentlich auf meinen Namen gekommen?«

»Weil ich mit der Familie gesprochen habe. Mit den Dirscherls.«

»Was machst du da genau? Du bist nicht Polizei?«

»Nein, ich bin Detektivin.«

»*Detective? Private investigator?*«

»Ja, allerdings nicht so ganz privat. Ich arbeite für die Versicherung, bei der Axel Dirscherl unter Vertrag ist.«

»*Oh boy, sounds boring*. Klingt langweilig.«

»Das war es bisher eigentlich noch nie«, meinte Agathe süffisant und gab Carter einen Kuss auf die Stirn.

Das ermutigte ihn, an derselben Stelle ihres Busens weiterzumachen, an der Agathe ihn vorher unterbrochen hatte. Um das zu unterbinden, entfernte sie sich von der Rückwand und setzte sich im Schneidersitz neben Carter, sodass sie ihn frontal vor sich hatte.

»Ich muss herausfinden, ob Franz Thierckes Tod ein Unfall war oder ob jemand mit Absicht dafür gesorgt hat, dass er in dem Strahlhaus saß.«

»Und wie kann ich dir dabei helfen?«

»Nun, zunächst würde mich interessieren, wie eure Army überhaupt mit der Familie Dirscherl in Kontakt gekommen ist.«

»*Oh, that's easy!*«

»Wieso einfach?«

»Das war Simone.«

»Simone Dirscherl?«, fragte Agathe, erstaunt über so viel Offenheit.

»*Yeah.* Sie stammt aus Grafenwöhr, und sie hat lange gearbeitet für uns. Sie war oft beim Tanzen noch hier, und viele *of our guys*, viele unserer Jungs kennen Simone.«

»Kennen? Du meinst, beruflich? Oder auch eher privat?«

»*Oh, come on!*«, reagierte Carter etwas verärgert, und Agathe realisierte, dass sie mit dieser Frage zu weit gegangen war. Natürlich konnte Ben Carter ihr schlecht erzählen, mit welchen seiner Kollegen Simone es wohl getrieben haben mochte.

»Schon gut, schon gut«, entschuldigte sich Agathe. »Ich verstehe. So also seid ihr mit den Dirscherls in Kontakt gekommen.«

»*Yeah. But here it was business.*«

Rein geschäftlich also, dachte Agathe. Aber sie hielt es für möglich, dass Simone und Doug Mercer mehr verband als nur das Geschäft.

»Um welche Art von Geschäft ging es denn genau? Darfst du mir das sagen?«

»Alles, was Dirscherl herstellt.«

Sie hatte Carter noch nie den Familiennamen von Axel und Simone sagen hören, und sie musste sich sehr zusammennehmen, um nicht zu kichern.

Carter fuhr fort: »Es ist ein sehr großer Auftrag für viele unserer Tore und Gitter.«

»Von welchem Umfang sprechen wir hier? Ich meine, was wird das alles kosten?«

»*We're talking two millions.*«

Agathe sog erstaunt die Luft ein. Ein Zwei-Millionen-Auftrag eines so verlässlichen Partners wie der amerikanischen Streitkräfte musste für Dirscherl natürlich schon ein großer Brocken sein. Oder für Dobmeier …

»Das ist viel Geld.«

»*Yeah*, aber es ist nur Geld.«

»Kennst du Emmerich Goldinger?«, fragte Agathe.

»*The chimney sweep? Yeah*, *sure*, ich kenne ihn. Aber noch nicht sehr lange. Er ist noch sehr jung.«

»Das stimmt. Aber auch er ist oft bei den Dirscherls zu Gast.«

Carter war das Gespräch offenbar leid, denn er rückte nun wieder näher an Agathe heran und begann, ihr über die Waden zu streicheln.

»Ich kenne ihn nicht sehr gut. *Forget this guy.*«

»Lasst ihr eure Kamine auch von deutschen Kaminkehrern reinigen? Oder habt ihr eigene?«

»Wir haben ein paar eigene. Aber die meisten Jobs machen die *guys* aus *Bavaria*. Wir brauchen auch ... *hell, what's the German word for fire protection measures?*«

»Brandschutz?«

»*Right.* Das machen auch alles die deutschen Jungs.«

»Emmerich Goldinger?«

»*No.* Den habe ich noch nie in den *barracks* gesehen.«

»Er war also noch nie in euren Unterkünften? Kennst du dann einen gewissen Paul Stein?«

»Paul? *He's a great guy!*«

Agathe fand es schwer, gleichzeitig zu übersetzen, während Carters Finger nun die Innenseiten ihrer Oberschenkel erkundeten. Sie sagte mühsam beherrscht: »Ja, das ist er wirklich. Arbeitet er für euch?«

»Er hat. Danach kam ein *guy* mit Namen Gottlieb.«

»Gottlieb? Gottlieb Schmidt?«

»*Yeah.* Aber er kommt nicht mehr. Vielleicht sie haben etwas geändert in der Administration.«

Agathe wollte Carter jetzt nicht erzählen, dass Schmidt vermisst wurde. Erstens, weil sie nicht zu viele ihrer eigenen Geheimnisse preisgeben wollte, und zum anderen nicht, weil Agathe an ihrem Knie, wo in einigen Zentimetern Entfernung Carters Hüfte lag, deutliche Veränderungen wahrnahm. Sie zog die Bettdecke, die über Carter lag, zur Seite und war von dem sich ihr bietenden Anblick ein weiteres Mal überwältigt.

»*Why don't we talk later?*«, summte der tiefe Bass von Carters Stimme. Als sich Carter über sie beugte und sie seinen ganzen Körper spüren konnte, war sie sich sicher, dass er recht hatte.

Was noch zu besprechen war, konnte man auch nachher erledigen.

20

Die Dunkelheit der Nacht lag tiefschwarz über dem urwüchsigen Ort, als Leitner in seinen Mazda stieg und den Weg bergab nach Windischeschenbach rollte. Wenige Minuten später durchfuhr er den hohen Steinbogen, über welchen die Bahntrasse führte, und dann bog er schließlich rechts ab, um über die Hauptstraße, den Lehnerberg und die Friedhofstraße abermals in die Freiherr-vom-Stein-Straße einzubiegen. Er näherte sich Thierckes Haus und verlangsamte auf Schrittgeschwindigkeit. Von Weitem konnte er schon erkennen, dass in dem prachtvollen Haus Licht brannte. Er stellte den Motor seines Wagens ab und blieb zur Sicherheit noch sitzen. Am Haus öffnete sich die Eingangstür, und zu seiner Überraschung erkannte Leitner den Metallbauer Ferdinand Dobmeier, der ins Freie trat. Er trug vier Leitz-Ordner auf seinen Armen und schlängelte sich durch die Tür, bevor sie krachend ins Schloss fiel.

Dobmeier blieb kurz stehen und verharrte. Er wirkte wie ein Mann, der nicht erwischt werden wollte und dem der Krach der Tür nicht in den Kram passte. Als sich jedoch ringsum in der Nachbarschaft nichts rührte, ging er auf die Straße zu einem roten Tesla Model S und legte die Akten auf den Rücksitz. Dobmeier sah sich abermals um. Auch auf Leitners Mazda ruhte sein Blick ein paar Sekunden lang. Leitner hoffte inständig, dass das Licht der Laterne an der Straße ihn nicht zu stark anstrahlte. Leitner bewegte sich keinen Millimeter. Dann schlug Dobmeier die Hecktür seines Tesla zu und stieg auf den Fahrersitz. Das futuristische Licht des Elektroautos blitzte auf, und Leitner verfolgte die roten Rücklichter, die sich mit immenser Beschleunigung in die Kurve der Freiherr-vom-Stein-Straße entfernten.

Leitner stieg aus und ging vorsichtig auf Thierckes Haus zu. Er trat in den Garten und fragte sich zweierlei Dinge. Erstens interessierte ihn brennend, was in den Aktenordnern zu lesen wäre, die Dobmeier offensichtlich aus Thierckes Haus entwendet hatte. Und zweitens: Wie zum Teufel hatte Dobmeier es geschafft, in das Haus hineinzukommen? Er untersuchte die Haustür, und siehe da – sie stand einen Spaltbreit offen.

Nach einem letzten Blick auf die Straße betrat Leitner Thierckes Haus. Seine erste Untersuchung galt den Wänden an der Haustür, ob nicht eine Alarmanlage vorhanden wäre. Fehlanzeige. Da dies nicht der Fall war, ging Leitner vorsichtigen Schrittes den Korridor entlang weiter in Richtung der Diele. Thiercke hatte an den Wänden einige moderne Bilder hängen. Die meisten Rahmen enthielten jedoch Reisefotos, die Thiercke und Freunde auf Booten, vor berühmten Bauwerken oder am Strand zeigten. Bei einem der Fotos, das am Meer aufgenommen war und Thiercke mit einem angelaufenen Cocktailglas in der strahlenden Sonne zeigte, dachte er nach, wann er selbst zum letzten Mal im Urlaub gewesen war.

Leitner schritt behutsam die Treppe zum oberen Geschoss des Hauses hinauf. Dort befanden sich das Badezimmer, ein unbenutzt aussehendes Gästezimmer und Thierckes Schlafzimmer. In der Mitte des Raumes stand ein großes rundes Podest, auf welchem Leitner ein großflächiges Boxspringbett erblickte. Über eine kleine Stufe konnte man diese Liegewiese erreichen. Leitner kam es ein bisschen wie eine Bühne vor, und nach Denis' und Bachers Aussagen hatten auf diesem Bett wohl schon auch einige bühnenreife Auftritte mit den diversen Damen in Thierckes Leben stattgefunden.

Im Erdgeschoss fanden sich das Wohnzimmer, die Küche und Thierckes Arbeitszimmer. Hier erkannte Leitner auf den ersten Blick, wo die Aktenordner gestanden haben mussten, die Dobmeier soeben in sein Auto verladen hatte. Der mannshohe Aktenschrank zeigte eine deutliche Lücke, die nach Leitners Augenmaß exakt dem Umfang von vier Ordnern entsprach. Auf den Akten links der Lücke war die Bruchnummerierung 4/4 angebracht, die Leitner darüber Aufschluss gab, dass die Ordner des Projektes vollzählig waren. Rechts der Lücke ging die

Nummerierung mit 1/5 weiter, und auch dieses Projekt wies alle fünf Ordner auf. Leitner grunzte unzufrieden. Das bedeutete, dass Dobmeier die Unterlagen eines vollständigen, vier Ordner umfassenden Projektes hatte mitgehen lassen. Er schloss kurz seine Augen und schüttelte den Kopf, um seinen Blick nochmals frisch und unverbraucht über die Wohnung streifen zu lassen. Schließlich trat er wieder ins Freie. Er zog die Tür hinter sich zu, vergewisserte sich, dass sie sicher in ihrem Schloss ruhte, und ging zu seinem Mazda zurück. Ein letztes Mal sah er noch zu Thierckes Haus und überlegte, ob er Agathe schreiben sollte, was er eben erlebt hatte. Da er aber wusste, dass Agathe im wahrscheinlich gut besuchten Club Flashback war und deswegen wohl keine Zeit haben würde, ihr Handy zu checken, entschloss er sich, ihr die Ereignisse morgen zu übermitteln.

Ein kleines Rascheln hinter ihm erregte seine Aufmerksamkeit. Als er sich umdrehen wollte, traf ihn ein harter Schlag in sein Genick. Leitner sackte zusammen wie eine Marionette, der man die Fäden durchschnitten hatte. Ein weiterer Schlag schickte einen dichten Nebel über seine Augen. Er bekam zwar noch mit, dass ihn jemand unsanft packte und über den Boden schleifte, zu einer Gegenwehr war er jedoch nicht imstande. Er versuchte zu erkennen, wer ihn angegriffen hatte, aber es gelang ihm nicht. Er wurde auf den waldigen Boden des Pfaffensteigs gezogen, den er erst am Vormittag zusammen mit Till und Mike Bacher erklommen hatte. Nach etlichen Metern, die Leitner schwer atmend und halb bewusstlos über sich ergehen lassen musste, wurde er eine Böschung hinabgeschleudert. Er wusste nicht, wie viele Äste ihm ins Gesicht schlugen. Unfähig, Schmerz zu verspüren, rissen die Bodenpflanzen Löcher in seine Kleidung, schrammten Steine seinen Kopf und rieb seine Haut sich an der grobkörnigen Erde wund. Mit einem unbarmherzigen Schlag landete sein Kopf auf den Schienen der Eisenbahnstrecke. Er fühlte, wie die Kräfte seinen Körper verließen und die Bewusstlosigkeit von ihm Besitz ergriff. Er konnte nur ein Auge öffnen und sah den kalten Mondschein auf dem harten Stahl der Schienen reflektieren.

Hörte er in der Ferne einen Zug rattern?

Wie oft fuhren die Züge auf dieser Strecke?

Jede Stunde?

Leitner machte den völlig aussichtslosen Versuch, sich die aktuelle Uhrzeit ins Gedächtnis zu rufen.

Wie lange, bevor der nächste Zug käme?

Die Antwort auf diese Frage ließ nicht lange auf sich warten.

Leitners Ohren registrierten in der Tat ein unnachgiebiges Rattern. Es wurde lauter. Es kam rasch näher.

Leitner hätte sich angesichts der kleinen Lichter in der Ferne, die sehr schnell größer wurden, weil der Zug sich mit donnernder Geschwindigkeit näherte, bestimmt gewünscht, dass die Bahn diesmal nicht durch Pünktlichkeit geglänzt hätte.

Dazu war Leitner aber nicht mehr in der Lage. Als der Zug von ihm noch zweihundert Meter entfernt war, versagten ihm die Sinne.

21

Der Morgen hatte in Grafenwöhr mit einer dünnen Nebelschicht über dem Boden begonnen. Als Agathe aus dem Haus mit der tristen Außenfassade trat, überkam sie ein leichtes Frösteln, obwohl die Sonne schon ihr Versprechen abgab, dass sie den Sonntag über für Licht und Wärme sorgen würde. Agathe hatte wenig geschlafen, und auch wenn sie nicht so viel getrunken hatte, dass es zu einem Kater gereicht hätte, fühlte sie sich dennoch ein bisschen erschöpft. Sie hatte verständlicherweise gute Laune und schwelgte noch in den Erinnerungen an die Geschehnisse der Nacht, als sie mit ihrem Wagen in Richtung der Bundesstraßen fuhr, die sie wieder zur A 93 bringen sollten.

Ihr Handy hatte sich wie stets beim Einsteigen mit dem Multimediasystem des BMW verbunden, und nach wenigen Kilometern Fahrt rief Agathe die Nummer ihres Kollegen Gerhard Leitner auf. Nach mehrmaligem Läuten beendete sie den Gesprächsversuch und startete nach ein paar Minuten einen weiteren. Auch der blieb ergebnislos.

Agathe dachte über die Aufgaben nach, die für sie heute anstanden. Es war im Prinzip nur der Bericht für ihre Vorgesetzte Chris Wendell anzufertigen, den sie am morgigen Montag gewiss zu sehen wünschen würde. Das konnte Agathe – oder, besser noch, ihr Kollege Leitner – aber auch am Abend erledigen, und außerdem war es dazu erforderlich, dass sich Agathe und Leitner über den Stand ihrer Ermittlungen austauschten und die Ergebnisse diskutierten.

Agathe näherte sich der Auffahrt Weiden-West und versuchte abermals, Leitner zu erreichen. Wieder hob niemand ab. Einem plötzlichen Impuls nach fuhr Agathe an der Anschlussstelle nicht nach Süden in Richtung Regensburg auf die Autobahn, sondern sie hielt sich nördlich nach Hof. Warum sollte sie Leitner nicht oben in seinem Hotel besuchen, wenn sie quasi sowieso bereits so gut wie in der Gegend war?

Agathe verließ ihrem Navigationssystem folgend bei Neustadt die Autobahn und fuhr auf der Staatsstraße 2395 parallel zur A 93 über Klobenreuth nach Windischeschenbach. Dort erreichte sie alsbald die Neustädter Straße und bog nach rechts in die Angerpointstraße, die ab der Bahnunterführung zur Neuhauser Straße wurde.

In demselben Moment, da sie unter der Bahntrasse durchgefahren war, bemerkte Agathe Blaulichter. Und zwar ziemlich viele davon. Sie zählte auf die Schnelle drei Streifenwagen, einen zivilen dunklen Audi mit Blaulicht auf dem Dach sowie einen Notarzt- und einen Rettungswagen. Sie blickte auf die Wiese neben der Straße, wo die Polizei ein rot-weißes Flatterband angebracht hatte, um die Fläche großzügig abzustecken. Agathe parkte den BMW am Rande der Straße und stieg aus. Vor ihr befand sich eine anmutige Gesteinsformation, die aus mehreren großen Felsen bestand. Sie reichte etwa dreißig Meter in die Höhe. Obenauf stand ein riesiges Haus, das Agathe wie der Teil einer Burg oder einer Festung vorkam. Ihr Blick glitt an den Felsen wieder hinab, und dabei bemerkte die Detektivin Kletterösen, wie sie zum Sichern und Abseilen an Bergwänden angebracht waren. Offenbar gab es hier häufig Begeisterte des Klettersports.

Am Fuße des Massivs waren weiß gekleidete Menschen damit beschäftigt, sich um eine Person zu kümmern, die sich unter einer provisorischen Abdeckung aus hellbraunen Decken befand. Sie näherte sich der Szene und sah einen Mann, der sich kopfschüttelnd erhob. Auch die Reaktionen der anderen Rettungskräfte waren eindeutig. Wer auch immer dort drüben lag, war nicht mehr am Leben. Agathe erkannte in einer blonden Frau die Kriminalkommissarin wieder, die sie bereits am Mittwochvormittag bei ihren Untersuchungen in Dirscherls Firma kurz gesehen hatte.

Zielbewusst schritt Agathe auf sie zu. »Entschuldigen Sie bitte!«

Die Kommissarin diskutierte soeben mit einem Mitarbeiter der Spurensicherung, drehte den Kopf kurz zu Agathe, dann wieder zu ihrem Kollegen.

Es dauerte einige Minuten, bis die Kommissarin frei war und ihr Handy checkte. Dann schob sie es in die Tasche und ging tatsächlich zu Agathe. »Wie kann ich Ihnen helfen?«

»Was ist hier passiert?«, fragte Agathe und ärgerte sich über sich selbst, weil sie wie eine Schaulustige klang.

»Wir haben einen Todesfall«, erwiderte die Kommissarin knapp. Agathe blickte zu der Leiche unter der Decke. Dann sagte sie: »Wir haben uns vor ein paar Tagen schon einmal gesehen. Leider ebenfalls bei einem Todesfall.«

»Ich erinnere mich. Bei der Gießerei Dirscherl.«

»Ganz genau«, freute sich Agathe über die unerwartete Wiedererkennung seitens der Kommissarin. »Wir sind in gewissem Maße Kolleginnen.«

»Wie darf ich das verstehen?«

»Nun, mein Kollege und ich arbeiten für eine Versicherungsgesellschaft. Wir kommen immer dann zum Einsatz, wenn sich in einem Versicherungsfall Ungereimtheiten ergeben.«

Die Kriminalbeamtin trat von einem auf den anderen Fuß. »Sie wollen damit sagen, dass die Firma Dirscherl bei Ihrer Gesellschaft versichert ist?«

»So verhält es sich«, antwortete Agathe. Abermals fiel ihr Blick auf die tote Person, die in etwa fünfzig Metern Entfernung lag. »Was genau ist denn da passiert?«

Auch die Kommissarin wandte den Kopf. »Jemand ist vom Burgfelsen herabgestürzt. Ein Mann.«

»Um Himmels willen«, entfuhr es Agathe. »Wohl ein Klettersportler, der nicht ausreichend gesichert war?«

»Nein. Er war nicht angezogen wie ein Sportler. Eher wie jemand, der aus einem Wirtshaus kam.«

»Kennen Sie seinen Namen?«

Die Kommissarin drehte den Kopf nun unwirsch zu Agathe herum. »So viel dürfte Ihnen schon klar sein, dass ich hier keine Auskünfte über laufende Ermittlungen geben werde, oder? Wenn Sie Fragen haben, dann rufen Sie unsere Pressestelle an.«

»Haben Sie wenigstens Ihre Telefonnummer für mich? Ich meine, vielleicht stoße ich ja bei meinen Ermittlungen auf Umstände, die Ihnen noch unbekannt sind. Bei den Dirscherls, meine ich.«

»Okay. *Wenn* Sie etwas wissen, was für den Fall in der Gießerei relevant ist, so sind Sie *verpflichtet*, uns das mitzuteilen«, sagte die Kommissarin in warnendem Tonfall.

Agathe sah auf die Karte und las den Namen. »Mache ich, Frau Waguscheit.«

Die Angesprochene verließ Agathe, welche den Arbeiten der Polizeikräfte noch eine Weile zusah. Sie lauschte auch aufmerksam den Rufen, mit denen sich die Beamten verständigten. Sie hatte sogar den Eindruck, als hätte jemand den Nachnamen des Toten gerufen. Allerdings war er aufgrund der Entfernung nur schlecht zu verstehen, und nachfragen konnte Agathe ja nun nicht.

Daher trottete sie zu ihrem Auto zurück und wollte nochmals versuchen, ihren Kollegen Leitner zu erreichen. Stattdessen aber klingelte das Smartphone. Es war eine nicht gespeicherte Handynummer. Agathe drückte das grüne Hörericon und wischte es über das Display. »Hallo? Hier Agathe Viersen?«

»Das ist gut, Frau! Hab ich Patienten für Sie!«, vernahm Agathe eine ihr unbekannte Stimme, die mit deutlich osteuropäischem Akzent sprach.

»Wer ist dort, bitte?«

»Hier spricht gute alte Denis. Hab ich hier jemanden, der will sprechen mit Frau.«

Agathe hörte, wie das Handy an jemand anderen weitergegeben wurde. Sie sagte: »Was heißt das? Hallo? Wer sind Sie denn?«

»Ich bin's, Agathe«, hörte sie nun eine vertraute Stimme.

»Gerhard? Wo um alles in der Welt steckst du?«

Er nannte ihr eine Adresse und bat darum, dass Agathe ihn abholte. Leitner und Agathe hatten vereinbart, dass sie sich gegenseitig nicht am Telefon – und vor allem nicht in der Gegenwart von diesem Denis – über die Ereignisse informieren wollten.

Denis Karda wohnte in einem kleinen Haus in der Frühlingstraße, an dessen Tür Agathe nun klingelte. Das runde, wohlgenährte Gesicht von Denis war das Erste, das sie erblickte. Auch wenn sie in diesem Moment noch nicht wusste, wer der Mann war oder warum Leitner in diesem Haus weilte, folgte sie ihm nach seiner freundlichen Einladung ins Wohnzimmer. Dort saß Leitner am Esstisch mit Schrammen und einem großen Pflaster auf der Wange.

»Wie siehst du denn aus?«, fragte Agathe und untersuchte sein Gesicht, ohne zu zögern.

»Au!«, schrie Leitner auf und zog seinen Kopf zurück.

»Jetzt hab dich nicht so!«, sagte Agathe scharf. »Erzähl mir lieber, was passiert ist.«

»Ist lustiger Kerl, deines Mann«, übernahm Denis die Antwort. »Fängt an Tag nach zerschossene Franz bei uns an, und dann er wird selber beinah von Zug geschreddert!« Denis lachte herzlich auf.

»Vom Zug? Gerhard, was ist hier los?«

Wieder war es Denis, der antwortete. »Ich gehe mit meine Wauwau spazieren, wie jeden Tag. Und da ich sehe, wie Gerhard fliegt Böschung runter und landet auf Gleise.«

Sie sah zu ihrem Kollegen. »Ich verstehe nur Bahnhof.«

»Zug war eben nicht mehr in Bahnhof. War kurz vor seine Kopf.«

»Das stimmt«, sagte Leitner. »Der Denis hat mir das Leben gerettet. Viel wäre nicht mehr von mir übrig geblieben, wenn er nicht gewesen wäre.«

Verwirrt blickte Agathe von einem Mann zum anderen.

Dann meinte Denis: »Ich denke, du nimmst deines Mann mit nach Hause, da ihr könnt reden, so lange wie Politiker!«

Er lachte über seinen eigenen Scherz, und Agathe und Leitner nahmen die Gelegenheit wahr, sich mit nochmaligem großen Dank zurückzuziehen.

Als sie in Agathes Wagen saßen, hob Agathe ihre Nase in die Luft. »Du riechst nach Schnaps.«

»Ja, das war Denis.«

»Denis? Wieso riechst *du* nach Alkohol, wenn *er* welchen getrunken hat?«

Leitner hielt sich den Kopf, der offenbar schmerzte. »Ich erklär's dir gleich. Fahr mal da vor zur Kreuzung und dann rechts. Da kann ich dir alles erklären.«

Agathe folgte Leitners Bitte, und wenig später standen sie an der Stelle, an welcher Leitner gestern unsanft die Böschung hinuntergeworfen worden war.

»Genau hier war es. Da hat man mich runtergestoßen.«

»Runtergestoßen?«, fragte Agathe ungläubig.

»Ja. Ich war vorne, am Ende der Straße. Da steht übrigens auch noch mein Wagen.«

»Was hast du dort gemacht?«

»Ich habe mich im Haus von Franz Thiercke umgeschaut. Ich dachte mir, das könnte vielleicht nicht schaden, wenn wir dort einen Hinweis fänden.«

»Hausfriedensbruch«, sagte Agathe mit mäßigem Vorwurf in der Stimme.

»Es muss ja einen Vorteil haben, dass wir nicht die Polizei sind und uns deswegen um solche juristischen Kleinigkeiten nicht kümmern müssen. Außerdem hast du dich bei unseren letzten Fällen auch nicht um so was geschert.«

»Stimmt ja. Erzähl weiter. Hast du was Interessantes gefunden im Haus?«

»Im Haus weniger. Eher davor. Da habe ich nämlich Ferdinand Dobmeier beobachtet, wie er aus dem Haus herauskam und einige Aktenordner dabeihatte. Die fehlten im Regal im Haus.«

»Sieh an … der Ferdinand Dobmeier …«

»Ja. Ich habe gewartet, bis er mit seinem Wagen weggefahren ist. Dann bin ich rein.«

Agathe ging in die Hocke und untersuchte den Boden des ehemaligen Wanderweges. »Was ist danach passiert?«

»Ich kam wieder ins Freie, und bevor ich in meinen Wagen steigen konnte, haut mir irgendwer ein Trumm über den Schädel.«

»Wie bitte?«

»Jemand hat mir einen Scheitel gezogen, wie du wahrscheinlich sagen würdest. Auf jeden Fall war es ein sehr heftiger Schlag in mein Genick, und ich bin sofort in die Knie gegangen.«

»Du bist auf der Straße zusammengebrochen?«

»Der Angreifer hat mich von hinten unter den Armen gepackt, sodass ich nicht sehen konnte, wer es war.«

Agathe erhob sich wieder, während Leitner weiter ausführte: »Dann hat mich der Typ hierhergeschleift und dann genau hier, an dieser Stelle, runtergeworfen. Ich habe es nur nebelhaft in Erinnerung, aber auf einmal hatte ich alle möglichen Ranken, Äste und Wurzeln im Gesicht, bis ich mit dem Hirn auf der Schiene da unten aufgeschlagen bin.«

»Unglaublich ...«

»Ja. Und genau in diesem Augenblick kommt Gott sei Dank der Denis mit seinem Schoßköter daher, weil er ihn da jeden Tag Gassi führt.«

»Gibt's doch nicht!«

»Habe ich mir auch gedacht«, fuhr Leitner fort. »Ich sage dir, ich konnte mich nicht einen Millimeter bewegen. Mit dem Ohr auf der Schiene habe ich dann auch noch gehört, wie der Zug angerauscht kam. Ich habe gedacht, jetzt ist *game over*.«

Agathe reflektierte eine Sekunde. »Denis hat dich dann von den Gleisen gezogen?«

»Im allerletzten Moment. Das war Maßarbeit. Er hat mir gesagt, dass er nur gesehen hat, dass ich dorthin geschleppt worden bin. Aber leider nicht, von wem.«

»Und er hat dich den ganzen Hang wieder hinaufgetragen?«, fragte Agathe ungläubig.

»Nein. Er hat mich nur da unten in Sicherheit gebracht und an die Seite hingelegt, bis der Zug vorüber war. In der Zwischenzeit hat er sein eigenes Auto geholt. Dort hat er mich schließlich reinbugsiert und mit zu sich nach Hause genommen.«

»Warum hat er nicht die Polizei gerufen?«

Leitner lächelte bitter. »Du kennst Denis nicht. Der sieht die Dinge nicht so verbissen. Das habe ich schon rausgefunden, als ich in der Firma angefangen habe zu arbeiten. Der nimmt Leben und Tod, auch einen gewaltsamen, eher als normal hin.

Und wenn ein Arbeitskollege eine verbraten kriegt und auf die Zuggleise geworfen wird, dann ist das halt so. Wahrscheinlich denkt er, dass ich das mit dem Betreffenden schon selber ausmachen werde.«

»Ziemlich abgebrüht.«

»Ja. Aber Denis kommt aus Russland, und ich glaube, die sind da nicht so zimperlich wie wir.«

»Also das heißt, er rettet dich und steckt dich in seine Karre. Wie ging es dann weiter?«

»Dann hat er mich zu sich nach Hause gefahren und mich auf seine Couch im Wohnzimmer gelegt. Er musste mich nicht tragen, weil ich ja selber langsam wieder gehen konnte. Wenn auch wie besoffen.«

»Apropos besoffen ...«

»Ja, das ist bei den Kameraden aus Russland wohl auch üblich. Es gibt kein Problem, das man nicht mit einer Menge Wodka als Sofortmaßnahme lösen könnte.«

»Da hat er dich also mit Smirnoff wieder hochgepäppelt ...«

»Smirnoff oder sonst irgendein Wässerchen, keine Ahnung.«

»Also, es gab keine Polizei, und den Arzt rief Denis auch nicht, denn er hatte ja Wodka in der Hausapotheke.«

»Genau.«

Wieder dachte Agathe kurz nach, bevor sie fragte: »Warum bist du eigentlich nicht an dein Handy gegangen?«

»Weil ich es nicht mehr finde. Ich tippe, es ist mir auf dem Weg die Böschung runter aus der Tasche gefallen.«

»Das lässt sich rausfinden«, sagte Agathe und griff zu ihrem eigenen Handy. Sie wählte zum wiederholten Male Leitners Nummer. Die Detektive spitzten die Ohren. Tatsächlich vernahmen sie leise Leitners Klingelton. Agathe sagte: »Bleib du mal hier oben stehen, das erledige ich. Obwohl du ja den Weg abwärts eigentlich schon kennst ...«

Leitner lächelte matt, während Agathe unter mehrmaligem Anrufen von Leitners Nummer tatsächlich dessen Handy im Gebüsch fand und es wieder mit nach oben nahm.

Leitner checkte sein Telefon und sagte: »Ach, du hast angerufen bei mir?«

Diesmal kicherte Agathe. »Na komm, holen wir deine Kiste, und dann fahren wir erst mal zu dir ins Hotel. Wir müssen noch einiges klären.«

Leitners Blick war in die Ferne gerichtet. Er sah zum Burgfelsen unterhalb des Schafferhofes hinüber. »Was ist denn da los?«, fragte er mehr sich selbst.

»Da ist jemand abgestürzt. Irgendein Typ.«

»Tot?«

»Leider«, sagte Agathe.

Leitner murmelte: »Beim Klettern wahrscheinlich ...«

»Nein, das dachte ich auch zuerst. Aber die Kommissarin hat mir erzählt, dass er nicht nach Sportler ausgesehen hat.«

»Du hast mit der Kommissarin gesprochen?«

»Ja, kurz bevor du dich bei mir am Telefon gemeldet hast. Hast du über Denis' Telefon angerufen?«

»Ja. Deine Nummer kenne ich ja zum Glück auswendig. Aber noch mal zu der Sache da unten: Weiß man, wer es ist, der da verunglückt ist?«

»Das hat sie mir nicht verraten wollen. Aber ich habe gehört, wie sie den Namen ein paarmal hin und her gerufen haben. Ich habe es nur nicht ganz verstanden. Irgendwas mit Sacher ... oder Lacher ...?«

Leitner fuhr ein kalter Schauer über den Rücken. Leise fragte er: »Bacher?«

Agathe zuckte die Achseln. »Kann es gewesen sein, ja. Ja, klingt sogar am ehesten danach. Ich glaube, Bacher.« Agathe betrachtete ihren Kollegen, der plötzlich wie eingefroren dastand. Nachdem er nichts sagte, fragte Agathe: »Was ist los?«

»Schnell«, sagte Leitner. »Wir müssen sofort dort runter!«

Die Detektive stiegen in Agathes Wagen. Sie wollte eigentlich gleich Leitners Auto mitnehmen, aber Leitner drängte zur Eile.

»Komm schon, gib Gas!«

Agathe tat, wie ihr befohlen, und wenige Minuten später ließ sie ihren Wagen an derselben Stelle stehen wie zuvor. Leitner lief an das Absperrband und hob es hoch. Schnell schlüpfte er darunter durch. Da die Polizeibeamten die meiste Arbeit schon verrichtet hatten und daher mit dem Ausfüllen von Formularen beschäftigt waren, bemerkte zunächst niemand, dass sich ein Zivilist auf dem Gelände befand.

»Gerhard!«, zischte Agathe ihm hinterher. Es war aber nur halblaut, denn sie wollte nicht die Aufmerksamkeit der Beamten auf ihren Kollegen lenken.

Schnell, fast stolpernd, lief Leitner zu der zugedeckten Leiche. Er kniete sich neben sie auf den Boden und hob das Tuch an. Was er sah, versetzte ihm einen Schock. Er erkannte an der Figur und der Kleidung, dass es wirklich Mike Bacher war, der hier tot vor ihm lag. Das Gesicht war nicht mehr zu erkennen. Bacher musste mit dem Kopf auf dem Boden aufgeschlagen sein, sodass sein halbes Gesicht einfach weggeplatzt war.

Leitner wurde es flau im Magen.

»Was machen Sie da?«, rief eine männliche Stimme hinter ihm. »Sind Sie wahnsinnig? Schauen Sie sofort, dass Sie verschwinden!« Leitner wurde unsanft an der Schulter gepackt und hochgerissen. Ein uniformierter Beamter führte ihn ruppig weg von der Leiche. »Das hat Konsequenzen! Sie haben die Polizeiarbeit behindert!«

»Der Mike … der Mann da unter dem Tuch … das ist mein Arbeitskollege«, sagte Leitner leise.

Der Polizist drehte sich um, ob die Kommissarin Waguscheit etwas von dem Vorfall mitbekommen hatte. Da das aber offensichtlich noch nicht der Fall war, drängte der Beamte Leitner zum Absperrband. »Das tut mir sehr leid für Sie, aber Sie müssen jetzt trotzdem den Ort hier verlassen. Gehen Sie schnell, bevor Sie Ärger mit der Frau Hauptkommissarin kriegen!«

Leitner ließ sich wieder hinter das Band führen und suchte den Weg zu Agathe. »Scheiße«, fluchte er.

»Hast du ihn erkannt?«

»Es war nicht mehr viel übrig, was man erkennen konnte«, sagte er verbittert. Dann fügte er hinzu: »Aber er hat auch bei Dirscherl gearbeitet. Er hat mir einige Hintergründe verraten.«

»Das tut mir leid«, sagte Agathe.

»Mir auch. Aber noch mehr tut mir leid, was wir jetzt tun müssen. Wir müssen seinen Lebensgefährten aufsuchen und uns informieren, was passiert ist«, sagte er entschlossen. »Steig ein!«

Im Wagen erklärte Leitner Agathe den Weg zu Mike Bachers Haus. »Wir haben nur eine Chance, zu erfahren, was sich hier zugetragen hat. Wir müssen mit Till reden.«

»Seinem Lebensgefährten?«, schlussfolgerte Agathe.

»Richtig. Und zwar bevor es die Polizei tut. Danach haben wir kaum noch eine Chance, schnell an Informationen zu kommen. Till kann uns vielleicht Auskunft geben, was er und Bacher gestern Abend gemacht haben. Und wie es dazu kommen konnte, dass Mike jetzt da unten mit weggeplatztem Gesicht tot am Fuße des Burgfelsens liegt.«

Sie hatten erst einige Meter zurückgelegt, als Agathe zerknirscht sagte: »Es ist schon lange her, dass ich jemandem die Nachricht vom Tod eines Angehörigen überbringen musste ...«

»Vielleicht ist das gar nicht notwendig«, murmelte Leitner ernüchtert.

Vor Bachers Haus fanden Agathe und Leitner den jungen Mann auf dem Rasen vor der Veranda. Er hatte nur eine hautenge Radlerhose an und formte mit seinen Armen eine Figur. Er stand mit gespreizten Beinen auf dem satten Grün und wechselte nun die Position, indem er die Arme von über seinem Kopf nach unten zog und sie stets parallel langsam schwingend hin und her bewegte. Leitner wusste nicht, ob das Yoga oder eine andere Form der Meditation war, aber er hatte keine andere Wahl, als ihn zu unterbrechen.

»Till? Hallo, Till?«

Der Angesprochene öffnete seine Augen und gab seine ausgefallene Haltung auf. »Ach, Gerhard! Grüß dich!«

Till betrachtete Agathe und lächelte sie freundlich an. »Diesmal mit Begleitung? Eine fesche Frau bist du«, sagte er und sandte Agathe einen warmherzigen Blick.

»Danke«, gab Agathe zurück und war schweren Herzens ob der Aufgabe, die nun vor ihnen lag.

Eben als Leitner beginnen wollte, fragte Till: »Du, sag einmal, habts ihr den Mike gesehen? Vielleicht im Dorf irgendwo? Der geht mir schon den ganzen Morgen ab.«

Agathe und Leitner warfen sich einen Blick zu, und Leitner fragte ausweichend: »Wieso? Wann hast du ihn denn zuletzt gesehen?«

»Ja, heute noch gar nicht. Ich war ja gestern Abend bei meinen Eltern zu dieser tollen Geburtstagsparty meines Vaters.«

»Da war der Mike nicht dabei?«, fuhr Leitner dazwischen. »Haben deine Eltern etwas gegen euch beide als Paar?«

»Am Anfang, da schon. Hättest du mal das Gesicht meiner Mutter sehen sollen, als ich ihr gesagt habe, dass ich schwul bin.« Till brach eingedenk dieser Erinnerung in Gelächter aus. Als er sich wieder gefangen hatte, fuhr er fort: »Das hat einige Zeit gedauert. Aber mittlerweile fragen sie schon danach, wo mein Freund ist, wenn er mal nicht dabei ist. Sie haben es akzeptiert.«

»Aber trotzdem hat Mike dich nicht begleitet zur Feier?«, hakte Agathe nach.

»Er hat gesagt, vielleicht kommt er noch nach. Das wusste er aber noch nicht so genau.«

»Und schlussendlich kam er nicht?«, fragte nun Leitner.

»So war es. Also bin ich halt nach der Feier wieder hierher heimgefahren und habe mich ins Bett gelegt.«

»Wie spät war es da?«, wollte Agathe wissen.

»Na, vielleicht eins? Kann auch schon halb zwei gewesen sein.«

»Das war ja dann doch keine ganz so schlechte Party, wenn es so lange gedauert hat«, wandte Leitner ein.

»Na ja, ich brauche ja von meinen Eltern ungefähr eine Stunde, bis ich wieder hier in Neuhaus bin. Sie wohnen in Leupoldsgrün.«

Agathes fragenden Blick beantwortete Leitner mit einem knappen »Bei Hof«. Zu Till meinte er: »Du bist dann hier eingeschlafen, und Mike war die ganze Zeit über nicht da?«

»Ich habe jedenfalls nichts gespürt. Normalerweise merke ich es, wenn der Mike sich zu mir legt …«, sagte Till süffisant.

Der Detektiv hakte nach: »Ist das nicht ungewöhnlich, dass Mike die ganze Nacht nicht nach Hause kommt?«

»Ungewöhnlich schon. Aber nicht ausgeschlossen. Ich habe mir gedacht, vielleicht war er im Wirtshaus und ist noch mit jemandem privat heimgegangen zum Weitersaufen. Du kennst ja meinen Schluckspecht.« Er sah Leitner an und schüttelte übertrieben den Kopf, wie eine Mutter, die über ihr ungezogenes Kind spricht. Till betrachtete Agathe und Leitner, und er spürte, dass eine merkwürdige Spannung in der Luft lag. Er setzte einen stolzen Gesichtsausdruck auf. »Es kann auch sein, dass er irgendwo hingefahren ist, um sich mal ein bisschen Abwechslung zu holen.«

Die Detektive warfen sich kurz einen Blick zu, und Till genoss anscheinend die Aufmerksamkeit. »Wir sind ein festes Paar, ja. Aber wir lassen uns auch unsere Freiheiten. Wenn einer mal ein sexuelles Abenteuer ohne den anderen braucht, ja mei! Dann nehmen wir es uns ganz einfach! Ihr seht, auch wenn ihr mir was ganz Neues erzählen wollt – der Mike und ich sehen das nicht so eng.«

Agathe nickte bedacht und sagte dann: »Du weißt also nicht, wo Mike in der letzten Nacht war?«

»Nein. Aber er wird es mir schon sagen, wenn er heimkommt.«

Betreten suchten die Detektive nach den richtigen Worten. Da wandten alle drei den Kopf zur Straße vor. Dort hielt in diesem Moment der schwarze Audi, von dem Agathe und Leitner wussten, dass es der Dienstwagen von Kommissarin Waguscheit war. Die Fahrer- und Beifahrertür öffneten sich, und die Beamten machten sich auf den knapp hundert Meter langen Weg zu Bachers Haus.

Verwirrt sah Till Leitner an. »Was ist hier los? Was ist denn passiert, um Gottes willen?«

Agathe zog Leitner am Ärmel und wollte sich entfernen, bevor die Polizisten sie erreicht hatten.

Leitner stammelte: »Es tut mir so leid, Till …«

»Komm jetzt!«, befahl Agathe.

Till verfolgte die unwirkliche Szene.

»Es tut mir wirklich leid … aber der Mike kommt nicht mehr nach Hause …«, sagte Leitner.

Dann fiel er in Agathes Schritt ein und ging nach oben zum Marktplatz. Das fassungslose Gesicht von Till brannte sich ihm ins Gedächtnis. Als sie an der Mündung zur oberen Straße waren, hörte Leitner noch die letzten Worte vor Mike Bachers Haus.

»Herr Freiding? Kriminalpolizei. Wir haben leider eine traurige Nachricht für Sie …«

22

Agathe Viersen ging mit ihrem Kollegen zu seiner Unterkunft und folgte ihm aufs Zimmer. Sie ignorierte das anzügliche Lächeln, das auf dem Gesicht des Mannes hinter dem Ausschank lag, als er seinen schon mehrtägigen Gast in Begleitung einer jungen Frau sah, die er offensichtlich mit auf sein Zimmer nahm.

Oben angekommen ließ Leitner die Tür heftig zuknallen und schlug mit der Faust auf den Beistelltisch im Zimmer.

»Verdammt noch mal!«, fluchte er.

Agathe setzte sich auf einen grün gepolsterten Stuhl und wartete, bis die Wut ihres Kollegen sich ihren Weg nach draußen gebahnt hatte. Wie ein gefangenes Raubtier durchschritt Leitner das Zimmer mehrmals von einer Ecke in die andere. Agathe ergriff einen Kugelschreiber, der auf dem Tisch vor ihr lag, und begann, auf einem Block sinnlos herumzukritzeln.

Es vergingen einige Minuten, bis sie ihn ansprach. »Kanntest du Mike Bacher gut?«

Leitner lachte verächtlich. »So gut man halt jemanden kennen kann, nach drei, vier Tagen.« Er beendete seine Wanderung und warf sich aufs Bett. »Ich habe gestern den ganzen Vormittag mit ihm und Till verbracht. Das sind zwar zwei ausgeflippte Paradiesvögel, aber sie sind beide liebenswert. Oder besser *waren.*«

»Es hat Till bestimmt hart getroffen vorhin, als die Kommissarin angetrabt kam und ihm von dem Todesfall erzählte.«

Leitner mochte sich gar nicht ausmalen, wie es Till Freiding nun zumute sein musste.

Agathe fragte ohne viel Enthusiasmus in der Stimme: »Könnte Mike Bacher durch einen Unfall von dem Felsen gestürzt sein?«

»Nie im Leben!«

Agathe ahnte, dass ihr Kollege recht hatte, aber sie wollte auf Nummer sicher gehen. »Du hast doch gesagt, dass der Typ so gut wie andauernd unter Alkohol gestanden hat. Vielleicht wollte er nach seinem üblichen Wirtshausbesuch von da oben den Nachthimmel anschauen? Oder eine Abkürzung nehmen? Oder einfach mal wieder besoffen von irgendwo oben runterpinkeln? Macht ihr Kerle doch manchmal so.«

Leitner sagte ruhig: »Wenn du gestern gesehen hättest, wie agil und sicher der sich über Stock und Stein bewegt hat ... das war kein Unfall. Und das weißt du genauso gut wie ich!«

Es blieb Agathe nichts anderes übrig, als ihm zuzustimmen. »Spätestens seit man dich gestern angegriffen hat, bin ich auch davon überzeugt. Es stellt sich nur eine Frage: ob alles, was wir bisher an Auffälligkeiten hier herausgefunden haben, Unfälle waren oder ob man die Fälle einzeln voneinander betrachten muss.«

Leitner konnte sich noch nicht dazu zwingen, seinen Gedanken wieder etwas Struktur zu verleihen. »Tut mir leid, Agathe. Ich bin noch nicht ganz bei mir. Ich kann gerade nicht denken.«

»Mir geht es genauso. Und ich weiß auch, woran es liegt: Mir knurrt der Magen. Dir nicht?«

Leitner sah Agathe verwundert an und stellte fest, dass sie recht hatte. »Doch. Lass uns runtergehen. Es ist eh Mittagszeit.«

Im Gasthof des Hotels herrschte rege Betriebsamkeit, und es war nur der Tatsache, dass Leitner ein Gast der Firma Dirscherl war und hier schon einige Tage nächtigte, zu schulden, dass die Versicherungsdetektive überhaupt einen Tisch ergattern konnten. Agathe entschied sich für ein Rumpsteak mit Marktgemüse und Thymiankartoffeln, während Leitner ein gebackenes altbayerisches Schnitzel mit Meerrettich und Senf bestellte.

Agathe kommentierte ihren ersten Eindruck des für sie neuartigen Zoiglbieres: »Das hat mal einen ganz ungewohnten Geschmack.«

»Ja, Zoigl ist wie gesagt immer ein sehr junges und vor allem nicht haltbar gemachtes Bier.«

»Schmeckt sehr erfrischend«, meinte Agathe und genoss einen weiteren Zug des Getränks.

Dabei fragte Leitner: »Du hast oben auf dem Zimmer von Auffälligkeiten gesprochen.«

»Na, wie würdest du es denn nennen, wenn hier jemand von kleinen Stahlkugeln zersiebt wird oder einen Kopfsprung von einem Felsen macht? Sieh mal, wir haben den Fall von Franz Thiercke, der aus unerfindlichen Gründen in dieses doofe Strahlhaus stolpert. Dann finden wir heraus, dass er zusammen mit Axel Dirscherl an einem großen Projekt mit den Amerikanern gearbeitet hat. Anstatt das aber durchzuziehen, sickert durch, dass Thiercke ausgerechnet zur Konkurrenz wechseln will. Da wäre es doch mehr als nachvollziehbar, wenn Axel mal so richtig sauer auf Thiercke gewesen wäre.«

»Axel Dirscherl hätte ein Motiv gehabt, Franz Thiercke zu beseitigen, meinst du?«

»Klarer Fall«, erwiderte Agathe. »Wir wissen ja leider nicht, wie groß das Auftragsvolumen gewesen wäre, denn das stand wahrscheinlich in den Ordnern, die Ferdinand Dobmeier entwendet hat, und mein … Informant gestern Abend …«

»Ben Carter?«

»Ja, der«, beeilte sich Agathe zu antworten, »Ben hat mir auch keine genauen Zahlen verraten.«

»War auch nicht zu erwarten, dass er dir Vertragsdetails verrät. So gut kennt er dich ja schließlich nicht.«

»Nein, natürlich nicht.«

Leitner trank einen Schluck seines Zoigls. »Wenn man bedenkt, wie teuer fast alles in der Baubranche geworden ist, würde es mich nicht wundern, wenn das in die Millionen gegangen wäre.«

»Das war wohl so. Umso eher ein Grund für Axel, dass Franz Thiercke mit seinem Wissen über die Vorplanungen mit aller Macht daran gehindert werden musste, zu Dobmeier zu wechseln. Der hätte dann nämlich von Dirscherls Vorbereitungen profitiert und sich bei den Amis eine goldene Nase verdienen können.«

Leitner fuchtelte mit seiner Hand in der Luft herum, als er sagte: »Apropos Dobmeier – drehen wir den Spieß doch einmal um. Wenn Thiercke ihm wirklich den Zahn lang gemacht hätte, so wie es Ferdinand Dobmeier ja dir selbst gegenüber behauptet hat, und er ihm nur vorgegaukelt hat, dass er in Dobmeiers Firma wechseln wollte aber in Wirklichkeit nicht daran dachte, seinen angestammten Platz bei Axel Dirscherl aufzugeben …«

»… dann wäre das für Dobmeier natürlich ebenfalls ein starker Grund gewesen, Zorn auf Thiercke zu haben«, vollendete Agathe Leitners Satz. »Du hast ihn ja beobachtet, als er aus Thierckes Haus die Ordner entwendet hat. Lass das doch nur mal als Gedankenspiel die Projektordner gewesen sein, die den Deal mit den Amerikanern beinhalteten.«

»Da brat mir einer einen Storch. Es wäre sehr gut möglich, dass er mich gestern gesehen und erkannt hat, als ich ihn beim Klauen der Akten beobachtet habe.«

»Du meinst, er ist mit seinem Tesla nur einmal um die Kurve gefahren, hat sich von hinten wieder angenähert und dich dann attackiert, als du Thierckes Haus wieder verlassen hattest?«

»Wäre doch möglich«, sagte Leitner.

Die Salate zu den Hauptgängen wurden serviert, und beide Detektive stocherten darin herum, als Agathe sagte: »Das gilt dann aber auch für seine Frau Simone. Sie steht auch ganz oben auf der Verdächtigenliste.«

»Für sie wäre das ja genauso schädlich gewesen, wenn die rechte Hand ihres Mannes ausgerechnet den Deal an die Konkurrenz verkaufen wollte, den sie selbst zusammen mit ihrem Mann mit der US-Army eingefädelt hat.«

Agathe hatte sich soeben ein Blatt Kopfsalat in den Mund geschoben und meinte daher mit leichtem Schmatzen: »Bei Simone könnte es aber auch einen anderen Grund geben. Sie hat ja bekanntermaßen Quecksilber in den Schenkeln, wie man so hört.«

»Ach so!«, begriff Leitner Agathes Argumentation. »Du meinst, wenn sie mit Franz Thiercke eine Affäre gehabt hätte und nicht wollte, dass der das jetzt bei einem Firmenwechsel ausplaudert, weil es ihm ab da egal gewesen wäre?«

»So ungefähr«, meinte Agathe und spießte eine Vierteltomate auf.

Leitner spann den Faden weiter. »Das hätte natürlich einen

Skandal gegeben und Axel gehörig durchgebeutelt. Aber hätte dann nicht auch dieser Offizier da, dieser Captain ...?«

»Douglas Mercer?«

»Ja, hätte der nicht auch ein Motiv gehabt?«

»Wieso das?«

»Na, Simone stammt doch aus Grafenwöhr und hat früher dort als Sekretärin bei den Amerikanern gearbeitet. Sollte Simone auch mit Doug Mercer etwas gehabt haben und es nur deshalb zu dem Deal für die Firma ihres Ehemannes gekommen sein ... ich weiß nicht, ob es für Führungskräfte der US-Army so gut kommt, wenn bekannt wird, dass sie ihre Aufträge nach ihren jeweiligen Bettgespielinnen vergeben.«

Agathe schluckte eine Gabel voll geriebener Karotten hinunter und meinte dann: »Es soll immer wieder vorkommen, dass die Soldaten sich auf Affären mit den einheimischen Frauen einlassen ...«

»Ebendas meine ich. Doug Mercer war fast jeden Tag da, seit ich dort arbeite. Und was mir die Kollegen so erzählt haben, ging er wirklich bei den Dirscherls ein und aus. Das heißt, er kannte sich auch in der Firma von Axel bestens aus.«

»Wir dürfen das jedenfalls nicht außer Acht lassen«, stimmte Agathe ihrem Kollegen zu. »Wie sieht es denn bei Melanie Dirscherl aus?«

»Natürlich weiß auch Axels Tochter über alles im Betrieb Bescheid. Sie liebt ihren Vater über alles, und ich kann mir schon vorstellen, dass sie Störfaktoren, die Axels Wohlergehen bedrohen, tatkräftig bekämpft. Wobei sie dann eher ihre Stiefmutter in das Strahlhaus hätte setzen müssen, wenn man die Feindschaft zwischen den beiden Damen bedenkt.«

Die Hauptgänge trafen am Tisch ein, und eine Zeit lang widmeten sich beide Detektive ihren Mahlzeiten.

Als Agathe etwa ein Drittel ihres Rindersteaks verzehrt hatte, meinte sie: »Da ist doch auch noch dieser andere Mitarbeiter im Werk. Ich meine den, der eigentlich auch scharf auf den Posten Thierckes gewesen wäre.«

»Markus Pichler.«

»Genau.«

Leitner genoss das süßlich-scharfe Aroma seiner Senf-Meerrettich-Kruste auf dem Schnitzel und sagte schließlich: »Laut Mike Bacher sah der Markus Pichler eigentlich sich auf dem Platz vom Thiercke. So gesehen war er Pichler freilich im Wege. Es gibt genau genommen kaum jemanden, dem der Tod von Franz Thiercke gelegener gekommen wäre.«

»Dann haben wir dort also auch ein starkes Motiv«, sinnierte Agathe und Leitner ergänzte: »Es scheint auch, als würde Pichler keine Zeit verlieren. Immerhin habe ich sie ja gestern zusammen im Wald an der Blockhütte gesehen, wie sie eifrig diskutierten.«

»Was ist mit diesem Blondschopf von Schornsteinfeger, dem ich am Abend im Club begegnet bin?«

»Du meinst Emmerich Goldinger?«

»Genau. Der war ja dort auch beim Abzappeln. Der geht doch da ein und aus bei der Familie Dirscherl.«

»Schon. Der ist auch fast jeden Tag da«, gab Leitner zu. »Aber bei dem sehe ich irgendwie keine Verbindung zu Franz Thierckes Tod.«

»Außer er hätte auch ein Verhältnis mit Simone Dirscherl gehabt«, gab Agathe zu bedenken. »Immerhin haben sie gestern Abend lange im Flashback miteinander getanzt.«

»Kann man das heute noch so sagen? Dass zwei Menschen miteinander tanzen?«

»Wenn du es gesehen hättest, wüsstest du, dass man das kann. Die haben definitiv miteinander getanzt.«

»Schön und gut«, meinte Leitner gedehnt. »Aber das kommt mir fast ein bisschen unwirklich vor. Ich meine, Simone hat doch eher ein Faible für reifere Männer.«

»Doug Mercer ist auch noch nicht so alt. Und Axel letztlich auch nicht.«

»Nein, das meine ich nicht. Aber sie haben alle Positionen, in denen sie über einen gewissen Einfluss verfügen. Axel ist Firmeninhaber, Franz Thiercke – wenn da überhaupt was zwischen ihnen war – leitete den ganzen Betrieb der Firma, der amerikanische Colonel versorgt sie mit Großaufträgen. Wo soll da Emmerich Goldinger reinpassen?«

»Weiß ich nicht. Aber manchmal kann es ja sein, dass einen die pure Lust auf etwas Junges, Quirliges überkommt.«

»Ach? Ist das so?«, spielte Leitner den Unwissenden.

»Ja, das ist so«, gab Agathe schnippisch zurück. »Bei euch Männern wahrscheinlich sogar öfter als bei uns Frauen.«

»Na, lehn dich nicht zu weit aus dem Fenster. Du hast ja recht. Eine jüngere Person hat immer ihren Reiz. Und glaube bloß nicht, dass das bei Frauen seltener vorkommt.«

»Ist ja schon gut, Sigmund«, tat Agathe den kleinen Diskurs mit einem Hinweis auf Dr. Freud ab. Kurz bevor sie ihr Rumpsteak aufgegessen hatte, sackte sie auf ihrem Stuhl in die Lehne zurück.

»Was hast du?«, wollte Leitner wissen.

»Mir fällt gerade ein, dass wir uns auch Melanie Dirscherl noch mal genau anschauen müssen.«

Leitner konnte sich noch sehr lebhaft in Erinnerung rufen, wie er sich in den vergangenen Nächten Melanie Dirscherl sehr genau angeschaut hatte, aber er wusste, dass Agathe wohl von etwas anderem redete. »Was soll das bedeuten?«

»Du sagtest vorhin, dass sie anstatt Thiercke wohl eher ihre Stiefmutter ins Strahlhaus hätte setzen müssen. Es ist aber sehr wohl denkbar, dass sie Thiercke hineinsetzte, um so ihre verhasste Stiefmutter loszuwerden.«

»Da kann ich dir jetzt aber nicht ganz folgen.«

»Wenn die Stiefmutter im Strahlhaus umkommt, dann fällt der Verdacht auf denjenigen, der am ehesten einen Grund hatte, sie zu beseitigen. Und da wäre Melanie Dirscherl schnell auf der Verdächtigenliste.«

Leitner runzelte die Stirn, als er Agathes Gedankengang begriff. »Du willst damit sagen, dass Melanie über die Bande spielen wollte?«

»Sozusagen. Wenn sie Thiercke um die Ecke bringt und es schafft, ihre Stiefmutter Simone als die Schuldige hinzustellen, dann wäre bei einer Verurteilung das verhasste Subjekt dauerhaft hinter Gittern. Melanie wäre glücklich, und das Vermögen des Vaters wäre auch nicht mehr in Gefahr, dass Simone da irgendwann die Hand draufhaben könnte.«

»Puh …«, entfuhr es Leitner. »Das wäre allerdings ziemlich starker Tobak.«

»Aber nicht unmöglich. Bedenke, was wir schon alles für Konstellationen erlebt haben in unseren bisherigen Fällen.«

»Da hast du freilich recht. Ich frage mich gerade, ob Melanie stark genug gewesen wäre, mich von Thierckes Haus bis zu der Stelle zu schleifen, wo ich auf die Zuggleise geworfen wurde.«

Agathes Lippen zuckten nervös. »Eine junge, kräftige Frau? Warum nicht? Du bist schließlich kein Schwergewicht. Ich weiß nicht, ob sie es war, die dich angegriffen hat, aber unmöglich ist es nicht.«

»Der- oder diejenige muss überhaupt recht flink gewesen sein«, reflektierte Leitner.

»Wieso?«

»Weil dazu schon eine ganze Portion Unverfrorenheit gehört, zuerst mich sozusagen aufs Abstellgleis zu schieben und danach den armen Mike Bacher zu töten. Und das in derselben Nacht.«

Agathe war fertig mit dem Essen und legte ihr Besteck parallel auf den Teller. »Vielleicht war es ja auch umgekehrt«, meinte sie herausfordernd.

»Umgekehrt?«

»Vielleicht hat dieser Jemand zuerst Mike in den Tod gestürzt und wollte erst danach das Gleiche mit dir veranstalten.«

»Natürlich auch denkbar«, raunte Leitner, als das Geschirr abgetragen wurde.

Die Frage nach einem Espresso bejahten beide Detektive. Als beide der wohltuenden Wirkung des starken Mokkas harrten, sagte Agathe: »Ich werde mal bei der Hotelleitung fragen, ob ich heute Nacht auch hier schlafen kann.«

Leitner hob verwundert die Augenbrauen. »Oha?«, meinte er anzüglich.

Agathe schoss ihm einen ihrer berühmten Blicke zu, die

Leitner nur zu gut kannte. Ein schwarzes Feuer hatte in ihren Augen zu flackern begonnen.

»Nicht, was du denkst, Kerl. Aber wir beide müssen heute Nachmittag noch einiges bereden.«

»Das müssen wir in der Tat. Überall im Kopf flirren mir einzelne Schuhbänder umher. Ich kriege langsam überhaupt keine losen Enden mehr zusammengenknotet, damit irgendwas Sinn ergibt.«

»Dafür hast du ja mich. Bei mir im Kopf schwirrt nämlich auch einiges herum. Nur meine Schnürsenkel finden langsam in ihre Ösen, und wir beide werden dafür sorgen, dass die Schuhe morgen früh sauber geschnürt vor dem Bett stehen …«

»Vor dem Bett?«

»Das war symbolisch gemeint, du Knalltüte!«

»Ach so«, sagte Leitner enttäuscht. Er sah auf sein Handy, das den Eingang einer WhatsApp-Nachricht vermeldete. »Das gibt's ja nicht«, murmelte er schließlich.

»Was ist denn?«

»Es geht um die Firmenfeier, die Axel Dirscherl für heute Abend geplant hatte. Wegen seines zehnjährigen Jubiläums als Inhaber.«

»Was ist damit?«

»Er lässt sie nicht platzen, sondern sie findet statt, wie geplant. Wir sollen uns nach wie vor um sieben beim Fiedlschneider treffen.«

Agathe verzog die Mundwinkel und dachte angestrengt nach.

Unterdessen sagte Leitner: »Ich kann mir denken, dass sie auch zum Tod von Mike Bacher etwas sagen wollen. Das haben wir am Donnerstagabend, am Tag nach Franz Thierckes Tod, genauso gemacht, dass wir uns im Wirtshaus getroffen haben. Wahrscheinlich wollen sie der Truppe Stabilität vermitteln. Überlege mal, zwei Tote in der Belegschaft, und das innerhalb einer Woche.«

»Ja, das ist in der Tat eine Menge Holz.« Nach einer Pause fragte sie unvermittelt: »Dann wird da also heute um sieben die ganze Mannschaft vorhanden sein?«

»Und soweit ich weiß, auch noch einige Gäste.«

»Das ist ja spannend …«, flüsterte Agathe geheimnisvoll.

Leitner schlug sich plötzlich auf die Stirn. »Ach du meine Güte, wir müssen ja noch einen vorläufigen Bericht an die Wendell in Regensburg schreiben. Den wird sie Montagmorgen bestimmt lesen wollen.«

Agathes Augen flackerten immer noch, und ihre Stimme wurde verschwörerisch. »Wir machen heute Abend etwas ganz anderes als Berichte schreiben … und morgen früh wirst du ganz normal in deine Arbeit gehen.«

»Und der Bericht an die Wendell?«

Keck sah Agathe ihren Kollegen an. »Worüber, glaubst du, freut sich die Wendell mehr? Über einen vorläufigen Bericht oder …?«

»Oder?«

»Oder über die vollständige Aufklärung des Falles?«

»Na, du machst Späße«, winkte Leitner ab. »Natürlich würde ihr die Aufklärung des Falles besser gefallen, aber –«

»Das denke ich auch«, unterbrach ihn Agathe. »Dann wollen wir sie doch mal nicht enttäuschen und ihr morgen genau das liefern … die komplette Auflösung des Mordes an Franz Thiercke.«

23

Die Stimmung der Anwesenden war gedrückt, als Leitner um fünf nach sieben die Gaststube betrat. Kaum jemand getraute sich, etwas zu sagen, geschweige denn irgendwelche Witzchen zu reißen. Einige Köpfe hoben sich kurz an, um den Neuankömmling zu betrachten. Leitner registrierte fast die gesamte Belegschaft von Dirscherls Firma. Was er auf die Schnelle überblicken konnte, so fehlte lediglich Mike Bacher. Und natürlich Franz Thiercke, den Leitner aber nie kennengelernt hatte. An einem Tisch saßen Axel, Simone und Melanie Dirscherl, wobei sich Letztere links neben ihren Vater gesetzt hatte, um nicht genau den Platz neben ihrer Stiefmutter einnehmen zu müssen. Neben Melanie wiederum saßen Emmerich Goldinger sowie Lieutenant Colonel Douglas Mercer und Sergeant Major Ben Carter, beide in Zivil. Dirscherl hatte zu dem ursprünglich als fröhliche Veranstaltung geplanten Umtrunk zu seinem Jubiläum offenbar auch einige Freunde und Geschäftspartner eingeladen.

Leitner eröffnete einen neuen Tisch, weil alle anderen bereits auf allen Plätzen besetzt waren. Da noch Tische frei waren, sah er keine Veranlassung, sich ungemütlicherweise zu den anderen zu quetschen. Ohne bestellt zu haben, erhielt Leitner einen Krug mit Zoiglbier, welchen ihm die Bedienung auf einem mit Krügen gefüllten Tablett anbot. Er nahm das Glas und stellte es auf den Tisch. Noch bevor er trinken konnte, öffnete sich die Eingangstür, und eine Leitner unbekannte Frau trat ein.

Als hätte er auf einer Feder gesessen, schnellte Dirscherl auf und begrüßte die Neue. »Magda, grüße dich!« Zur Belegschaft gewandt kündigte er an: »Ich darf unsere Landtagsabgeordnete Magda Ebenhoch recht herzlich in unserer Runde begrüßen!«
Schwacher Applaus hob an und verstummte genauso schnell wieder.

Dirscherl suchte nach einem freien Stuhl an seinem Tisch und realisierte jetzt erst, dass er für die Politikerin keinen Platz frei gehalten hatte.

Bevor er jedoch eine Sitzgelegenheit für sie herbeischaffen konnte, tätschelte Magda Ebenhoch ihn am Arm und deutete zu Leitner. »Ich fürchte mich nicht, Axel. Wir können nachher noch reden, jetzt hocke ich mich da schnell her.« Zu Leitner meinte sie: »Da ist doch noch frei bei Ihnen?«

»Selbstverständlich«, sagte Leitner und erhob sich kurz von seinem Platz.

»Bitte, bitte, bleiben Sie doch sitzen. Wir sind hier ganz unter uns.«

Leitner ahnte, dass die übrigen Mitarbeiter wahrscheinlich nicht aufgestanden wären, wenn sich eine Frau an ihren Tisch gesetzt hätte. Aber so war Leitner nun mal erzogen worden.

Zunächst verlief der Abend ereignislos. Magda Ebenhoch hatte eine sehr eloquente Art und sprach mit Leitner über Belangloses, während er stets die Stimmung im Raum im Blick behielt. Jetzt erst erkannte Leitner weiter hinten im Gastzimmer Ferdinand Dobmeier. Er saß allein mit einer Frau – wahrscheinlich seiner Gattin – an einem Tisch und wirkte unentspannt. Leitner ging davon aus, dass Axel Dirscherl seinem Mitbewerber eine Einladung zu diesem Anlass pro forma zukommen ließ. Dass dieser aber auch tatsächlich auftauchte, und das in einer Woche, in welcher zwei Mitarbeiter von Dirscherl den Tod gefunden hatten, musste für Dirscherl eine überaus schwierige und unangenehme Situation darstellen.

»Wie lange arbeiten Sie denn schon in der Gießerei?«, fragte nun die Landtagsabgeordnete.

»Nun, genau genommen erst seit Donnerstag«, antwortete Leitner wahrheitsgemäß.

»Ach, so kurz erst? Da haben Sie ja noch überhaupt keine Erfahrungen sammeln können.«

»Nicht viele, aber ein paar waren's schon«, meinte Leitner und zwang sich, nicht an der Stelle sein Genick zu reiben, die von dem gestrigen Angriff auf ihn immer noch deutlich merkbar schmerzte. Er deutete der Bedienung seinen Wunsch nach einem weiteren Bier an, das er, nachdem er es erhalten hatte, mit einem Zug bis über die Hälfte austrank.

»Na, Sie haben aber einen gesegneten Durst«, meinte Magda Ebenhoch humorvoll.

Leitner lächelte sie kurz an und leerte dann das Glas vollends. Die Bedienung hob kurz die Augenbrauen, als Leitner ein weiteres orderte, kommentierte die Trinkgeschwindigkeit aber nicht.

Axel Dirscherl erhob sich und ging die Tische reihum ab, um das Warten auf das Essen für seine Beschäftigten zu verkürzen. Er wechselte an jedem Tisch kurze Worte, dann setzte er sich zu Magda Ebenhoch und Gerhard Leitner. »Das ist schön, dass du dir Zeit nimmst, Magda«, sagte Dirscherl.

»Ist doch selbstverständlich, Axel. In so schwierigen Zeiten müssen wir doch zusammenhalten.«

»Ich habe wirklich überlegt, ob ich dieses Jubiläumsfest überhaupt abhalten soll«, meinte Dirscherl nachdenklich. »Zum Feiern ist mir nämlich wahrhaftig nicht zumute.«

»Das versteht sich ja von selbst«, zeigte die Abgeordnete Mitgefühl, wenn es für Leitners Geschmack vielleicht auch ein bisschen zu viel davon war. »Ich finde es aber dennoch gut, dass du es durchziehst. Natürlich wird es Leute geben, die dir mangelnde Pietät vorwerfen. Aber was deine Leute jetzt als Wichtigstes brauchen, ist Kontinuität.« Dirscherl senkte den Blick und hörte Magda Ebenhoch zu. »Wie war das denn damals mit deinem Vater? Als er den Betrieb von deinem Großvater übernommen hat, gab es auch erst mal ein großes Fest. Nicht um zu feiern, dass dein Opa nicht mehr war, sondern um zu zeigen, dass es immer weitergeht. Immer!«

Leitner fand die Argumente der Frau nachvollziehbar, denn er gehörte als Musikant zu den Leuten, die schon häufig lustigere Leichentrunke erlebt hatten als manchen gezwungen lustigen Geburtstag.

Er beobachtete seinen momentanen Chef, der die Augen wieder auf die Politikerin richtete. »Du hast schon recht, Magda«, sagte er schließlich. »Aber du kannst mich schon auch verstehen, oder?«

»Aber auch, als dein Vater plötzlich verstorben ist, was habt ihr da gemacht?«

Dirscherl lachte belustigt durch die Erinnerung auf. »Gefeiert«, sagte er und gab sich geschlagen.

»Na eben. Und deswegen machst du das genau richtig. Morgen ist Montag. Gib deinen Leuten einen Tag frei und lass dich, auf Deutsch gesagt, morgen einmal richtig am Arsch lecken!«

Nach kurzer Zeit begann Dirscherl zu nicken. »Du hast recht … du hast recht. Wir werden nicht klein beigeben.«

»So gefällst du mir besser«, lobte Magda Ebenhoch den Unternehmer.

Der nahm daraufhin seinen ursprünglichen Platz wieder ein und sammelte sich für seine Ansprache. Dirscherl flüsterte noch etwas zu seiner Tochter, dann zu seiner Ehefrau, und schließlich räusperte er sich und stand auf. »Sehr geehrte Frau Abgeordnete Ebenhoch, liebe Magda, liebe Mitarbeiter und liebe Freunde! Eigentlich wollten wir an diesem Abend eine unbeschwerte Feier abhalten, weil es unseren Betrieb heuer in dieser Form nun genau zehn Jahre gibt. Ihr alle wisst aber, dass wir eine sehr schwierige Woche hinter uns haben. Am Mittwoch, als uns der Herr Staatsminister besucht hat, ist unser lieber Freund und Kollege Franz Thiercke auf schlimme Art und Weise ums Leben gekommen. Das macht uns natürlich traurig und betroffen.«

Leitner rief dazwischen: »Und gestern ist es weitergegangen. Wir haben den nächsten Toten!«

Verstört sahen alle zu ihrem Kollegen, der doch erst seit wenigen Tagen mit ihnen arbeitete und dafür nun die Klappe ganz schön weit aufriss.

Axel Dirscherl nahm aber den Faden auf. »Der neue Kollege hat leider recht.«

»Wieso?«, rief einer aus der Belegschaft. »Was ist passiert?«

»Ja, hast du das nicht gehört?«, rüffelte ihn ein anderer.

Ein Murmeln erhob sich, und Leitner stellte fest, dass einige der Mitarbeiter offenbar schon vom Tod von Mike Bacher wussten, andere hingegen noch nicht.

Axel Dirscherl winkte mit den Händen ab, um die Lautstärke zu dämpfen. »Leute! He, Leute, hörts jetzt einmal zu!«

Die Anwesenden wurden ruhiger.

»Es ist leider so, dass unser lieber Kollege Michael Bacher gestern Nacht ebenfalls verstorben ist.«

Nun entbrannte ein wildes Durcheinander an Stimmen, das Dirscherl volle vier Minuten lang nicht beenden konnte. Leitner trank in dieser Zeit sein Bier aus und orderte unwirsch ein weiteres. Als er es erhalten hatte, leerte er auch dieses Glas mit nur einem Zug bis weit über die Hälfte hinaus.

»Ruhe! Seids halt bitte kurz ruhig«, bat Dirscherl die Anwesenden, und das Wirrwarr der Stimmen ebbte schließlich ab. »Wir wissen nicht genau, was passiert ist, aber man hat den Mike tot am Fuße des Burgfelsens gefunden.«

»Ist er abgestürzt?«, fragte ein Mitarbeiter.

»Das wissen wir nicht, es kann auch ein Unfall gewesen sein.«

Nun kippte Leitner den Rest seines Bieres hinunter. »Das war nie im Leben ein Unfall! Das war Absicht! He, bring mir noch einen Zoigl!«

Die Augen von Dirscherl verengten sich zu Schlitzen. Er hatte wohl eher mit Betroffenheit bei seinen Angestellten gerechnet und weniger damit, dass sich ausgerechnet die neue Hilfskraft lautstark einmischte.

Als Leitner das neue Bier erhalten und angetrunken hatte, legte er nach. »Das wisst ihr alle auch noch nicht! Gestern hat auch mich jemand angegriffen!«

»Wie bitte?«, sagte Dirscherl, der kaum Worte fand.

Leitner sah zu seinem Tisch und vermied es, direkt in die eiskalten Augen von Melanie Dirscherl zu sehen. »Ja, das war gestern in der Nacht. Ein Schlag ins Genick, und dann hat man mich auf die Bahngleise geworfen. Viel hätte nicht gefehlt, und ich wäre von einem Zug zerquetscht worden.«

»Hat nicht gut ausgesehen, der Kerl«, sagte nun Denis Karda.

Dirscherl musste kämpfen, um die neu entstandene Unruhe wieder zu unterdrücken. »Herr Leitner, ich weiß jetzt nicht, ob das hierhergehört ...«

»Ob was hierhergehört? Dass in diesem Betrieb die Leute sterben wie die Fliegen?«

»Da können wir leider nichts dafür«, versuchte Dirscherl zu beschwichtigen, doch Leitner unterbrach ihn schroff.

»Ihr könnt nix dafür! Ganz im Gegenteil. Ich weiß jetzt genau Bescheid über euch alle!«

Nun waren die Anwesenden stumm.

»Ich habe mich genau umgehört, und ich weiß jetzt, was hier gespielt wird. Ich weiß, dass Franz Thiercke nicht durch einen Unfall gestorben ist. Ich weiß, dass ihn jemand absichtlich getötet hat!« Er hielt inne und sagte dann leise: »Und ich weiß auch, wer von euch hier im Raum das getan hat ...« Die Augen aller Anwesenden folgten Leitner, als er sich erhob und in die Mitte des Zimmers torkelte. »Oh, es versteht sich von selbst, dass ich auch den Rest kenne. Ich meine, ich weiß, wer den armen Mike vom Felsen runtergestoßen hat. Und wem ich dieses Ding hier zu verdanken habe.«

Er rieb sich das Genick. Niemand im Gastzimmer war zu einem Wort fähig.

Es war Axel Dirscherl, der als Erster sprach. »Herr Leitner, ich glaube, Sie verstehen, dass wir unser Arbeitsverhältnis nach dieser Ansprache beenden müssen. Ich werde nicht dulden, dass Sie hier haltlose Mordvorwürfe gegen meine Angestellten erheben. Ich spreche Ihnen hiermit Ihre fristlose Kündigung aus.«

»Das ist kein Problem für mich«, sagte Leitner und gab einen Schluckauf von sich. »Aber ich habe noch meine Sachen im Spind in der Firma.«

»Die können Sie morgen holen. Ihre Einlasskarte haben Sie ja noch, die werfen Sie beim Gehen in den Briefkasten. Denn morgen wird bei uns nicht gearbeitet.« Dirscherl wandte sich an die Belegschaft. »Ich ordne morgen einen freien Tag für uns alle an. Wir haben das immer schon so gemacht, wenn wir schwierige Zeiten hatten. Heute wird gefeiert, und morgen spannen wir aus. Danach geht es dann wieder weiter!«

»Bis der Nächste ermordet wird!«, rief Leitner theatralisch.

Dirscherl sah zu Leitner und sagte dann in ruhigem Ton: »Und Ihnen möchte ich nun raten, uns zu verlassen. Sie haben zu viel getrunken. Wenn Sie etwas zu sagen haben, dann gehen Sie zur Polizei, und ansonsten will ich Sie nie wiedersehen!«

»Das kann ich Ihnen nicht versprechen, dass Sie mich nie wiedersehen«, lallte Leitner und verließ stolpernd das Lokal.

24

Am Montagmorgen hielt Leitner seine Karte mit dem Barcode unter den rot leuchtenden Scanner am Eingang zur Werkshalle von Axel Dirscherl. Ein elektrisches Summen ertönte, und die Tür wurde automatisch entriegelt. Leitner betrat die Halle und wurde mit einem Mal ein wenig ehrfürchtig. Das große Gebäude wirkte nun, da kein Licht brannte, keine Maschinen liefen und keine Schmelzöfen brannten, sehr bedrohlich und groß. Leitner blickte nach oben, was ihm angesichts seines raschen Bierkonsums am Tag zuvor einen kleinen Schwindel ins Gehirn jagte. Er ging langsam durch das Halleninnere und steuerte dabei geradewegs durch die Mitte, was sonst wegen fahrender Gabelstapler und laufender Kräne nicht möglich war. Jeder seiner Schritte hallte von den Wänden wider, als er nach einem kurzen Blick auf seine ehemalige Arbeitsstätte an der Bohrmaschine den Weg zu den Duschräumen einschlug.

Er öffnete die Tür zur Umkleide und trat ein. An seinem Spind sperrte er das kleine Vorhängeschloss auf und entnahm ihm seine Waschutensilien und die Ersatzarbeitsgarnitur, die er dort am Donnerstag deponiert hatte. Er sah zu den Duschen, wo ihm Mike Bacher zum ersten Mal wegen seines außergewöhnlichen Tanzes aufgefallen war. Dann bewegte sich einer der Duschvorhänge leicht. War das ein Windstoß gewesen? Leitner zuckte zusammen, als er eine weitere kleine Bewegung wahrnahm. Dann stellte er sich frontal davor. »Hier also haben Sie sich versteckt, um auf mich zu warten. Natürlich, ich hatte gestern ja gesagt, dass ich aus dem Spind meine Sachen holen wollte.«

Hinter dem Duschvorhang regte sich nichts.

Leitner sagte freundlich: »Sie können den Vorhang ruhig öffnen, Frau Dirscherl!«

Daraufhin erschien eine Hand mit lackierten Nägeln an der Seite des Duschvorhangs und zog diesen langsam auf. Simone Dirscherl spannte den Hahn ihres Revolvers.

»Sie wussten, dass ich hier warten würde?«, fragte sie ebenso freundlich.

»Es gab nicht viele Möglichkeiten. Ich habe lange darüber nachgedacht, was ich von den verschiedenen Leuten in Ihrem Betrieb gehört hatte. Am Schluss blieb nur eine einzige Theorie bestehen, die alle Fragen mit einem Schlag beantwortete.«

Simone trat aus der Dusche und blieb in sicherer Entfernung vor Leitner stehen. »Da bin ich aber gespannt.«

»Worauf?«

»Auf diese Theorie, wie Sie es nennen. Ich brenne darauf, sie zu hören.«

Leitner beobachtete die Unternehmergattin genau und wurde sich darüber klar, dass Simone trotz ihres liebenswürdigen Tonfalls keine Sekunde zögern würde, ihre Waffe zu benutzen.

»Jetzt erzählen Sie doch schon, was Sie sich in Ihrem Kopf so zusammengereimt haben. Oh, und vergessen Sie nicht, sich dabei auszuziehen.«

Leitner blickte sie verstört an.

»Ziehen Sie sich aus!«

Sie hob den Revolver, und es blieb ihm nichts anderes übrig, als sich sein Hemd aufzuknöpfen. Während er seinen unfreiwilligen Striptease wie befohlen ablieferte, sagte Simone Dirscherl: »Sie verstehen natürlich nicht, warum Sie Ihre Kleidung ausziehen sollen. Das kann ich Ihnen erklären. Es wird das, was wir erledigen müssen, wesentlich einfacher machen.«

Leitner hatte sich soeben seine Schuhe und die Hose ausgezogen und stand nun nur mit seinem Slip bekleidet vor ihr im Duschraum.

Simone deutete mit der Waffe auf seine Körpermitte. »Alles.«

Er hörte eine Veränderung im sonst so harten E-Dur ihrer Stimme hin zum cis-Moll und leistete ihrer Aufforderung Folge. Es stand außer Zweifel, dass Simone, egal was sie noch mit Leitner vorhatte, den Anblick eines wohlgebauten nackten Männerkörpers genoss. Ohne jede Hektik besah sie sich seinen ganzen Körper und machte keinen Hehl daraus, dass sie speziell seine Lendengegend besonders genau inspizierte.

Er blickte ebenfalls an sich hinab und sagte dann zu Simone: »Das ist eigentlich genau der Kern der ganzen Geschichte, nicht wahr? Sie können einem nackten Mann nicht widerstehen.«

Simone nahm die Augen von seiner Blöße und blickte ihn nun direkt an. Leitner freute sich über den kleinen Punktsieg, der ihre Aufmerksamkeit auf seine Erzählung zurückgelenkt hatte.

»Das war immer schon Ihr schwacher Punkt, dass Sie einfach zu gerne Affären eingingen. Und das auch noch, als Sie bereits mit Axel verheiratet waren.«

»Das stimmt nicht«, antwortete Simone kühl. »Ich war Axel eine treue Ehefrau.«

»Das war ohne Zweifel Ihre Wunschvorstellung. Aber die Realität sah anders aus. Sie *hatten* Affären während der Ehe.«

»Nur ein einziges Mal!«, rief Simone und klang dabei tatsächlich verletzt.

Leitner schüttelte sanft den Kopf. »Ich komme auf mindestens zwei. Aber das sollten wir der Reihe nach erklären. Ich fange lieber an dem Tag an, als Franz Thiercke verstorben ist.«

»Dann sollten wir doch einfach mal hinaus in die Halle gehen und uns den Ort ansehen, wo er starb«, sagte Simone und deutete mit dem Revolver zur Tür.

Leitner blieb nichts weiter übrig, als vor ihr her in die Werkshalle zu gehen. Zum zweiten Mal an diesem Montag durchquerte Leitner die Halle, nur diesmal eben komplett nackt. Simone folgte ihm in einigen Metern Entfernung.

Als sie die Mitte der Halle erreicht hatten, befahl Simone: »Stopp!«

Leitner blieb stehen und drehte sich zu ihr um.

»So, jetzt sind wir da, wo Franz gestorben ist. Erzählen Sie mir nun, was Sie glauben zu wissen.«

»Nun, zunächst habe ich mich auf die Annahme konzentriert, dass es sich bei Thierckes Tod nicht um einen Unfall handelte. Das war zwar immer eine Möglichkeit, aber spätestens seit dem Angriff auf mich und seit dem Tod Bachers konnte ich das ausschließen.«

»Ich bin ganz Ohr«, sagte Simone und nahm auf einem Stapel Stahlträger Platz.

»Wenn Thiercke also nicht durch ein Versehen umgekommen ist, dann blieb nur eine vorsätzliche Tat. Wer aber konnte ein Interesse daran haben, Thiercke vor den Augen der Presse, der Gäste und des Staatsministers zerfetzen zu lassen? Nur jemand, der Axel Dirscherls Betrieb Schaden hätte zufügen wollen. Das wäre fast ausschließlich bei Ferdinand Dobmeier, seinem Konkurrenten, ein Motiv gewesen. Aber wie hätte Dobmeier das bewerkstelligen sollen? Er hätte sich kaum in die Firma schleichen und Thiercke im Strahlhaus platzieren können.«

»Interessant«, kommentierte Simone.

Und Leitner fuhr fort: »Mein Blick richtete sich also auf die Leute, die mit der Firma selbst zu tun hatten. Aber hier erschien es einfach unwahrscheinlich, dass jemand ausgerechnet den Tag des Ministerbesuchs dafür aussuchen würde. Und dann wurde es mir klar: War die eigentliche Tat geplant und mit voller Absicht ausgeführt, so spielten dennoch zwei Zufälle mit, die zu den tragischen Ereignissen führten.«

»Welche sollen das gewesen sein?«

Leitner drehte sich zum großen Hallentor um und deutete auf die Unglücksstelle. »Zuerst müssen wir klären, warum Thiercke auf diese ungewöhnliche Art und Weise im Strahlhaus sterben musste. Was hätte das dem Mörder gebracht? Nun, die Antwort ist einfach. Die kleinen Stahlkugeln zerfetzen sowohl das Fleisch als auch die Knochen eines Menschen bis zum letzten Krümel. Man hat es mir ja in allen Details erklärt. Die Kügelchen sind dazu da, extrem harte Gussgrate zu entfernen. Für die wäre ein menschlicher Körper ein Klacks. Das bedeutet, wenn jemand ein Interesse daran hätte, eine Leiche auf immer und ewig verschwinden zu lassen, dann müsste er sie nur dort vorne in das Strahlhaus setzen. Und genau an dieser Stelle kommt der erste Zufall ins Spiel. Und der hat mit dem Zeitpunkt des Strahlvorganges zu tun, nicht wahr?«

Ein leichtes Nicken begleitete Simones Antwort. »Ja, das ist richtig.«

»Das hätte eigentlich am Tag vor dem Besuch des Ministers passieren sollen, stimmt's?«

»So war es im Belegungsplan auch vorgesehen. Sie wollten kurz vor Feierabend den Motorblock strahlen und dieses fertige Werkstück dann am Mittwochmorgen stolz dem Herrn Minister unter die Nase halten.«

»Aber dann hat es sich anders ergeben?«

»Axel war offenbar der Meinung, dass der Strahlvorgang selber für das Publikum die spektakulärere Show wäre als lediglich ein fein gestrahltes Teil eines Motors.«

»Und aus diesem Grund hat er, ohne dafür den Belegungsplan zu ändern, den Vorgang auf den nächsten Tag verschoben. So saß der bewusstlose Franz Thiercke dann die ganze Nacht über zusammengekauert in dem Motorblock, in den Sie ihn zuvor gesetzt hatten.«

»Ja, das entspricht der Wahrheit«, gab Simone zu. »Das heißt, nicht ganz. Franz war nicht nur bewusstlos.«

»Ich bitte um Verzeihung. Sie haben ihn natürlich vorher umgebracht.«

»Jetzt stimmt es ganz.« Simone fing an zu lachen.

Leitner fragte: »Was amüsiert Sie so?«

»Nun, ich finde es köstlich, dass Sie zwar im Groben wissen, was sich zugetragen hat, aber keine Ahnung haben, warum das alles passiert ist.«

»Wissen tu ich es nicht«, sagte Leitner langsam, und Simones Gelächter ebbte ab. »Aber ich kann es mir vorstellen.«

»Dann verraten Sie mir doch Ihre Theorie. Vielleicht kann ich Sie in dem einen oder anderen Punkt noch erhellen.«

Der Versicherungsdetektiv stemmte die Hände in die Hüften. »Wenn ich mir Sie als Mörderin von Franz Thiercke vorstelle, dann muss ich mich natürlich nach Ihrem Motiv fragen. Da bot sich zum einen die Tatsache an, dass Thiercke den Betrieb wechseln wollte. Wären Sie nun die liebende Ehefrau, die Angst hat, dass Thiercke Betriebsgeheimnisse zu Dobmeier mitnimmt, dann wäre das ein Grund, ihn zu töten. Noch dazu, wenn dadurch auch der große Auftrag bei den Amerikanern in Gefahr geraten würde, den Sie ja mit Douglas Mercer eingefädelt hatten. Wenn das Geschäft Ihres Gatten in Schieflage geriete, hätte das auch für Sie finanzielle Auswirkungen.«

Simone lächelte matt. »Sie könnten gar nicht weiter weg von der Wahrheit sein.«

»Das ist mir bekannt«, sagte Leitner wie selbstverständlich, und Simone richtete sich unruhig auf. »Wie gesagt, die geschäftliche Ebene war ein mögliches Motiv. Es drängte sich aber noch ein zweites und für meine Begriffe wesentlich stärkeres auf.«

»Da bin ich aber neugierig.«

»Nehmen wir einmal an, dass die Vorurteile über Sie stimmen und Sie auch Axel gegenüber eben nicht immer treu waren. Dann hätten Sie doch ein extrem großes Interesse daran gehabt, dass die Affären nicht ans Licht kommen, und zwar aus demselben Grund wie vorher. Seitensprünge hätten Ihre Ehe gefährdet, und eine Trennung von Axel wäre für Sie der finanzielle Absturz gewesen. Genau diese brisanten Informationen über Ihre außerehelichen Bettgeschichten waren der Grund, warum Franz Thiercke sterben musste. Erpressung.«

Simone stand auf und schlenderte an den einzelnen Arbeitsstationen in der Werkshalle vorbei, ohne Leitner dabei aus den Augen zu lassen. »Dieser hirnrissige Idiot«, murmelte Simone leise. Zu Leitner meinte sie: »Das ist nur die halbe Wahrheit.«

»Oh, dessen bin ich mir bewusst. Hier kommen wieder die Zufälle ins Spiel, die ich vorhin erwähnt habe. Der erste war, dass Sie eine Leiche durch den Strahlvorgang eigentlich am Abend vor dem Ministerbesuch entsorgen wollten, sodass niemand jemals Wind von der Sache hätte bekommen können. Aber das ging daneben, weil Ihr Mann den Strahlvorgang ausgerechnet vor den Augen der Öffentlichkeit vorführen wollte. Und jetzt kommt der zweite Zufall: Franz Thiercke war gar nicht derjenige, den Sie in Wirklichkeit töten wollten, nicht wahr?«

Simone schwieg.

Leitner sah an ihrem gehässigen Blick, dass er recht hatte. »Jemand wusste über Ihre Affären Bescheid. Und dieser Jemand hat begonnen, Sie zu erpressen. Stimmt das? Ich könnte mir denken, dass Sie die Vorstellung, die nächsten Jahre als schweigendes und zahlendes Opfer einer Erpressung zu verbringen, leid waren. Immerhin, die Angst, es könnte doch etwas durchsickern, die bedrohliche Vorstellung, Axel könnte auf die heimlichen Zahlungen aufmerksam werden oder sonst irgendwie Verdacht schöpfen … kein ruhiges Dasein.«

»Ich lasse mich nicht erpressen …«, stieß Simone Dirscherl bitter aus.

»Ich weiß. Das haben Sie schon einmal bewiesen. Und zwar bei dem verschwundenen Schornsteinfeger Gottlieb Schmidt.«

Hierauf riss Simone Dirscherl die Augen weit auf.

»Es stimmt also?«, rief Leitner forsch. »Sie und Schmidt hatten eine Beziehung, und zwar als Sie schon lange verheiratet waren! Es kann nur so gewesen sein, dass Schmidt mehr von Ihnen wollte, als nur ab und zu in die Kissen zu hüpfen. Was war es? Wollte er sein Leben mit Ihnen verbringen? Oder sollten Sie ihm Aufträge verschaffen? Vielleicht von den Amerikanern?«

Leise wisperte Simone: »Ja. Er wollte alle diese Sachen. Es fing alles ganz harmlos an. Gottlieb war oft auf denselben Partys wie ich, dann haben wir uns beim Tanzen gesehen, und irgendwann …«

»Irgendwann konnten Sie Ihrer Leidenschaft oder fast schon Sucht nach Männern nicht mehr standhalten!«

Simone hob unschuldig die Schultern. »Er hat es nicht kapiert. Ein paarmal haben wir miteinander geschlafen, aber es war mir immer klar, dass es nie mehr sein konnte.«

»Ihm, Gottlieb Schmidt, war das aber keineswegs klar?«

»Nein, leider nicht. Ich habe ihn bekniet, dass er es akzeptieren solle, dass wir mit dieser dummen Affäre aufhören mussten. Aber er wollte nicht auf mich hören. Er hat keine Ruhe gegeben.«

Leitner suchte mit den Augen die Halle ab, ob sich irgendwo etwas rühren würde. »Er war Ihnen ergeben und wollte aus Ihrer Beziehung mehr machen.«

»Das konnte ich natürlich nicht zulassen«, meinte Simone in bedrohlich kalt klingendem Geschäftston. »Sehen Sie, meine Reputation war seit meiner Hochzeit mit Axel immer auf einer wackeligen Kippe gestanden. Und ja, es stimmt! Ich brauche Männer. Harte Kerle, die was draufhaben.«

»Ich nehme an, Axel erfüllt diese ... Draufgängerqualitäten nur bedingt?«

»Axel? Axel ist ein Kuschelbär. Ich habe ihn wirklich gern.«

»Aber für die körperlichen Bedürfnisse ...«

»Gab es andere. Ja. Aber ich habe nicht vor, mich dafür zu rechtfertigen!«

Leitner tastete sich bei seiner Theorie weiter vor. »Gottlieb Schmidt wurde wegen Ihrer Bettgeschichte also zu einer Bedrohung. Und die haben Sie beseitigt.«

Simones abgeklärter Blick war Antwort genug.

Leitner deutete zum Strahlhaus. »Dort vorne haben Sie Gottlieb Schmidt verschwinden lassen?«

Ihrem Blick fügte sich ein sanftes Lächeln an.

»Wie um alles in der Welt kamen Sie auf die Idee, dort eine Leiche zu entsorgen?«, fragte Leitner angewidert.

»Das habe ich ironischerweise mal bei Franz Thiercke aufgeschnappt. Ich bin bei der Brotzeit zufällig danebengestanden, als er vor der Mannschaft über die Funktionsweise des Strahlhauses geredet hat. Er meinte im Spaß, wenn man mal jemanden verschwinden lassen wollte, müsste man ihn nur da reinsetzen und auf den Knopf drücken.«

»Und das haben Sie getan?«

»Das habe ich getan ...« Simone ging zu der Stelle, an welcher Leitner am Donnerstag zum ersten Mal seine Arbeit im Metallbaubetrieb Dirscherl aufgenommen hatte. Sie griff nach demselben Werkzeug, mit dem Leitner zusammen mit Denis Karda für die Lackierung der Stahlträger gesorgt hatte. »Dieses Teil hier kennen Sie ja aus eigener Hand, nicht wahr?«

Mit Abscheu in der Stimme fragte Leitner: »Haben Sie Gottlieb Schmidt damit bewusstlos geschlagen?«

»Nein. Nicht nur bewusstlos. Ich habe ihm damit den Schädel zertrümmert. Ich schleppte Gottlieb ins Strahlhaus und betätigte die Startautomatik. Es war erstaunlich, denn der Vorgang dauert nur wenige Minuten. Aber was Franz Thiercke damals bei der Brotzeit so nebenbei erwähnte, hatte gestimmt. Am Schluss blieb nur in der Ecke ein kleiner Stoffrest von Gottliebs Kleidung übrig, den es gleich zu Beginn der Bestrahlung dorthin geweht hatte. Der Rest wurde pulverisiert, und die kleinen Partikel seines Körpers flossen einfach in den Abguss. Darum«, sie kicherte, »habe ich vorhin auch darauf bestanden, dass Sie sich komplett ausziehen. Wir wollen doch keine Spuren hinterlassen, oder?«

Leitner schluckte. Das war also das Schicksal, das Simone Dirscherl für ihn vorgesehen hatte.

»Aber vorher würde ich noch gerne wissen, was Sie noch alles in Erfahrung gebracht haben. So viel sind wir uns schuldig.«

Leitner bekam Gänsehaut, was nicht an der Kälte in der Halle lag. Aber er machte ihr Spiel weiter mit und führte weiter aus: »Nachdem Sie Gottlieb Schmidt zu Mus verarbeitet hatten und ihn wie Exkremente ins Abwasser fließen ließen, denke ich mir, hatten Sie sich auf eine sorgenlose Zeit gefreut. Die Bedrohung war vorüber, alles hätte eitel Sonnenschein sein können. Aber dem war nicht so. Es muss ein großer Schock für Sie gewesen sein, als die erste Forderung eines Erpressers an Sie einging.«

»Oh ja!«, pflichtete Simone ihm bei. »Ein furchtbarer Schock. Sehen Sie, ich hielt diese unschöne Entsorgung im Strahlhaus für eine wahnsinnig geniale Idee.«

»Und das war sie auch«, bestätigte Leitner. »Sie hatten nur Pech, dass Sie dabei beobachtet worden sind.«

»Allerdings …«

»Denn nun ging die Erpressung von vorne los. Nur diesmal war Ihnen die Identität des Erpressers nicht bekannt.«

»Nein, da tappte ich wirklich im Dunkeln«, erzählte Simone eifrig. »Das war eine äußerst verfahrene Situation. Bei Gottlieb, da konnte ich das Ausmaß der Gefahr einschätzen, und es hat für mich ausgereicht, dass er verschwinden musste. Aber hier … hier wusste ich nicht, mit wem ich es zu tun hatte.«

Leitner schlussfolgerte: »Das galt es also herauszufinden. Sie mussten unbedingt wissen, wer es war, der von Ihnen Geld für sein Schweigen verlangte.«

»Richtig.«

»Mehr noch: Sie mussten die Identität feststellen und gleichzeitig dafür sorgen, dass auch diese Erpressung schnell ein Ende findet.«

Auch hier bestätigte Simone Leitners Ausführungen. »So war es. Was war also für mich leichter, als in unserem Büro nachzusehen, wann der nächste Strahlvorgang auf dem Arbeitsplan stand?«

»Das bedurfte wirklich nur eines Blickes in den Computer, und dann haben Sie den Erpresser für Dienstagabend in die Firma bestellt?«

»Selbstverständlich. Das war der einfachste Weg, wieder für stabile Verhältnisse zu sorgen.«

»Wie muss ich mir das vorstellen?«, fragte Leitner begierig. »Sie sitzen abends, als der fertig gegossene, aber ungeschliffene Motorblock schon im Strahlhaus aufgehängt war, in der Firma auf der Lauer und warten auf den Erpresser?«

»Letztlich ja. Der Startvorgang des Strahlhauses war ja programmiert – zumindest habe ich das gedacht –, und die Halle war leer.«

»Sie warteten, und dann kam Franz Thiercke um die Ecke?«

»Genau zur vereinbarten Zeit. Ich habe ihn daraufhin angesprochen, dass ich es ziemlich dreist von einem so langjährigen Mitarbeiter fand, sein Wissen einfach so zum Geldmachen auf den Markt zu schmeißen.«

Leitner griff sich an den Kopf. Er sah die Szene vor sich. »Das gibt es doch nicht. Sie haben natürlich von der Erpressung wegen des Mordes an Gottlieb Schmidt gesprochen, aber Franz Thiercke muss gedacht haben, Sie reden von den Details aus Ihrer Firma und seinem bevorstehenden Wechsel zu Ferdinand Dobmeier.«

»Wahrscheinlich war es so. Auf jeden Fall hat er gesagt, dass die Dinge so seien, wie sie nun mal sind. Er könne nichts für die Umstände, er ziehe nur seine persönlichen Konsequenzen.«

Leitner nickte und sagte leise: »Damit meinte er auch wieder seine berufliche Situation, aber für Sie war das die Bestätigung, dass Sie es mit Ihrem neuen Erpresser zu tun hatten.«

»Ja. Was hätten Sie denn an meiner Stelle gedacht?«

»Wahrscheinlich das Gleiche«, gab Leitner zu. »War es dasselbe Instrument, das Sie bei Gottlieb Schmidt angewendet haben? Ich nehme an, dass Sie auch Franz Thiercke den Kopf eingeschlagen haben, bevor Sie ihn ins Strahlhaus schleiften?«

»Das versteht sich von selbst«, meinte Simone weltmännisch. »Es war wirklich nicht weiter schwer. Der Motorblock ... nun, Sie haben ihn ja selbst gesehen. Er wird demnächst in ein Kreuzfahrtschiff eingebaut und ist daher groß genug, dass man einen Menschen hineinsetzen kann. Ich musste Franz' Arme und Beine ein wenig zusammendrücken, damit er stabil saß. Dann blieb nichts weiter zu tun, als abzuwarten, bis sie den Block strahlten.«

»Aber das geschah nicht an diesem Abend, für den der Vorgang eigentlich terminiert und programmiert war«, warf Leitner ein.

»Nein, leider nicht. Wie Sie schon gesagt haben, Axel hielt es für eine gute Idee, das erst am nächsten Tag vor dem Minister zu tun. Aber das hat er mir natürlich nicht mitgeteilt, mein kleiner Kuschelbär.«

Leitner nahm den Faden auf. »Dann hat Ihr kleiner Kuschelbär den Vorgang verlegt, und auch wenn Franz Thiercke zu diesem Zeitpunkt schon einige Stunden tot war, so erfolgte sein Verschwinden – oder zumindest ein Teil davon – erst am Mittwochmorgen.«

»Richtig.«

Leitner fuhr sich durch seine langen Haare und meinte voller Mitleid: »Sie haben wirklich kein großes Glück mit Ihren Unterfangen.«

»Wieso?«, fragte Simone misstrauisch.

»Nun, offensichtlich haben Sie es nicht nur vergeigt, sowohl

Gottlieb Schmidt als auch Franz Thiercke geräusch- und vor allem spurlos verschwinden zu lassen. Nein, Sie haben auch noch den Falschen getötet. Denn Franz Thiercke war es ja eben nicht, der Sie wegen Gottlieb Schmidt an der Angel hatte.«

Simone warf theatralisch den Kopf zurück. »Wer war es denn dann? Ich nehme an, dass Sie mir auch diese Frage beantworten können?«

»Oh ja«, sagte Leitner trocken. »Das kann ich.«

25

Simone Dirscherl ging langsam auf Gerhard Leitner zu, den Revolver immer noch mit gespanntem Hahn im Anschlag. Die stählerne Wendestange, die Leitners Werkzeug und auch Simones Mordinstrument war, schepperte bedrohlich auf dem Hallenboden, als Simone sie hinter sich her schleifte. Leitners Augen streiften nur kurz die Stange, dann aber ließ sein Blick Simone keinen Moment mehr los. »So, du weißt also, von wem wir hier sprechen?«, fragte sie mit beängstigend ruhiger Stimme. Die Gefahr empfand Leitner als umso größer, da Simone plötzlich ins »Du« gerutscht war, was ihrer übermäßigen Machtposition noch einen größeren Abstand zu ihm verlieh.

»Es gibt für mich auch hier nur eine logische Erklärung«, sagte Leitner, während Simone ihn langsam umkreiste wie ein Tiger vor dem Zuschnappen und seine Augen fieberhaft die einzelnen Arbeitsbereiche der Werkshalle absuchten.

»Nur *eine* logische Erklärung? Du bist ja ein richtiger Meisterdetektiv.«

»Das hat Melanie auch schon einmal gesagt«, meinte Leitner provozierend, und das verfehlte seine Wirkung nicht.

»Meine liebenswürdige und aufopferungsvolle Stieftochter? Wie kommst du denn auf sie? Ach so, ich begreife!«

Sie ließ die Stange in ihrer Hand von hinten durch Leitners Beine gleiten und hob sie dann mit einem Ruck an. Er zuckte zusammen und schrie auf vor Schmerz, den ihm die Stahlstange in der Leibesmitte verursacht hatte. Sie ging ganz nah an Leitner heran. Dann hielt sie ihm die Mündung des Revolvers an die Stirn und flüsterte ihm ins Ohr: »Du hast die Kleine gevögelt? War es so?«

Leitner versuchte, keinen Muskel zu rühren.

»Natürlich war es so. Was hat sie dir denn alles erzählt, du kleiner Dreckskerl?«

Leitner atmete schwer, sagte aber kein Wort. Dann fühlte

er, wie die Stange sich zwischen seinen Beinen entfernte. Er hörte, wie Simone den Hahn des Revolvers entspannte, als sie sich wieder mit einigem Abstand vor ihn stellte.

»Du musst es mir gar nicht sagen. Sie hat dir alle möglichen Märchen über meine Sexsucht erzählt und was ich für eine Schlampe bin, die ihrem armen Papi nur Böses will, oder?«

Leitner fühlte den Schmerz von seiner Blöße in seinen Unterbauch wandern, richtete sich aber trotzdem mit Mühe auf. »So ungefähr, ja«, gab er zu. Er fuhr zusammen, als Simone mit der Stange rasch auf ihn zumarschierte.

Sie fauchte: »Wer ist denn hier die Schlampe? Sie ist mit dir doch gleich in die Federn gesprungen, nachdem du kaum zwei Tage da warst!«

Leitner wappnete sich innerlich, weil er mit einem weiteren Stoß in seine Weichteile rechnete. Der aber blieb aus. Simone blies ihm verächtlich ins Gesicht. Dann drehte sie sich von Leitner weg und ging ein paar Schritte in die Hallenmitte.

Wieder zu ihm gewandt meinte sie plötzlich fröhlich: »Was soll's? Wir treiben es alle gern, nicht wahr? Aber jetzt zurück zur Sache. Du wolltest mir vorhin ein weiteres Beispiel für deine geniale Logik geben. Erzähl! Ich bin zum Platzen gespannt!«

Leitner hatte die Kontrolle über seine Atmung wiedererlangt, als er fragte: »Du meinst, wer der tatsächliche Erpresser war? Ich darf doch Du sagen, oder?«

»Oh, ich bitte darum!«, erwiderte Simone mit einer abartigen Form von Vergnügen auf ihrem Gesicht.

»Das freut mich. Ich weiß nicht, ob du es weißt, aber ich war lange Musikant«, erklärte Leitner der Wahrheit entsprechend.

»Das ist mir bekannt.«

»Da lernst du etwas, was mir auch sofort an meinem ersten Tag hier bei dir aufgefallen ist.«

»Und das wäre?«

»Ich erkenne sofort, wenn sich eine Stimmung im Raum oder bei einer Person schlagartig ändert. Und das war bei dir der Fall.«

Simone Dirscherl kämpfte darum, ihre Fassade der Machtposition aufrechtzuerhalten, aber Leitner nahm kleine Unsicherheiten in ihrer Körperhaltung wahr.

Er sagte weiter: »Ich habe mir natürlich an jenem Tag nichts weiter dabei gedacht, aber aufgefallen ist es mir.«

»Was zum Teufel meinst du?«

»Ich meine den Moment, in dem du während der Brotzeit zuerst noch gut gelaunt bei uns am Tisch gestanden bist. Dann bist du ins Büro gegangen, und als du wieder nach unten gekommen bist, war deine Stimmung eine grundlegend andere. Verstört.«

Simones Blick hatte mit einem Mal die Leere einer Verzweifelten in sich, als sie weiter zuhörte.

»Es muss in diesem Büro etwas besprochen worden sein, was dich erschüttert hat. Außer dir und der Sekretärin war sonst niemand da oben. Darum kann das nur mit der Person zusammenhängen, die dich ins Büro begleitet hat.«

Ungerührt verfolgte Simone Leitners Ausführungen, als er sagte: »Und das war Emmerich Goldinger.«

Simone hob nur kurz den Revolver, als Leitner zu einem Haken an der Werkstattwand ging, an dem eine Arbeitsjacke hing.

»Keine Angst«, sagte er, als er hineinschlüpfte. »Wenn du mich nachher im Strahlhaus umbringst, ziehe ich die Jacke vorher wieder aus. Aber im Augenblick friert mich.« Er legte einige Putzlappen, die an einer Maschine aufgestapelt waren, auf eine Werkbank und setzte sich darauf. Dann begann er wie beiläufig zu erzählen: »Wie ich schon gesagt habe, dein Stimmungswechsel an diesem Tag ist mir aufgefallen, aber ich habe mir darüber keine großen Gedanken gemacht. Schließlich hattet ihr mit dem Mord an Thiercke ja ein ziemliches Pfund an der Backe. Da kann auch ein Freund des Betriebes mal mit einer schlechten Nachricht hereinsegeln. Aber als es dann schließlich so weit kam, dass man mich am Bahngleis abservieren wollte und dass Mike Bacher tot aufgefunden wurde, da ahnte ich, dass mehr als ein Täter am Werk sein musste.«

Simone Dirscherl wurde wieder sicherer. »Ich bin wirklich

von dir beeindruckt«, sagte sie. »Es hört sich alles ganz plausibel an. Aber weißt du, etwas stört mich daran schon.«

»Und das wäre?«

»Dass du keinen einzigen Beweis hast. Nicht, dass es einen Unterschied machen würde. Denn auch wenn bei meinem Plan bislang einiges danebengegangen ist, so ist er dennoch nicht zu Ende. Ich ziehe das durch, und ich werde am Schluss gewinnen.«

»Freu dich nicht zu früh«, riet Leitner.

Sie winkte ab. »Mach dir keine Sorgen, ich habe hier sechsmal neun Millimeter in den Kammern, und die werden dich in deine Todeszelle nach vorne ins Strahlhaus zwingen. Das Spiel gewinne ich. Aber nur als Gedankensport: Du hast wirklich einen Logikfehler in deiner Geschichte.«

Nun war es Leitner, der laut auflachte.

»Hör auf zu lachen!«

»Ach, du meinst die simple Geschichte mit dem Alibi?«

»Genau! Das ist wasserdicht!«

»Es tut mir leid, das zu sagen, Simone, weil du wirklich eine Frau mit Feuer bist. Du hast Energie. Aber du bist nicht sehr einfallsreich.«

Simone kämpfte mit ihrer Wut.

»Sieh mal«, fuhr Leitner fort, »im Prinzip gehst du doch immer nach dem gleichen Muster vor. Weißt du, was ich glaube? Ich glaube, dass Emmerich Goldinger in diesem Augenblick damit beschäftigt ist, dir ein Alibi zu verpassen. So wie Samstagabend auch. Und wenn ich dich richtig einschätze, dann tut er das auch genau mit denselben Leuten wie vorgestern.«

Ihr Schweigen sprach Bände.

»Dann stimmt es also? Emmerich ist in diesem Moment bei den Menschen, die euch stets das beste Alibi geben konnten. Bei unseren allseits geschätzten Soldaten der US-Army-Garrison Bavaria in Grafenwöhr.«

Nun zitterte Simone Dirscherl am ganzen Leib. Leitner hatte ins Schwarze getroffen.

Darum redete er weiter. »Es war so einfach wie überzeugend. Als klar wurde, dass ich zu einer Gefahr für euch werden konnte, reifte der Plan, mich zu töten. Ich habe Emmerich am Samstag ja noch getroffen, kurz bevor ich mich mit Mike und seinem Partner auf den Weg zum Wandern machte. Weil Bacher immer sehr viel redete, speziell wenn er betrunken war, wuchs die Bedrohung ins Unermessliche. Das bedeutete, auch Mike musste für immer zum Schweigen gebracht werden. Und dies wiederum führte zu einem perfiden Plan, der euch gegenseitig aus dem Schneider holen würde. In den Club in Grafenwöhr, dorthin ist Emmerich Goldinger gefahren. Und dort warst auch du am Samstagabend.«

»Woher weißt du das?«

»Ich weiß es eben. Ihr habt auffällig eng miteinander getanzt, sodass alle Anwesenden es überdeutlich mitkriegen mussten. Auch die am Samstagabend immer anwesenden G.I.s, die du ja seit jeher gut kennst. Nachdem dieser … Fruchtbarkeitstanz lange genug angedauert hatte, kam die Illusion: Einer von euch, ich tippe auf Emmerich, hat den Club heimlich verlassen und ist wahrscheinlich mit einem Affenzahn wieder hierhergedüst. Es konnte für Goldinger nicht sehr schwer gewesen sein, mich zu lokalisieren. Wo sollte ich schon sein, außer in meinem Hotel, im Wirtshaus oder bei Bacher? Ich nehme an, er hat mich auf der Straße gesehen, als ich in mein Auto gestiegen bin, um zu Franz Thierckes Haus zu fahren. Dort hat er dann bestimmt auch Ferdinand Dobmeier gesehen, der in Franz' Haus zugange war, aber der war ihm ja wurscht. Emmerich hat gewartet, bis ich wieder ins Freie getreten bin, und das war der Moment, wo er auf mich einschlug. Als ich unfähig war, mich zu wehren, schleppte er mich an den Abhang und warf mich auf die Zuggleise. Die gute alte Eisenbahn würde schließlich den Rest erledigen. Das hätte dann einwandfrei nach einem Unfall ausgesehen. Es muss ziemlich genau dieser Moment gewesen sein, wo er dir vielleicht eine kurze SMS geschickt hat: ›Mein Teil ist erledigt, fahr los!‹ Du, Simone, hast dich bestimmt in Emmerichs Abwesenheit gekonnt in Szene gesetzt, sodass die Aufmerksamkeit ganz auf dich gezogen wurde. Ein Flirt mit diesem Soldaten, ein Tanz mit jenem, ein offenherziger Drink an der Bar. Fragen nach Emmerich sind wahrscheinlich nicht gestellt worden, und wenn, dann wäre es für dich ein Leichtes gewesen, ihn zu entschuldigen. *Der musste kurz telefonieren, er ist auf der Toilette* und so weiter. In der Disco verliert man schnell das Zeitgefühl, und so würde das niemandem auffallen, dass Emmerich fast eine ganze Stunde weg war. Als seine Nachricht bei dir eintraf, hast du dich kurz bei deiner Entourage entschuldigt und dich in deinem eigenen Auto auf den schnellsten Weg nach Neuhaus gemacht. Wenige Minuten nach deinem Verschwinden tauchte dann Emmerich wieder im Club auf und zog nun seinerseits eine Show ab, die die tanzenden und trinkenden Zeugen fesselte. So hast du Emmerich ein Alibi gegeben, während er mich zu töten versuchte, und er gab nun dir eines für deine Tat. Du wusstest, dass Mike Bacher im Wirtshaus sitzen würde?«

»Wo sollte dieser Suffschädel denn am Samstagabend sonst sein?«, gab Simone matt zurück.

»Du hast ihn abgefangen, bevor er nach seinem Besuch beim Bahler heimgehen konnte. Wahrscheinlich hast du ihn unter irgendeinem Vorwand aufgefordert, ein paar Schritte in Richtung des Burgfelsens mit dir zu gehen, und dort hast du deinen Part eurer Mission vollendet. Du hast Mike, der mit ziemlicher Sicherheit betrunken und daher nicht sehr wachsam gewesen sein musste, mit aller Kraft den Felsen hinuntergestoßen und bist, so schnell dich deine Füße tragen konnten, wieder zu deinem Auto und ab nach Grafenwöhr gedüst. Dort habt ihr beide, du und Emmerich, so getan, als wärt ihr nie weg gewesen, und das gab euch das so dringend benötigte Alibi. Wie gesagt, die Wahl der US-Soldaten war genial, denn selbst wenn die Ermittlungen der Polizei zu euch geführt hätten, so wäre es doch wirklich mit vielen Mühen und bürokratischem Aufwand verbunden gewesen, wenn unsere Kripo einfach mal so amerikanische Staatsangehörige, die in der US-Garrison stationiert waren, befragt hätte. Kompliment! Ist Emmerich denn gerade in Grafenwöhr?«

Simone nickte schwach. »Er spricht gerade mit Doug. An

den kommt nämlich wirklich kein deutscher Bulle so einfach ran.«

»Gut durchdacht«, meinte Leitner respektvoll.

Nach einigen Sekunden der Stille hob Simone den Revolver wieder nach oben. »Häng die Jacke bitte wieder an ihren Platz. Wollen wir?« Sie nickte in Richtung des Strahlhauses.

Leitner musste gehorchen, denn er zweifelte nicht eine Sekunde daran, dass Simone die Waffe abfeuern würde. Für sie stand zu viel auf dem Spiel, als dass sie jetzt einfach aufgeben würde. So zog er den öligen Parka aus und ging vor Simone langsam zum Strahlhaus.

»Ich nehme an, dass Emmerich einen großen Deal mit Lieutenant Colonel Mercer bespricht. Einen Deal, der seine berufliche Laufbahn ganz entscheidend fördern wird? Ein deutscher Kaminkehrer in den *barracks*?«

Simone gab keine Antwort.

»Oder sollte Emmerich sein Weg vielleicht sogar nach Amerika führen? Du müsstest es wissen, denn diesen Deal hast du ja schließlich eingefädelt.«

»Wieso ich?«, fragte Simone scheinheilig.

»Na, weil das der einzig logische Grund ist, warum du und Emmerich überhaupt diese … Kooperation eingegangen seid. Es war Emmerich Goldinger, der dich erpresst hat. Er muss Zeuge geworden sein oder sich zumindest seinen Reim darauf gemacht haben, dass Gottlieb Schmidt auf einmal verschwunden war und dass du hinter diesem Verschwinden stecktest. Gottlieb und Emmerich waren ja Verwandte und Kollegen, und da hat Gottlieb wohl irgendwann mal seinen Mund nicht halten können. Ich gehe davon aus, dass er seine Liebesaffäre mit dir ausgequatscht hat. Als Schmidt dann von der Bildfläche weg war, hat Emmerich eins und eins zusammengezählt und sein Glück als Erpresser versucht.«

»Dieser Winzling!«, stieß Simone gehässig aus.

»Du hattest den dir bis dahin unbekannten Erpresser für den Tag vor dem Ministerbesuch bestellt, um ihn zu töten. Emmerich aber kam erst hinzu, als du schon mit Franz Thiercke gesprochen hast, weil du den für den Erpresser gehalten hast.«

»So war es, ja.«

Ein leises Kichern kam über Leitners Lippen. »Nein, Glück hattest du bei deinen Plänen wahrhaftig nicht. Zuerst wurdest du ertappt, dass du Gottlieb Schmidt auf dem Gewissen hast, dann erschlägst du auch noch den falschen Erpresser, und zu guter Letzt sieht dir der wahre Erpresser ausgerechnet dabei zu. Zwei Morde gaben ihm natürlich Aufwind, und er hat seine Forderungen bestimmt erhöht.«

»Dieser kleine Schnellspritzer«, fauchte Simone hinter ihm.

»Ach ja, das war auch Teil eurer Abmachung? Musstest du mit ihm schlafen?«

»Das hat er verlangt, als er bei mir im Büro war. Er sagte mir das am Donnerstag, als du ihn zum ersten Mal gesehen hast.«

Leitner pfiff leise. »Das erklärt natürlich, warum deine Stimmung plötzlich so anders war …«

»Geld, das alleine wäre nicht so schlimm gewesen. Auch den geschäftlichen Deal bei den Amerikanern konnte ich für ihn an Land ziehen. Aber er wollte mich auch im Bett. Und zwar nach seinen Vorstellungen.«

»Oha. Ist er eine kleine versaute Ratte? Was hat er denn von dir verlangt?«, fragte Leitner.

»Ach, nichts, was ich nicht schon Hunderte Male getan hätte. Aber wenn ich für jemanden die Schlampe spiele, dann nach meinen Regeln.« Sie hatten das Strahlhaus fast erreicht, als Simone die schwere Wendestange mit lautem Scheppern zu Boden warf.

Leitner erschrak und wandte den Kopf. »Was soll das?«

Eiseskälte blickte aus Simones Augen. »Ich werde dir Klugscheißer nicht den Gefallen tun, dich vorher zu erschlagen. Du sollst sehen, was passiert, wenn ich das Stahlkugelgebläse einschalte …«

Leitner brach kalter Schweiß aus. »Dann kannst du das selber nun auch zum ersten Mal an einem lebenden Menschen beobachten, wie er zerfetzt wird«, sagte er leise. »Und zum zweiten Mal dann bei Emmerich Goldinger, oder?« Er drehte sich zu Simone um. »Du wirst ihn doch nicht am Leben lassen, oder?«

»Einen kleinen, miesen Erpresser, der mich obendrein auch noch ficken will? Natürlich bleibt Emmerich nicht mehr lange am Leben. Das wäre mir viel zu heikel. Ich lasse mich nicht erpressen.«

»Nun, eine Zeit lang musst du aber gute Miene zum bösen Spiel machen. Sonst sind es ein paar Tote zu viel, und man wird schließlich doch Verdacht schöpfen.«

Simone spannte nun den Hahn des Revolvers. »Das versteht sich auch von selbst. Aber glaube mir, das bisschen Gerammel kriege ich noch hin. Du hast vorhin gesagt, ich sei nicht sehr einfallsreich. Das hat mir wehgetan. Hier.« Sie deutete mit der gespannten Waffe auf ihr Herz. »Und deshalb werde ich mir für Emmerich eine besondere Art ausdenken, ihn sterben zu lassen. Aber wie du schon gesagt hast, das eilt nicht. Es wäre im Gegenteil sehr unklug, jetzt zu rasch aktiv zu werden.«

»Das sehe ich ein.«

Simone öffnete die Tür des Strahlhauses und winkte mit dem Revolver. »Ab jetzt. Hinein mit dir.«

Leitner gehorchte. Während sie die Tür schloss, sagte sie: »Keine Angst. Es dauert in der Regel nur ein paar Minuten, bis dein Körper komplett zerlegt ist und weggespült wird. Das Schlimmste werden wirklich nur die paar Sekunden sein, die das Gebläse braucht, um die Kügelchen in Schuss zu bringen.«

Die Metalltür schnappte zu, und Simone verriegelte sie mit metallischem Klicken, das Leitner die Panik in den Magen schickte. Sie schritt zum Kontrollpanel der Strahlanlage und schaltete sie ein. Ein hohes elektrisches Surren wurde hörbar. Die Ventilatoren nahmen an Fahrt auf, und es waren nur mehr Sekunden, bis aus einem Magazin Tausende Stahlkügelchen in den Luftstrom fließen würden. Leitner suchte rasch die Wände nach einem Notausschalter ab. Er fand einen und schlug mehrmals darauf. Die Maschinen dröhnten weiter. Er sah aus dem kleinen Fenster in der Tür seiner Todeszelle.

Simone hielt das Panel hoch. Er konnte sie über den Lärm der Maschine hören, als sie rief: »So, das Notaus ist überbrückt! So ist es doch besser, nicht wahr? Nun kennen wir beide die ganze Wahrheit!«

Simone sah Leitner an. Zu ihrer Überraschung war die Panik aus seinem Gesicht verschwunden. Stattdessen lächelte er selbstsicher und deutete mit dem Zeigefinger über ihre Schultern hinweg.

»Nein! Nur die Hälfte!«

Simone wirbelte herum, um zu sehen, wo die Frauenstimme herrühren konnte. Sie war zu verdutzt, um reagieren zu können.

Agathe Viersen sah sie mit leuchtenden Augen an. »Die andere Hälfte der Wahrheit bin ich!«

Mit dem Können aus ihrem früheren Beruf als Polizeibeamtin entwaffnete Agathe Simone Dirscherl, die nun laut aufschrie und sich losreißen wollte. Agathe aber war mit nur einem Schritt wieder nah bei ihr und war immer noch geübt genug, um währenddessen den Hahn des Revolvers zu sichern.

»Ich muss ehrlich sagen, ich habe jetzt die Schnauze voll von diesem Theater!«

Damit holte Agathe aus und versetzte Simone Dirscherl zunächst einen Leberhaken, worauf sofort eine Faust in ihr Gesicht folgte. Simone ging ohne Wehr zu Boden und blieb dort liegen.

Agathe sah zum Strahlhaus, in dem Leitner nun doch wieder mit einiger Ungeduld gegen das Fenster schlug. »Mach das Scheißding hier aus!«, brüllte er aus Leibeskräften über die Turbinen hinweg.

Agathe fand sich auf dem übersichtlichen Display schnell zurecht und betätigte den Stopp-Button. Die Ventilatoren verloren an Drehzahl. Das Summen wurde leiser und erstarb schließlich ganz.

Sie trat ans Fenster und sah zu Leitner hinein. Der fand nur mit Mühe wieder die Kontrolle über seine Atmung.

Dann rief er: »Mach die verdammte Tür auf!«

Agathe lächelte süffisant und sagte: »Nein, ich rufe jetzt erst die Polizei. Schließlich ist das der Tatort eines versuchten Mordes, hier darf nichts verändert werden.«

Sie griff zu ihrem Handy und verschwand aus Leitners Sichtfeld.

»He, du blöde Kuh!«, schrie Leitner, und seine Stimme überschlug sich dabei.

Dann hörte er das schon vertraute metallische Klicken, und die Tür des Strahlhauses öffnete sich. Davor stand Agathe Viersen und hielt sich das Telefon ans Ohr. Sie musterte Leitners nackten Körper, der ihr nicht fremd war.

»Ich schlage vor, du bleibst so. Das wird die Kriminalkommissarin bestimmt beeindrucken.« Weiter wanderten ihre Augen über Leitners Body. »Verdammt«, sagte sie schließlich mit entwaffnender Ehrlichkeit. »So habe ich dich schon lange nicht mehr zu Gesicht bekommen. Da kriegt man direkt Laune auf ... hallo? Frau Kommissarin Waguscheit? Hier Agathe Viersen ...«

26

Missmutig sah Agathe Viersen zu ihrer Chefin, die an ihrem Schreibtisch saß, auf ihrem Computer tippte und sie und Gerhard Leitner mit Nichtbeachtung strafte. Dann blickte Agathe ihren Kollegen an, der wiederum schlug nur die Augen gen Himmel.

Chris Wendell meinte schließlich: »Ich weiß wirklich nicht, was ich mit Ihnen beiden machen soll.«

Agathe antwortete trocken: »Wie wäre es mit einer Beförderung?«

Das Tippen verstummte kurz und setzte unmittelbar danach wieder ein.

»Ich meine, wir haben unseren Auftrag erfüllt. Wir haben herausgefunden, dass es sich bei Franz Thierckes Tod nicht um einen Unfall oder um Fahrlässigkeit handelte, sondern um Mord. Damit ist unsere Versicherung aus dem Schneider, wir müssen nicht bezahlen.«

Unbeirrt tippte Wendell weiter.

Leitner versuchte nun sein Glück. »Und ganz nebenbei haben wir drei Morde und einen versuchten Mord aufgeklärt. Die Kripo hat Simone Dirscherl und Emmerich Goldinger deswegen verhaftet, und die Staatsanwaltschaft wird Anklage erheben.«

»Da ich ja während der ganzen Geschichte in Dirscherls Werkshalle zugegen war, kann ich als Zeugin gegen Simone Dirscherl aussagen. Sie hat ihre gemeinsamen Taten ja mehrmals zugegeben, als sie meinen Kollegen zu seiner Hinrichtung führen wollte.«

Nun hörte Chris Wendell auf zu tippen. »Sie waren während der ganzen Zeit wirklich komplett nackt?«

Leitner verdrehte die Augen und seufzte. »Ja.«

Für eine Sekunde glaubte Agathe, auf Wendells steifen Lippen den Anflug eines Lächelns zu erkennen. Der aber verflog genauso schnell, wie er gekommen war, und die Regionaldirektorin sah wieder auf ihren Bildschirm.

»Trotzdem: Ich habe es nicht gerne, wenn Sie beide zu exponiert auftreten. Solche … Showdowns schaden unserer Gesellschaft.«

»*Ich* habe mir das bestimmt nicht ausgesucht, dass ich da im Adamskostüm in so ein Strahldingsbums eingesperrt werde!«, entrüstete sich Leitner.

»Aber Sie haben diese Situation zusammen so abgesprochen, so steht es in Ihrem Bericht!«

»Das stimmt«, gab Agathe zu. »Aber sehen Sie, wir hatten ja wirklich keine Beweise. Herr Leitner und ich haben uns am Sonntagnachmittag, nach dem Auffinden von Mike Bachers Leiche, stundenlang beraten. Wir haben alle Informationen hin und her gewendet, und schließlich landeten wir bei dieser Theorie. Nur sie wurde allen Umständen, denen wir begegnet sind, gerecht. Aber sie hatte keinen Bestand ohne Beweise, und die gab es schlichtweg nicht. Die einzige Möglichkeit war, Herrn Leitner als Agent Provocateur zu schicken.«

Chris Wendell kannte den französischen Ausdruck für einen Lockspitzel. »Und das veranlasste Sie, diese Posse aufzuführen? Dass Herr Leitner sich am Sonntagabend bei diesem Firmenjubiläum absichtlich schnell mit Bier zuschütten sollte?«

»Nur so war es für alle Verdächtigen glaubhaft. Sie mussten meine Beschuldigungen für das Ergebnis eines Betrunkenen halten, aus welchem der Suff sprach. Das gab mir die Möglichkeit, ins Wespennest zu stechen: indem ich vorgab, die Wahrheit hinter Franz Thierckes Tod und auch seinen Mörder zu kennen. Das lockte Simone dann schließlich in die Falle.«

»Das lockte nicht nur Frau Dirscherl in die Falle, sondern brachte auch Sie selbst in Gefahr, Herr Leitner!«, fuhr Chris Wendell barsch dazwischen.

»So groß war die Gefahr auch wieder nicht«, beschwichtigte Agathe. »Ich habe mich natürlich im Verborgenen gehalten, aber ich war ja immer nur ein paar Schritte hinter Simone Dirscherl und Herrn Leitner.«

»Was hätte Frau Dirscherl daran hindern können, mitten in der Halle auf Herrn Leitner zu schießen? Vielleicht wenn ihr seine Ausführungen zu bunt geworden wären, oder einfach so, um ihn bereits als Leiche ins Strahlhaus zu zerren?«

Agathe zuckte mit den Schultern und sagte kleinlaut: »Das glaube ich nicht, das hätte ja eine schöne Blutspur durch die ganze Halle gegeben …«

»Wofür sie an einem arbeitsfreien Tag genügend Zeit gehabt hätte, sie wegzuwischen, nachdem Herrn Leitners Einzelteile in die Waldnaab geflossen wären!«

Nach einem peinlichen Moment der Stille hakte die Chefin nach: »Wie sind Sie überhaupt in die Halle gelangt, Frau Viersen?«

»Ich habe Herrn Leitners Codekarte benutzt. Wir hatten vereinbart, dass er sie draußen vor der Halle deponieren würde, nachdem er sich Eintritt verschafft hatte.«

»Verstehe«, war Wendells lapidare Antwort.

Wieder vergingen einige Minuten, in denen die Chefin tippte. Die Detektive starrten ins Nichts und warteten. Dann drehte sich Chris Wendell abrupt zu ihnen. »Ich kann es drehen und wenden, wie ich will: Sie beide haben extrem gefährliche, aber sehr gute Arbeit abgeliefert.«

Lob hatten sie von ihrer Chefin so gut wie noch nie erhalten und daher auch nicht erwartet.

»Ich betone nochmals«, fuhr sie fort, »dass ich diese theatralischen Inszenierungen nicht sehr schätze. Aber davon abgesehen …«, sie checkte etwas auf ihrem Bildschirm, »… sieht der Rest dieser Woche sehr gut für Sie aus. Es stehen keine unmittelbaren Aufgaben an. Ich veranlasse, dass unsere Finanzabteilung Ihnen jeweils einen Sonderbonus auf Ihre Konten überweist. Spannen Sie ein paar Tage aus. Ich denke, dass Sie sich auch erst wieder etwas erholen müssen, nachdem Sie diesem unschönen Tod nur knapp entronnen sind. Und das auch noch nackt …«

Diesmal war sich Agathe sicher, bei ihrer Vorgesetzten den Hauch eines Lächelns erspäht zu haben, und musste selber kichern.

Als sie und Leitner das Bürogebäude der Jacortia im Regensburger Stadtwesten wieder verlassen hatten, trotteten sie die Lilienthalstraße entlang zu Agathes Wagen.

»Das war ja wohl auch noch nicht da. Eine satte Belohnung …«, sinnierte Agathe.

»Da hat sie sich wirklich mal einen Ruck gegeben, unsere Lieblingschefin«, stimmte Leitner mit ein.

Seine Kollegin meinte: »Ich glaube, das hat sie beeindruckt, dass du da in paradiesischer Nacktheit durch die eiskalte Halle gescheucht worden bist.«

»Jetzt lass es mal wieder gut sein«, fuhr Leitner sie an. Dann griff er in seine Hosentasche nach seinem Handy, welches den Eingang einer WhatsApp-Nachricht vermeldete. Er las den kurzen Text und zog die Augenbrauen nach oben. »Von Melanie Dirscherl …«, sagte er leise.

Agathe betrachtete ihren Kollegen genau. »Ja, das war mir klar. Simone Dirscherl war nicht die einzige Frau, die dich da oben in Neuhaus nackt gesehen hat.«

Leitner sah sie verdattert an. »Was meinst du damit?«

»Du warst doch in der Kiste mit ihr, oder?«

Leitner zögerte, sagte aber dann: »Wie kommst du darauf?«

»Ich habe sie doch auch kennengelernt, Gerhard. Sie ist dein Typ, das habe ich sofort gesehen. Genauso wie das pinkfarbene Haar auf deiner Hose im Hotelzimmer.«

Leitner schwieg und sah noch mal auf das Display seines Telefons.

»Was schreibt sie denn, die Beauty-Queen?«, fragte Agathe.

»Sie ist einerseits von mir enttäuscht, weil sie das Gefühl hat, ich hätte nur mit ihr geschlafen, um Informationen aus ihr herauszubekommen …«

Agathe meinte nüchtern: »Na und? Das ist in unserem Beruf nicht so außergewöhnlich, dass wir alle Mittel einsetzen, um ans Ziel zu kommen.«

Über diese recht geschäftliche Art, Leitners Bettgeschichte zu beschreiben, verwundert, blickte er seine Kollegin an.

Die sagte: »Und zum anderen?«

»Wie bitte?«

»Sie ist einerseits enttäuscht, aber andererseits?«

»Ach so. Nun, sie dankt mir.«

»Kann ich ihr nicht verdenken«, wisperte Agathe, und ein kleiner Schauer der Erregung durchfuhr Leitners Körper.

»Nein, sie dankt mir nicht *dafür*«, sagte Leitner. »Sie ist mir dankbar, dass ich ihre verhasste Stiefmutter aus ihrem Leben entfernt habe. Die wird sie wahrscheinlich nie wiedersehen.«

»Davon ist nicht auszugehen, nein.«

Als sie im BMW saßen, lenkte Agathe ihn auf der A 93 in Richtung Süden.

»Wo fährst du jetzt hin?«, fragte Leitner erstaunt.

»Nach Obertraubling. Schwedisches Möbelhaus? Wir brauchen noch ein paar Sachen für unsere Wohnung, erinnerst du dich dunkel? Jetzt sind wir sowieso schon mal in der Nähe.«

Als der BMW mit achtzig Stundenkilometern über die Stadtautobahn glitt, sagte Leitner: »Apropos dunkel. Du hast mir von den Ermittlungen in Grafenwöhr bei Ben Carter nur sehr kurz und knapp berichtet. Warum?«

Agathe lächelte frech. »Ich habe dir unnötige Details erspart, um dich nicht zu langweilen. Aber sei versichert, dass an diesem Abend mit Ben Carter nichts kurz und knapp war.«

Leitner kapierte die Anspielung und fauchte: »Miststück …«

Sie hob lapidar die Schultern. »Man tut, was man kann.«

Mit einem verheißungsvollen Seitenblick auf ihren Kollegen sagte Agathe, als sie auf die A 3 in Richtung Passau wechselte: »Wollen mal sehen, was du heute Abend nach dem Möbelschleppen noch so alles kannst …«

Danksagung

Bei der Entstehung dieses Kriminalfalles durfte ich mich wiederum vielerlei Informationen bedienen, denen zahlreiche stets gute Laune verbreitende Gespräche vorangingen. Ich danke im Besonderen meinem lieben Wolpertinger-Freund Florian Knippscheer für die fachlichen Auskünfte über die Gussbranche. Des Weiteren ergeht Dank an den Wirt vom Schafferhof Reinhard Fütterer und den Kommandanten der Altneihauser Feierwehrkapell'n Norbert Neugirg für die ausgiebigen Unterhaltungen über die örtlichen Begebenheiten. Ein herzlicher Gruß richtet sich an unsere Kaminkehrer, die mit ihrer Glücks-Radltour auch im wahren Leben viel Gutes bewegen. Insbesondere danke ich hier stellvertretend Peter Wilhelm, auch wenn mir die Verbindung zwischen Bayern und Dortmund bis heute gänzlich unverständlich bleibt.

Fabian Borkner
KIRWATANZ
Broschur, 304 Seiten
ISBN 978-3-7408-0166-3

Als auf der bekanntesten Kirwa im Landkreis Schwandorf eine Leiche im Gülletank gefunden wird, muss Agathe Viersen, Versicherungsdetektivin aus Norddeutschland, tief in die kriminelle Vergangenheit einer Oberpfälzer Kleinstadt und ihrer Bewohner eintauchen. Der Zufall führt sie mit dem Musikanten Gerhard Leitner zusammen – und geradewegs in ein dunkles Geflecht aus Erpressung, Drogen und Intrigen …

Fabian Borkner

A HOCHZEIT UND A LEICH

Broschur, 272 Seiten

ISBN 978-3-7408-0611-8

Es sollte eine ausgelassene Brautentführung auf der Plattform der riesigen Holzkugel am Steinberger See werden. Stattdessen stirbt eine Frau. Gut gelaunt stieg sie in die lange Tunnelrutsche, doch als sie unten in die Arme des Bräutigams gleitet, ist sie tot, getroffen von einer Gewehrkugel. Der neu eröffnete Erlebnispark muss direkt wieder geschlossen werden. Ein kniffliger Fall für die Versicherungsdetektive Agathe Viersen und Gerhard Leitner: War es ein tragischer Unfall oder kaltblütiger Mord?

Fabian Borkner
GROUMDEIFL
Broschur, 256 Seiten
ISBN 978-3-7408-0996-6

Kaum ist die Langzeitbaustelle an der Schwandorfer Hauptverkehrsader fertiggestellt, muss sie wegen eines Rohrbruchs wieder aufgerissen werden. Zum Entsetzen der Schaulustigen wird dabei ein Toter gefunden – gekleidet in ein furchterregendes Krampuskostüm mit Hörnermaske. Ein Fall für die Versicherungsdetektive Agathe Viersen und Gerhard Leitner. Schon bald steckt das ungleiche Duo tief in einem Dickicht aus knallharten Geschäften, zerbrochenen Träumen und hinterlistigen Machenschaften – und der Teufel scheint ihnen stets auf den Fersen zu sein …

www.emons-verlag.de